RETOUR À PARADISE

RETOUR
À PARADISE

Simone Elkeles

Traduit de l'anglais (États-Unis)
par Sabine Boulongne

Déjà paru :
Paradise
2012

ISBN : 978-2-7324-5487-0
Conception de couverture : Nineteen Groupe
Photographie de couverture : Fotolia

Conforme à la loi n° 49-956 du 16 juillet 1949 sur les publications destinées
à la jeunesse.

www.lamartinieregroupe.com
www.lamartinierejeunesse.fr

1

CALEB

Il y a des gens qui ont une sacrée veine. Je n'en fais pas partie, malheureusement. Je pense même appartenir à la catégorie de ceux qui attirent systématiquement les ennuis. Assis à l'arrière d'une voiture de police, avec des menottes qui m'entament les poignets, je repense à la première fois où je me suis fait arrêter, il y a presque deux ans de cela.

J'avais bu.

J'étais décalqué.

On m'avait appréhendé pour un crime que je n'avais pas commis.

Je suis quand même resté enfermé un an dans un centre de détention pour mineurs. Il faut dire que j'avais plaidé coupable pour conduite en état d'ivresse et délit de fuite.

Cette fois-ci, c'est pour une affaire de drogue qu'on m'embarque. Sauf que je ne fume pas, je ne sniffe pas, je ne me shoote pas, je ne suis accro à rien. Certes, je vis dans une maison remplie de dealers. Mais c'était soit ça, soit vivre dans la rue.

J'avais opté pour le toit. En y repensant, je me dis que ce n'était peut-être pas la solution la plus judicieuse. Mieux vaut dormir dans la rue que de se retrouver bouclé comme un animal en cage sans le moindre contrôle sur sa vie. Qu'on vous dise à quelle heure aller aux toilettes, se doucher, se raser, manger, dormir, ce n'est pas ma vision du paradis. Cela dit, Paradise, où j'ai grandi, ce n'était pas ça non plus.

Je pose la tête contre la banquette. Comment vais-je me sortir de ce pétrin ? Je n'ai pas d'argent, pas vraiment d'amis, et je n'ai pas eu le moindre contact avec ma famille depuis que j'ai quitté Paradise il y a huit mois.

À notre arrivée au poste de police, le flic me conduit auprès d'une dame dont le boulot passionnant consiste à prendre ma photo d'identité judiciaire. Puis il m'ordonne de l'accompagner dans son bureau et se présente : c'est le lieutenant Ramsey.

— Ne tente rien de stupide, me dit-il en ôtant la menotte qui m'enserre le poignet droit pour l'attacher à un crochet en métal rivé à sa table.

Si j'avais envie de me faire la malle, je devrais trimballer avec moi un bureau de trente kilos. Inutile de dire que je n'en ai pas l'intention.

Après m'avoir posé une multitude de questions, il me laisse seul. Je jette des coups d'œil dans l'espoir d'apercevoir Rio, un de mes cinq colocs. On s'est tous fait choper en même temps. Rio et un autre de nos compagnons de chambre fourguaient un paquet d'acide à trois types qui, d'après moi, avaient la touche de flics en civil déguisés en méchants gangsters. C'est la dent en or d'un des gus qui m'a mis la puce à l'oreille. On aurait dit qu'elle était collée et je jurerais qu'à un moment donné elle s'est délogée et il l'a avalée toute crue.

Ensuite ils ont dégainé en nous criant de nous agenouiller par terre les mains sur la tête. J'étais en train de regarder une série de télé-réalité à propos d'un crédit municipal. S'impliquer dans les combines de Rio était bien la dernière chose à faire.

OK, Rio m'avait demandé une ou deux fois de livrer de la marchandise pour lui, et je l'avais fait. Mais ça ne m'excite pas plus que ça de vendre de la drogue à des gars tellement en manque qu'ils sont prêts à tout pour s'acheter leur dose. La dernière fois que j'étais censé dealer pour Rio, je suis tombé sur un père de trois enfants. Il les avait amenés chez nous, et quand j'ai vu leurs longues figures amaigries et leurs habits déchirés, j'ai craqué. J'ai refusé de faire affaire avec lui. Ça ne fait pourtant pas de moi un type bien.

– Écoute, Caleb, me dit Ramsey en ouvrant un dossier avec mon nom sur l'étiquette, tu t'es mis dans un sacré pétrin. Les juges de Chicago ont la dent dure avec les récidivistes, surtout quand ils logent dans une planque où on a trouvé plus de cinquante mille dollars d'acide et de crack.

– Je ne deale pas. Je travaille chez Chicago Recyclage.

– Avoir un job ne t'empêche pas de dealer.

Il attrape son téléphone et me tend le combiné.

– Tu as droit à un coup de fil. Quel numéro veux-tu que je compose ?

Je pose le combiné sur son bureau.

– Je renonce à mon droit d'appel.

— Un parent ? Des amis ? suggère-t-il.

Je secoue la tête.

— J'en ai pas.

Ramsey repose le combiné sur son socle.

— Tu ne veux pas que quelqu'un paie ta caution ? Le juge doit en déterminer le montant dans la journée, demain au plus tard. Il faudra que tu sois prêt.

Voyant que je ne réponds pas, il feuillette mon dossier. Au bout de quelques minutes, il relève la tête.

— Je vois là que Damon Manning était ton chargé de réinsertion.

À l'époque où j'avais été libéré de prison, Manning devait veiller à ce que j'évite les ennuis. C'était un molosse à la peau noire qui filait les chocottes à ma mère chaque fois qu'il débarquait à la maison pour ses visites de contrôle. Il m'avait donné un travail d'intérêt général et me bourrait le crâne sur la manière de réussir la transition entre la prison et le retour à la vie normale. Il n'admettait pas les réponses monosyllabiques, ni le silence. C'était un dur à cuire qui ne se laissait marcher sur les pieds par personne. Chaque fois que je dérapais, il me faisait clairement comprendre que j'avais intérêt à me ressaisir si je ne voulais pas qu'il se charge personnellement de me remettre en taule. Ce qu'il n'aurait pas hésité à faire un instant.

Ramsey griffonne un numéro et me le brandit sous le nez.

— Qu'est-ce que c'est ?

— Le numéro de Damon Manning.

— Qu'est-ce que vous voulez que j'en fasse ?

— Si tu n'as ni famille ni amis pour te sortir de là, je te conseille de l'appeler.

– Pas question, je proteste en secouant la tête.

Ramsey pousse le téléphone vers moi avant de s'adosser à son fauteuil.

– Appelle. Si tu ne le fais pas, c'est moi qui le ferai.

– Pourquoi ?

– Parce que j'ai lu les rapports qu'il a rédigés sur toi. Et il se trompe rarement dans ses évaluations.

– Qu'est-ce qu'il a écrit ? Que je suis un déchet complet qui mérite la prison à vie ?

– Appelle-le. Tu lui poseras la question toi-même. Tu es dans la mouise jusqu'au cou, Caleb. Tu as besoin de quelqu'un de ton côté, là tout de suite.

Les yeux rivés sur le téléphone, je secoue la tête de frustration. Ramsey ne me laisse pas le choix, on dirait. J'attrape le combiné et je compose le numéro.

– Allô, ici Damon, fait une voix bourrue au bout du fil.

Je me racle la gorge.

– Euh… c'est Caleb. Caleb Becker.

– Pourquoi tu m'appelles ?

– J'ai des problèmes, je bredouille avant de m'éclaircir la voix à nouveau.

J'inspire à fond et lâche à contrecœur :

– J'ai besoin de votre aide.

– Mon aide ? J'ignorais que ce mot-là faisait partie de ton vocabulaire.

Je lui explique brièvement la situation. Il pousse une succession de gros soupirs avant d'annoncer qu'il arrive. On m'escorte ensuite jusqu'à une cellule où je dois attendre. Une heure plus tard, on vient m'annoncer que j'ai une visite et on me conduit dans

11

une salle d'interrogatoire. Quand Damon écumant de rage franchit la porte métallique blindée :

– Dans quoi t'es-tu encore fourré, Becker ?

– Dans la merde jusqu'au cou, je réponds.

Il croise les bras sur sa poitrine.

– J'aurais juré que tu étais le genre de gars à filer droit après avoir fait une connerie.

Une lueur distante, presque triste, passe dans son regard, mais elle est rapidement masquée.

– J'avoue que tu me faisais penser à moi quand j'avais ton âge.

– Ouais, et ben vous vous êtes trompé apparemment.

– Tu crois ça ? Il plisse les yeux.

Ça ne devait pas se passer comme ça. J'ai quitté Paradise pour essayer d'arranger les choses. J'ai réussi à tout faire foirer. Je regarde Damon droit dans les yeux.

– Je n'ai rien fait, dis-je. Je ne suis pas un dealer.

– Pourquoi est-ce que je te croirais ?

– Parce que c'est la vérité.

Je laisse échapper un soupir, sachant que cela ne sert à rien de plaider ma cause.

– Je ne m'attends pas à ce que vous me croyiez.

– M'as-tu déjà menti ?

J'esquisse un hochement de tête.

– À propos de quoi ?

Je secoue la tête en fermant les yeux. Je ne peux pas lui dire que ce n'est pas moi qui ai renversé Maggie. J'ai promis à Leah d'emporter ce secret dans ma tombe. Hors de question que je trahisse ma sœur jumelle. Ni maintenant ni jamais.

– Laissez tomber.

– Tu fais fausse route, mon petit gars.

– Je ne pouvais pas faire autrement.

Je soupire à nouveau, décidé à jouer franc jeu avec lui. Jusqu'à un certain point, en tout cas.

– J'ai découvert que ma mère était accro aux médicaments, et je crois que mon retour à la maison n'a fait qu'aggraver les choses. Elle pensait désespérément que j'allais fermer les yeux, comme le reste de la famille. Mais j'en étais incapable. Heureusement qu'il y avait Maggie pour m'aider à garder la tête froide. Seulement, je ne pouvais pas la voir sans avoir des embrouilles avec les flics, mes parents, sa mère, même vous. Vous m'avez dit un jour que je ferais mieux de quitter Paradise et de la laisser tranquille. Voilà où j'en suis, maintenant.

– Emménager chez un dealer, ça pouvait difficilement arranger les choses, commente Damon, ce qui me paraît l'évidence même.

– J'avais un toit sur la tête au moins.

– On a toujours le choix.

– Si vous le dites.

Je baisse les yeux sur les marques rouges que les menottes ont laissées sur ma peau. Il semble que je sois à court de solutions pour le moment.

– Tu me déçois, vraiment.

Mieux vaut qu'il soit déçu que fâché. Je l'ai déjà vu en colère. Il se raidit comme un taureau qui aurait une épine dans le cul. Le jour où je me suis fait renvoyer temporairement du bahut à cause d'une bagarre, j'ai bien cru qu'il allait me casser la gueule. Il est gigantesque et doit peser dans les cent quarante kilos. Je ne suis pas un poids plume, mais s'il s'asseyait sur moi, il me broierait tous les os.

— Je reviens, lance-t-il avant de me laisser seul dans la pièce.

Une demi-heure plus tard, Ramsey réapparaît, suivi de Damon. Le policier s'adosse à la petite table, baisse les yeux sur moi.

— Tu as de la chance, petit.

Je suis sur le point d'être jeté en prison. Je n'ai pas vraiment l'impression d'avoir la baraka.

— Je viens de m'entretenir avec le juge Hanson, intervient Damon. Tu seras déféré devant le tribunal cet après-midi et je paierai la caution, quelle qu'elle soit. Je suis en bons termes avec le procureur. Il t'aidera.

— Pourquoi feriez-vous ça pour moi ?

— Parce que quelqu'un en a fait autant pour moi il y a un bail. Mais à une condition.

Nous y voilà. Le couperet est sur le point de tomber.

— Dites toujours.

Mon ex-conseiller de transition a une mine sévère.

— Tu intègres le programme RESTART.

— Qu'est-ce que c'est que ça ?

— Un groupe de jeunes dont la vie a été bouleversée par leur imprudence au volant. Nous allons voyager un mois ensemble, à la rencontre d'adolescents du Middle West. Chaque participant racontera son histoire. On vivra à la dure. Ne t'attends pas à des hôtels de luxe. On logera dans des dortoirs ou des campings. Ce n'est pas à cause de la drogue qu'on t'a arrêté, Caleb. C'est la conséquence directe

14

de ton accident à Paradise. Rallie notre programme, viens en aide aux autres. Si tu refuses, je m'en vais. Ils t'enfermeront et jetteront la clé, n'aie aucun doute là-dessus. Tu es majeur maintenant. Si ton séjour à l'E.P. t'a semblé pénible, je peux te garantir que la prison pour adultes, c'est cent fois pire.

— Je n'ai pas vraiment le choix alors ?

— Si, bien sûr. Reste ici et profite de l'hospitalité de nos prisons d'État, ou lève tes fesses et suis-moi.

Pas le choix, donc. La première option, je ferais n'importe quoi pour l'éviter, même si cela m'oblige à passer du temps en compagnie de mon ex-chargé de réinsertion.

Nous n'échangeons pas trois mots au cours de l'heure et demie que dure le trajet jusqu'à Redwood. Damon tente de me tirer les vers du nez. Je fais de mon mieux pour éluder ses questions. Au moment de s'engager dans l'allée d'un immeuble, il m'explique la situation :

— Tu vas dormir chez moi ce soir. Tu feras la connaissance du reste de la bande demain après-midi.

Dans son petit appartement, je largue mon sac de couchage au pied d'un canapé écossais tout usé. Au-dessus de la cheminée vide, j'aperçois une photo de mon hôte avec un garçon d'environ huit ans, en uniforme de la « Little League[1] ».

— C'est le vôtre ? je demande, curieux de savoir comment ce type s'est retrouvé tout seul dans une petite ville perdue en Illinois. Paradise n'est qu'à un jet de pierre d'ici.

---

1. La « Little League Baseball » est une organisation américaine qui gère la pratique du base-ball pour les enfants.

– Oui.

À voir son appart, il est évident qu'il vit seul. Pas un tableau sur les murs blancs. Je préfère nettement ma maison, à Paradise. C'est trop vide ici, trop impersonnel. À croire qu'il y vient juste pour dormir.

– Vous êtes divorcé ?

– Tu vas arrêter de me poser des questions, oui ! Je crois que je te préférais pendant le trajet, quand tu n'ouvrais pas le bec.

Après avoir préparé un riz au poulet étonnamment bon qui me rappelle la cuisine de ma mère, Damon se retire dans sa chambre, au bout d'un couloir étroit. Tout est tranquille. Je n'ai plus l'habitude du silence. Chez Rio, il y avait toujours des gens en train de faire la fête, d'aller et venir à n'importe quelle heure du jour ou de la nuit. Ça m'était égal. Je ne dors pas beaucoup de toute façon.

J'éteins la lumière même si je sais que je fermerai à peine l'œil. Ce sera comme toutes les nuits… Tous les quarts d'heure, je me réveille et je fixe le plafond en priant pour que le sommeil vienne. Ça finit par arriver, mais par phases si courtes que je me demande quel effet ça fait de roupiller toute une nuit sans interruption.

Le lendemain matin, je mange des céréales complètes bio quand Damon débarque dans la cuisine.

– Pourquoi m'aidez-vous ?

Je n'ai pas pu m'empêcher de lui poser la question.

– Tu es un gars bien, voilà pourquoi, me répond-il, planté devant la cuisinière en train de se préparer des œufs au plat. Tu dois simplement mieux faire tes choix.

En fin d'après-midi, nous fourrons nos sacs dans le coffre de la voiture. Damon roule jusqu'au centre de loisirs de Redwood où un minibus blanc nous attend. On le prie de se rendre dans le bâtiment ; il me dit de rester près du véhicule et de me présenter au reste du groupe. Deux types et trois filles font le pied de grue à proximité, avec leurs bagages.

L'une des filles s'écarte et, quand j'aperçois la personne qu'elle dissimulait, mon sang ne fait qu'un tour.

Maggie.

2

MAGGIE

Je vois ma barre protéinée tomber sur le macadam au ralenti ; le bout que j'ai dans la bouche a un goût de poussière. Caleb ? Qu'est-ce qu'il fait là ? Où était-il passé depuis huit mois ? Il a quitté la ville sans laisser de trace après notre histoire brève mais passionnée. Pourquoi n'a-t-il jamais cherché à me joindre, ni même donné signe de vie ?

Il a toujours ces yeux bleus étincelants, ces traits fins, ces muscles fuselés qui se dessinent sous son tee-shirt. Il est bien réel, en vie, et se dirige droit vers moi.

Je n'arrive pas à détourner le regard. Je donnerais pourtant n'importe quoi pour y arriver.

– Plutôt embarrassant comme situation, hein, dit-il en poussant un long soupir.

Je reconnais sa voix bien qu'elle ait changé. Elle a un certain mordant, ce qui n'était pas le cas la dernière fois qu'on s'est vus.

– Oui. Hmmm…, je bredouille.

– Comment vas-tu ?

19

Impossible de répondre à cette question bidon. S'il tenait à savoir comment je me portais, il aurait trouvé le moyen de me voir, ou de me parler. Il m'a quittée avant Noël, le Nouvel-An, la Saint-Valentin, mon anniversaire, avant la remise des diplômes et le bal de fin d'année. Avant que j'apprenne que je boiterai jusqu'à la fin de mes jours, sans espoir de récupérer complètement.

– Qu'est-ce que tu fais là ? je demande.

Il hausse les épaules.

– Je me suis posé la même question ce matin.

À cet instant, un des garçons près de nous, celui aux longs cheveux bouclés qui lui tombent sur la figure, lâche un pet. Pire, il fait tout un cirque, gémit en l'expulsant comme un gamin.

– T'étais vraiment obligé ? proteste Caleb.

– Quoi ? réplique l'autre sans se laisser démonter. Il fallait bien que je le laisse sortir.

– Fais ça quand tu es tout seul, connard.

– Tu te prends pour la police ou quoi ? lance le type en faisant un pas vers Caleb.

Caleb se redresse, à croire qu'il a pris part à des tas de bagarres et n'hésiterait pas à en ajouter une à son palmarès.

J'hallucine, là. Je ne sens plus mes orteils, tellement je suis sous le choc. Ils vont se battre pour une affaire idiote ?

– Du calme, les garçons, beugle une voix rude.

Elle provient d'un géant noir qui tient un dossier à la main et me désigne.

– Maggie, puis-je avoir une petite conversation avec toi ? En privé.

Il se tourne vers Caleb.

— Toi aussi, Becker. Et tout de suite.

Je le suis à l'écart du bus, douloureusement consciente de la présence de Caleb juste derrière moi. Je suis tentée de me retourner et d'exiger de savoir où il était passé, mais je ne suis même pas sûre d'arriver à articuler.

L'homme s'arrête à une table de pique-nique et pose son dossier dessus. Il se présente : Damon Manning, chef de notre groupe, et chaperon. Il ajoute d'un air peiné :

— Il est clair que vous ne pouvez pas faire ce voyage ensemble, vous deux. Maggie, j'ignorais que mon assistant t'avait choisie pour remplacer Heather quand elle s'est désistée.

— Je laisse tomber, s'empresse de proposer Caleb.

— Certainement pas, Becker. Tu viens. Tu n'as pas le choix.

Ce qui signifie que Damon attend de moi que je renonce au programme. Si j'étais la Maggie d'avant, celle qui redoutait la moindre confrontation, le plus infime conflit, je le ferais en un rien de temps. Mais je suis plus forte maintenant, je ne recule devant rien. Pas même Caleb.

Pleine de détermination, je me tourne vers Damon :

— Pas question que je me désiste.

— Je suis désolé, Maggie, ça ne va pas marcher avec vous deux...

Je l'interromps :

— Je ne changerai pas d'avis.

Damon frotte son crâne chauve en soupirant. Je sens qu'il hésite... au moins un peu. Que dire pour le convaincre ? En vérité, la présence de Caleb est un défi – un énorme défi, auquel je ne m'attendais évidemment pas. Mais je suis résolue à me prouver, à *lui* prouver que j'ai fait du chemin. Je ne laisse plus le passé dicter ma conduite. Nous avons tous les deux dix-huit ans maintenant. Nous sommes des adultes aux yeux de la loi.

– C'est une mauvaise idée, marmonne Damon. Une très mauvaise idée.

– Puis-je parler à Caleb seule à seul ?

Le regard de Damon passe de l'un à l'autre.

– D'accord, acquiesce-t-il finalement. Vous avez cinq minutes.

Dès qu'il s'est éloigné, je me force à faire face à Caleb en déglutissant avec peine. Il a l'air épuisé, mais une énergie vibrante émane de lui.

Autrefois, je pensais qu'il incarnait tout ce que je désirais, tout ce dont j'avais besoin dans la vie. Si j'avais Caleb Becker à mes côtés, tout se passerait bien. Cela s'était confirmé, au moins pendant une brève période.

– Ça fait huit mois, dis-je d'une petite voix.

Ma vue se brouille. Il m'a tellement manqué. Je cligne des yeux, priant pour que les larmes ne coulent pas. Pas maintenant. Je dois rester forte. Je dis quelque chose, n'importe quoi, pour ne pas perdre la face.

– Tu as raté la remise des diplômes.

– J'ai raté des tas de choses, me répond-il.

Lentement il tend une main vers moi, avant de se raviser et d'enfoncer ses poings dans ses poches.

Je dois avoir l'air pathétique. Je le *sens*. Mais j'en ai assez de m'apitoyer sur mon sort. Il faut que je tourne la page. Je me suis endurcie, jour après jour. Hors de question de me laisser happer à nouveau par le soap opera qu'est la vie de Caleb. Je suis prête à tout pour éviter ça.

Je tourne la tête vers le minibus blanc censé nous emmener pour un voyage d'un mois. Nous allons devoir déballer nos histoires en public, dans l'espoir d'empêcher d'autres jeunes de connaître le même sort que le nôtre. Je me mordille la lèvre en pensant à l'ironie de la situation. Comment serait-ce possible alors que la vérité sur mon accident n'a toujours pas été dévoilée ?

D'un coup de pied, j'envoie valser des petits cailloux de goudron.

— Damon a dit que tu étais obligé de faire ce voyage, que tu n'avais pas le choix. Comment ça se fait ?

Les bras croisés, Caleb s'appuie contre la table de pique-nique en soupirant.

— Bon, je t'explique. Surprise : je suis de nouveau dans le pétrin. Soit je participe à ce programme, soit je retourne en taule. La balle est dans ton camp, Maggie. Si tu veux que je me désiste, je le ferai. J'en assumerai les conséquences.

La dernière chose que je veux, c'est qu'il aille en prison. J'ai peur de lui demander des détails sur ce qu'il a fait pour se retrouver là et je m'abstiens. S'il a envie de m'en parler, il le fera. Je sais qu'il s'en dispensera parce qu'il ne se fie à personne, et certainement pas à moi. J'ai peut-être fait partie de sa vie à un moment donné, mais plus maintenant. Nous sommes devenus étrangers l'un à l'autre.

— Quatre semaines, dis-je. On devrait y arriver.

– Quatre semaines, coincés dans un minibus ensemble. Ensuite tu ne me verras plus jamais.

Je ferme les yeux quand il dit ça. Il a tort d'envisager de disparaître à nouveau. Sa sœur a besoin de lui, sa mère se bat jour après jour contre son addiction aux médicaments.

– Tu devrais retourner à Paradise après ce voyage.

– Sors-toi cette idée de la tête. Il ne faut pas y compter.

Chassant la tristesse, je prends mon courage à deux mains et je me redresse.

– Tu veux savoir ce que je pense ? dis-je en plantant mon regard dans le sien.

– Quoi ?

– Que Caleb Becker, le dur à cuire qui n'a peur de rien, cherche la solution de facilité.

Ça y est ! C'est sorti.

– On peut penser ce qu'on veut de ma vie, mais une chose est certaine : la facilité n'en fait pas partie.

Il s'éclaircit la voix.

– Si tu crois que c'est facile d'être là en face de toi, tu te mets le doigt dans l'œil...

Il laisse sa phrase en suspens.

– C'est peut-être un coup du destin, pour nous donner une seconde chance de nous dire au revoir. Avant que chacun suive son chemin.

– Ça doit être ça, réplique-t-il d'un ton sarcastique. Alors ça te va qu'on fasse ce voyage ensemble ?

Je me racle la gorge en regardant fixement le bus.

– Ça me va, tant que ça te convient aussi.

Il s'écarte de la table et se dirige vers Damon. Ils parlent deux secondes, puis Caleb jette son sac à l'arrière du bus et monte.

– Caleb dit que vous avez résolu le problème, me dit Damon quand je m'approche à mon tour en traînant la jambe.

– Quatre semaines, ça devrait aller.

Il a l'air à peu près aussi convaincu que je le suis, mais je lui assure que le passé est derrière nous et que nous tiendrons le coup. J'espère vraiment ne pas me mentir à moi-même.

Les deux filles dont j'ai fait la connaissance ce matin se sont installées au premier rang dans le bus. Celle qui s'appelle Erin a un anneau à la narine et à la lèvre, des tatouages tout le long des bras. Adossée à la fenêtre, elle bouquine. L'autre, Trish, a de longs cheveux blonds, très brillants ; elle pourrait passer pour une des pom-pom girls les plus populaires de Paradise. Elle s'est maquillé les yeux en noir et a mis du rouge à lèvres rose clair. Ça lui va super bien.

J'évite sciemment de jeter ne serait-ce qu'un coup d'œil vers l'arrière du bus – je ne veux pas voir où *il* est assis – et me glisse à côté de Matt au rang intermédiaire. Je connais Matt. On s'est rencontrés au centre de rééducation. Sa séance avait lieu juste après la mienne le mercredi soir. Il lui manque les trois quarts du bras gauche, et son bras droit est couvert de cicatrices, mais je ne sais pas exactement ce qui lui est arrivé. Je le découvrirai quand nous nous raconterons nos histoires.

Il m'adresse un sourire gentil, mais réservé.

– Je ne savais pas que tu serais là.

– Ça s'est fait au dernier moment, je lui réponds, observant Trish et Erin devant nous tout en me demandant si Caleb ne va pas se dégonfler à la dernière minute.

Je ne serais pas mécontente qu'il s'en aille en un sens. Mais j'aimerais aussi qu'il reste pour avoir une chance de me prouver que j'ai bel et bien tourné la page, que la souffrance, qui m'a longtemps habitée, s'est dissipée.

Mon pouls s'accélère quand je l'entends gigoter dans son siège derrière nous. C'est de mauvais augure. Me voilà probablement partie pour quatre semaines de torture – sûrement pire que l'année de rééducation après mon accident !

Malgré le chagrin, pendant des semaines, des mois, j'ai prié pour qu'il revienne. Je laissais ma lumière allumée la nuit, comme un signe, afin qu'il sache que je l'attendais. Comme on était voisins, je passais des heures à guetter à ma fenêtre dans l'espoir de voir sa chambre éclairée. Je rêvais de l'entendre me dire qu'il avait commis une terrible erreur en quittant Paradise.

Mais ça ne s'était jamais produit.

À la fin, je m'étais rendu compte que j'avais trop compté sur lui.

Damon s'installe au volant et se retourne :

– Bon, les enfants, nous y voilà. Notre première étape sera un camp de vacances pour adolescents. On dormira dans des cabanes ce soir. J'attends de vous que vous leur racontiez vos expériences. Demain nous repartirons vers une nouvelle destination. Prenez le temps de vous présenter les uns aux autres pendant que nous attendons Lenny. Comme vous le savez tous, je m'appelle Damon Manning et je suis votre moniteur.

– Moi, c'est Trish, lance celle-ci sur un ton propre à dissuader quiconque de lui adresser la parole à moins d'y être invité.

– Erin, enchaîne sa voisine d'une petite voix, sans lever le nez de son bouquin.

Matt se racle la gorge.

– Matt.

– Maggie, dis-je, incapable de résister à l'envie de jeter un coup d'œil rapide à Caleb.

À le voir, on se dit qu'il préférerait nager dans des eaux infestées de requins ou de piranhas plutôt que d'être dans ce bus. Il a les yeux rivés au sol.

– Caleb.

– Et moi, c'est Lenny, dit le garçon qui a lâché un vent plus tôt, en montant d'un bond dans le bus pour aller se glisser à côté de Caleb.

Qui fait une tête de six pieds de long.

– Écoute, mec, si tu recommences, je te botte les fesses.

– On ne menace pas les autres membres du groupe, Caleb, intervient Damon. Lenny, évitons les flatulences à partir de maintenant, d'accord ?

J'étouffe un rire nerveux.

– Je vais essayer, répond Lenny, le pouce levé.

À peine sommes-nous sortis du parking, je l'entends glisser à Caleb :

– Tu voudrais pas tirer sur mon doigt ?

Je ne peux pas m'empêcher de me retourner. Au lieu d'ignorer l'index de Lenny, Caleb l'attrape et le tord en arrière.

– Arrête ! je m'exclame, voyant Lenny faire la grimace. Tu lui fais mal.

Qu'est-il arrivé à Caleb pour qu'il réagisse comme ça, au quart de tour ?

Il finit par lâcher prise. Lenny lui jette un regard noir, avant de battre en retraite à l'extrémité de la banquette.

– Tu l'as bien cherché, marmonne Caleb d'un ton suffisant.

– Je te ferai un procès si j'ai une entorse, avertit Lenny. Je joue de la guitare, mec.

Caleb esquisse un petit sourire narquois puis me regarde en secouant la tête.

– Qu'est-ce qu'il y a ?

– Rien.

Je me détourne. À moins d'y être forcée, plus question que je lui accorde la moindre attention.

Matt sort son portable et commence à écrire un texto de son unique main. Il le tient dans la paume pendant que son pouce danse sur le clavier. Ça ne doit pas être facile, mais il se débrouille très bien.

Je me penche en avant et m'accoude au dossier devant moi. Je vais bavarder avec Trish et Erin. Cela vaut mieux que de ruminer, et puisque nous allons cohabiter un mois entier, autant que je me lie avec elles. Seulement, je me rends compte assez vite qu'elles n'ont aucune envie de discuter. Trish a ses écouteurs dans les oreilles et sa capuche cache son visage. Erin est tellement absorbée par sa lecture que je ne suis même pas sûre qu'elle ait conscience de la vraie vie autour d'elle.

Je m'enfonce dans mon siège et je regarde par la fenêtre. Les champs de maïs émaillés de fermes qui composent le paysage de l'Illinois sont flous devant mes yeux.

– Eh ! Matt, souffle Caleb.

– Ouais.

– Change de place avec moi.

3

CALEB

Maggie, sous le choc, a toujours la bouche ouverte quand j'enjambe le siège de Matt qui va prendre ma place à l'arrière. Je n'ai pas envie de voir un autre mec assis à côté d'elle. Je sais que c'est ridicule d'être possessif, je n'en ai pas le droit, mais c'est comme ça.

Damon me jette un coup d'œil dans le rétroviseur :

– Retourne sur la banquette arrière, Caleb.

– J'ai mal au cœur. Soit on échange nos places, soit je dégobille sur Maggie et Matt.

Je jette un coup d'œil à Maggie qui n'a pas l'air ravie. Nos genoux se touchent. Elle s'écarte mais son regard croise le mien.

– J'avais vraiment mal au cœur, dis-je bêtement, et Lenny est insupportable.

– Je t'ai entendu, rouspète Lenny.

– Tant mieux.

Maggie rejette ses cheveux en arrière avec une assurance que je n'avais fait qu'entrevoir quand on était ensemble. Elle me glisse un coup d'œil à la dérobée.

– Pourquoi cherches-tu la bagarre avec Lenny ?

– C'est lui qui a commencé.

J'ai l'air d'un gamin, mais je n'en ai plus rien à faire. Que s'imagine-t-elle ? Que je suis parfait ? Elle devrait avoir compris depuis le temps, c'est loin d'être le cas.

– Tu es trop agressif.

– Qu'y a-t-il de mal à ça ?

Maggie pointe son joli nez en l'air.

– Tu devrais être capable de trouver tout seul.

– Tout va bien derrière ? lance Damon.

– J'ai mal au doigt, geint Lenny. J'ai besoin d'un pack de glace.

Damon lui demande ce qui s'est passé. Je lève les yeux au ciel. Après un bref silence et un regard d'avertissement de ma part, Lenny répond que ce n'est rien.

Maggie sort un guide de l'Espagne et chausse des lunettes à monture d'acier. Elles doivent être neuves. C'est la première fois que je la vois avec des lunettes. Elle se détourne de moi et se concentre sur sa lecture tout en mâchonnant un crayon. Je la regarde entourer certains passages, en cocher d'autres.

– Tu prévois toujours un voyage en Espagne ?

Juste avant mon départ de Paradise, elle avait renoncé à passer son semestre d'été à l'étranger. C'est ce qu'elle m'avait dit en tout cas.

– Oui, répond-elle en fermant son livre qu'elle fourre dans son sac à dos avec le crayon.

La discussion s'arrête là. Pas de détails, ni la moindre explication. Non qu'elle m'en doive. Elle n'a pas envie de me parler manifestement, ni de me regarder, d'ailleurs.

Deux heures plus tard, Damon s'arrête dans une aire de stationnement.

— Tout le monde dehors. Dégourdissez-vous les jambes. On va dîner rapidement ici.

Près des distributeurs automatiques, je m'approche de Maggie.

— Quoi de neuf ? je demande en essayant de prendre un air désinvolte.

Elle me décoche un regard mêlant surprise et dédain.

— Quoi de neuf ! ? Tu plaisantes, Caleb ? Tu disparais pendant huit mois. Je dirais que tu as dépassé le stade du « quoi de neuf » d'au moins sept mois !

Et merde ! J'ai l'impression qu'aucune de mes paroles ne trouvera grâce à ses yeux. Malgré tout, je fais une nouvelle tentative.

— Désolé.

— Moi aussi, je suis désolée.

Elle se détourne et s'éloigne en boitant — rappel brutal de cette nuit fatidique il y a deux ans. Pour une fille à demi handicapée, elle détale drôlement vite. Je trottine pour la rattraper parce que je suis stupide, et convaincu que le mieux n'est pas l'ennemi du bien.

— Dis-moi que tu n'as pas pensé à nous !

Elle hausse les épaules.

— J'ai pensé à toi. Et puis à la façon dont tu m'avais laissé tomber.

– Ça n'avait rien à voir avec toi, Maggie, tu le sais très bien.

– Je n'ai pas envie de ressasser tout ça, riposte-t-elle en se rapprochant du bus. Je suis passée à autre chose.

Je me plante devant elle, pour l'arrêter, avant qu'elle soit trop près des autres. Ils n'ont pas besoin d'être au courant de nos affaires.

– Tu ne peux pas continuer à m'ignorer comme ça.

Elle secoue la tête en m'écartant de son chemin.

– Non, je ne peux pas. Si je voulais, je n'y arriverais même pas. Mais s'il te plaît, n'essaie pas de me faire parler de… nous.

Elle chuchote le « nous » comme si c'était un grand secret. Elle a l'air de redouter que les autres n'apprennent que nous avons eu une relation dépassant l'amitié.

De retour dans le bus, tandis que nous reprenons la route, elle pose ses mains sur ses genoux et regarde droit devant elle. Au bout d'un moment, je remarque que ses yeux commencent à se fermer.

– Tu peux mettre ta tête sur mon épaule, si tu as envie de dormir. Je promets de ne pas… te toucher ou quoi que ce soit.

– Non, merci. C'est bon. J'ai apporté un oreiller de voyage.

Elle plonge les mains dans son sac et en sort un oreiller en plastique gonflable, vert fluo. Elle souffle dedans et le cale derrière sa nuque, comme la Maggie que je connaissais. Émotive, manquant d'assurance.

Elle s'endort presque instantanément. Une heure plus tard, tout le monde pionce à part Damon et moi. La fille aux écouteurs ronfle tellement fort que je me demande si Maggie et la tatouée ne vont pas être obligées de s'acheter des boules Quiès.

— Fais une sieste, Caleb, me suggère Damon. On a encore du chemin à faire.

— J'ai arrêté de faire la sieste quand j'avais deux ans, je réponds en glissant un nouveau coup d'œil à ma voisine.

Je pousse un soupir de frustration, puis je me concentre sur mon genou. Je l'agite en cadence avec les vibrations du moteur. Je suis anxieux et je ne sais même pas pourquoi. J'aimerais pouvoir me défouler, en courant jusqu'à ce que mon corps me crie d'arrêter. Or, je suis coincé là à cogiter.

Quand j'étais à l'E.P., j'avais beaucoup trop de temps pour réfléchir. C'est dangereux de penser trop fort et trop longtemps pour quelqu'un qui se débat avec ses démons.

J'envie Maggie de dormir. Je suis content qu'elle ait tourné la page. Je ne suis pas certain de pouvoir en dire autant. J'ai quitté Paradise, mais je suis toujours le même, et dans la même galère qu'avant.

Quand nous atteignons finalement le camp, Damon saute du bus pour signaler notre arrivée. Il revient cinq minutes plus tard, la mine renfrognée.

— Mauvaise nouvelle, annonce-t-il.

— Les campeurs ont décidé qu'ils n'avaient pas envie d'entendre nos tristes histoires ? j'ironise.

— Non. Il ne leur reste qu'un seul bungalow libre. Ce qui veut dire...

— Qu'on va tous devoir dormir sous le même toit ? se récrie la Tatouée.

Damon soupire. Ce changement de programme le perturbe, manifestement.

– Oui. Moi, je loge dans celui d'à côté, avec les animateurs. Je viendrai faire une visite de contrôle. Ça vous va, les gars ?

– Certainement pas, proteste l'autre fille. Pas question que je me change devant les mecs.

– Il y a des douches à quelques mètres du bungalow, l'informe Damon. Tu n'auras qu'à y aller pour te changer si tu préfères, Trish.

– S'il n'y a pas d'autre solution, réplique-t-elle. Mais je ne suis pas contente du tout.

Maggie a l'air un peu nerveuse.

À l'intérieur de la cabane, trois paires de lits superposés avec des draps et des oreillers au pied de chaque matelas. Pas grand-chose d'autre.

– Je prends un des lits du bas, annonce Matt en se laissant tomber sur un matelas tout mince, pour se retrouver le derrière presque par terre. La vache, Damon, c'est pire que de vivre à la dure !

– Moi aussi, je dors en bas, lance Trish.

– Moi aussi, dis-je, mais quand Maggie entre dans la cabane en boitant, je me ravise. Réflexion faite, je vais m'installer en haut. Maggie a besoin d'un lit en bas à cause de sa... euh...

– Jambe, achève-t-elle à ma place. Tu peux le dire, Caleb. Ce n'est pas comme si c'était un secret. Tout le monde voit bien que je boite.

– Tant qu'on en est aux imperfections évidentes, enchaîne Matt, autant que je vous annonce tout de suite que je suis conscient que j'ai un moignon en guise de bras. Ça saute aux yeux. Je tiens à ce que vous sachiez que si vous voulez en parler ou me poser des questions, ça me pose aucun problème.

– Berk ! s'exclame Trish. Tu es obligé d'appeler ça un *moignon* ?

– Tu préférerais que je dise mon appendice tronqué ? demande Matt en remontant sa manche pour montrer ce qui reste de son bras gauche.

– Non, répond-elle en y jetant un coup d'œil rapide.

Damon tape dans ses mains pour attirer notre attention.

– Bon, maintenant que cette question est réglée, prenez vos quartiers et retrouvez-moi dehors dans dix minutes.

– Dehors ? s'étonne Trish. Pour quoi faire ?

Elle va concurrencer Lenny pour le trophée du plus casse-pied de la bande ? Elle n'a pas daigné sourire ni dire une seule chose positive depuis le début du voyage. J'ai l'impression qu'elle cherche à nous rendre aussi déprimés qu'elle. Cela dit, je la comprends. Je préférerais être à Chicago plutôt qu'ici.

– Je vous retrouve dehors dans dix minutes, répète Damon, puis il pousse la porte en grillage et disparaît.

Erin grimpe sur la couchette au-dessus de celle de Maggie. Je prends celle au-dessus de Matt, sachant que, quel que soit le lit, je ne dormirai probablement pas avant que mon corps cède d'épuisement.

Après avoir déballé nos affaires, nous allons attendre dehors. La nuit commence à tomber, et les moustiques sont de sortie. Chacun à son tour s'asperge de lotion répulsive pendant que Damon nous explique le déroulement des festivités.

– C'est tout à fait informel. Aucune pression. Inspirez à fond, et sachez que nous sommes tous là pour nous soutenir les uns les autres. Comme il est tard, j'imagine qu'aucun d'entre vous n'interviendra ce soir, mais ce n'est pas grave. Vous aurez tous l'occasion de partager votre expérience à un moment donné.

Puis il nous conduit dans les bois. Une vingtaine d'ados nous attendent, assis sur des souches d'arbre autour d'un feu de camp. Ils lèvent tous les yeux à notre approche.

Les craquements des bûches me rappellent l'époque où mon père et moi allions camper avec Brian et son père, dans le Wisconsin. La dernière fois que j'ai vu Brian, il sortait avec mon ex-petite amie, Kendra, et travaillait à la quincaillerie familiale.

– Asseyez-vous, dit Damon.

Je m'installe à côté d'un gars couvert d'acné. Il m'adresse un pâle sourire.

Une monitrice se lève. Elle nous explique que les élèves viennent de différents lycées de la région de Chicago et doivent suivre des cours d'été pour passer dans la classe supérieure.

Après son speech, Damon se lève à son tour.

– Les jeunes qui m'accompagnent sont ici pour vous raconter comment l'imprudence au volant a bouleversé leur vie. Certains d'entre vous se croient certainement invincibles, je le sais, mais détrompez-vous. Écoutez-les. Soyez attentifs à leurs récits.

Il se rassoit dans le silence le plus complet.

Qu'attend-il de nous, qu'on se précipite pour déballer nos sordides histoires ? Il croit vraiment que ça intéresse ces gosses ? C'est de la blague.

Quelqu'un tousse.

Un autre éternue.

– Salut, les gars, je m'appelle Matt.

Sa voix brise le silence. Il se racle la gorge. Certains gamins relèvent la tête, mais la plupart continuent de se curer les ongles ou de fixer les flammes. Quelques-uns chuchotent entre eux, totalement indifférents à Matt.

– Je vais me jeter à l'eau le premier. Il y a quelques mois, je rentrais du match de foot de mon lycée. J'étais ailier. On venait de battre l'équipe rivale sur son propre terrain. J'étais remonté à bloc. Pendant tout le trajet de retour en bus, on n'a pas arrêté de blaguer. Je me sentais bien. Super bien.

Il relève les yeux.

– Invincible même.

Plusieurs élèves continuent à bavarder, sans se préoccuper le moins du monde de ce pauvre Matt qui leur ouvre son cœur. Mais soit il ne s'en rend pas compte, soit il s'en tamponne.

– De retour à l'école, on a tous récupéré nos voitures respectives. À un feu rouge, un de mes copains était à l'arrêt à côté de moi. J'ai fait gronder mon moteur. Il m'a imité.

Matt marque une pause.

– Dès que le feu est passé au vert, j'ai enfoncé la pédale d'accélérateur, tellement brutalement que ma tête est partie en arrière. Ça m'a fait une décharge d'adrénaline, surtout que j'avais complètement distancé mon pote. C'est là que j'ai perdu le contrôle de mon véhicule. Je ne me souviens pas de grand-chose jusqu'au moment où j'ai percuté un arbre. En me réveillant, j'ai découvert qu'on m'avait amputé d'un bras.

Comme s'il se sentait obligé d'en rajouter une couche, Matt se débat alors avec son tee-shirt et s'en extrait. Cette fois-ci, il a l'attention de tout le monde, sans exception. Certains gamins en restent bouche bée, d'autres ont un mouvement de recul, d'autres le regardent fixement. Il a des cicatrices sur la poitrine aussi, et il lui reste moins de vingt centimètres de bras du côté gauche.

Il se rassoit.

— Je me sens nettement moins invincible maintenant. J'ai perdu toute chance de décrocher une bourse pour le football et puis...

Il s'essuie les yeux.

— Je ne pourrai plus jamais attraper un ballon.

Il relève la tête d'un air plein de défi.

— Essayez d'enfiler votre fute avec une main. Juste une fois, tentez le coup. Autant vous le dire tout de suite, ce n'est pas de la tarte. C'est même la galère. J'aimerais pouvoir remonter le temps, mais c'est impossible. J'ai pris une décision idiote parce que je me croyais invincible, et je vais le payer pour le restant de mes jours.

Il incline la tête en soupirant.

Je me tourne vers Maggie. Nos regards se croisent pendant un moment intense, mais rapidement elle baisse les yeux et fixe le sol.

Lorsque finalement elle relève la tête, dans un silence tendu, elle lance :

– Je m'appelle Maggie. Il y a presque deux ans, j'ai été renversée par une voiture...

Elle se lève et plante un regard accusateur sur moi. Va-t-elle lâcher que c'est moi qu'on a inculpé de l'accident ? Je n'étais pas responsable, mais elle l'ignore et je suis déterminé à le garder pour moi. S'attend-elle vraiment à ce que je me lève et avoue devant tout le monde que je l'ai percutée alors que je conduisais en état d'ivresse ? Je ne pourrai jamais mentir sans m'étouffer. Bon sang, je suis incapable d'affronter ça. Pas maintenant.

Avant qu'elle ajoute un seul mot, je me lève pour retourner à la cabane.

– Caleb, reviens ici tout de suite, siffle Damon derrière moi.

Je l'ignore et continue mon chemin.

4

MAGGIE

Je marque une pause tandis que Caleb s'éclipse dans l'obscurité. Les lueurs du feu vacillent sur son tee-shirt noir. Je veux qu'il écoute mon récit. Cet accident a chamboulé ma vie à jamais, et si quelqu'un a besoin d'entendre ma version des faits, c'est lui. Il me le doit bien. Son brusque départ me fait l'effet d'une gifle en pleine figure. Cela prouve qu'il se fiche... de moi, de ce qui m'est arrivé, de notre relation.

La colère et le sentiment d'être trahie m'envahissent. En prenant une grande inspiration, je promène mon regard sur les visages des ados qui m'observent, attendant que je prenne la parole.

– J'ai encore des cicatrices..., dis-je, laissant ma phrase en suspens.

Je pousse un petit soupir en pensant à cette réalité.

– À l'intérieur de mon être, comme à l'extérieur. Un garçon que j'aimais bien a été inculpé. Il a fait de la prison. Le plus triste, c'est que cet accident a aussi affecté nos deux familles... et notre petite ville. Plus rien n'a été pareil depuis.

Une petite blonde avec des tresses lève une main frêle.

– Et le garçon ? demande-t-elle. Que lui est-il arrivé ?

Je me tourne vers Damon, adossé à un arbre un peu en retrait. Il croit que c'est Caleb qui m'a renversée.

– Je ne sais pas très bien. Je pense qu'il m'estime responsable de son incarcération.

– C'est ridicule, marmonne la fille.

– Quand on commet une erreur, on en paie le prix, intervient une monitrice.

Elle n'a aucune idée de la vérité... À savoir que Caleb n'a commis aucune erreur, mais qu'il a payé le prix quand même.

C'est au tour de Trish de prendre la parole. Elle raconte qu'à une fête du lycée quelqu'un a glissé de la cocaïne dans son sac. Arrêtée par la police un peu plus tard pour avoir grillé un feu rouge, elle s'est fait embarquer. L'accusation relative à la drogue figure désormais sur son casier judiciaire, et chaque fois qu'elle postule pour un emploi, elle doit cocher la case : criminel reconnu coupable.

L'émotion étant forte à ce stade, Damon et les autres instructeurs annoncent qu'il est temps de regagner nos cabanes.

En arrivant à la nôtre, Damon se rue à l'intérieur.

– Hé ! Becker ! hurle-t-il d'une voix tonitruante qui terroriserait les plus durs à cuire.

Les filles sursautent, les garçons se mettent pratiquement au garde-à-vous.

– Lève-toi, nom de Dieu !

Caleb est allongé sur son lit, un bras derrière la nuque. Il est torse nu, en pantalon de survêt. Imperturbable, il se redresse.

– C'est quoi, votre problème ?

Damon s'approche de la couchette.

– Descends de là, petit péteux.

– Jolie formule, Damon.

Caleb saute à terre avec souplesse et se plante devant Damon. Ils sont à peu près de la même taille, mais Caleb est mince et musclé comparé à notre moniteur, plus massif.

– Excuse-toi auprès de Maggie pour avoir fichu le camp, exige Damon en me désignant d'un geste. C'était grossier, et la marque d'un manque total de respect.

– Désolé, bougonne Caleb avec une parfaite mauvaise foi.

Folle de rage, j'écarte Damon de mon chemin pour affronter Caleb. Dommage que la vue de son torse musclé me fasse autant d'effet.

– Pourquoi t'obstines-tu à te comporter comme un imbécile ?

– Parce que j'en suis un, réplique-t-il avec un petit rire.

– Qu'est-ce qui te prend à la fin ? Ce n'est pas le vrai Caleb, celui que j'ai connu.

– Rien. Je suis comme ça, mon cœur. C'est à prendre ou à laisser.

– Que se passe-t-il entre vous ? intervient Trish.

– Rien, dis-je. Rien du tout. Pas vrai, Caleb ?

Pressée de mettre de la distance entre moi et les autres, je sors de la cabane clopin-clopant. Le plancher branlant grince sous mes baskets. Dès que je respire l'air chaud de la nuit, je me sens mieux. Alors que je descends maladroitement les trois marches du perron en tenant la rampe pour gagner la pelouse, je sens la présence de Caleb derrière moi.

Je l'ignore, bien que j'aie l'estomac retourné. Je me retiens de dire tellement de choses.

— Maggie.

Sa voix fait écho dans l'obscurité.

Je poursuis mon chemin. Quand il me rattrape, je tourne les talons et m'éloigne de lui aussi vite que je le peux.

— Laisse-moi tranquille, je lance par-dessus mon épaule.

— Qu'est-ce que tu voulais que je fasse ? Que je t'écoute leur expliquer que je t'ai renversée alors que je conduisais en état d'ivresse, que je t'ai laissée pour morte sur la chaussée ? Qu'ensuite j'ai fait de la prison et qu'à ma sortie, on a... on a commencé...

Il fait la grimace en se couvrant les yeux, comme si mettre des mots sur notre histoire la rendait insupportablement réelle.

— Une relation ? j'achève, sans me laisser démonter.

— Appelle ça comme tu veux. Ça n'aurait jamais marché de toute façon.

— Tu ne nous as même pas laissé une chance.

— Ta mère me déteste. Mes parents auraient eu une attaque s'ils nous avaient vus ensemble. Putain, Maggie, même Damon m'a recommandé de t'éviter ! Tu devrais me remercier d'être parti, mais tu espères encore qu'il se passera quelque chose entre nous, c'est évident.

Je m'approche de lui, si près que je sens presque la chaleur irradier de son corps.

– Tu devrais tourner la page, Caleb. On a eu une petite aventure, et puis voilà. Je m'en suis remise. Ce n'est rien de le dire.

– Allons, Maggie, reconnais que tu m'as toujours dans la peau, même si tu t'obstines à te conduire comme si tu n'avais plus envie de sortir avec moi.

– Je n'éprouve strictement rien pour toi.

À l'instant où je m'apprête à retourner dans la cabane, il tend la main et m'attrape le poignet.

– Tu en es bien sûre ?

Je déglutis avec peine. Une énergie farouche vibre dans ces doigts qui m'enserrent le poignet. Je les connais trop bien, ces doigts. Je m'en veux de me remémorer l'effet que ça me faisait quand cette belle énergie se concentrait sur moi... quand ces doigts me caressaient délicatement. Je devrais me concentrer sur la manière de le remettre à sa place au lieu de penser à ce lien qui nous unit. Mais quand je lève les yeux vers lui, j'oublie tout, parce que ce regard d'un bleu intense m'accapare tout entière.

Je tire mon poignet pour me libérer, bien déterminée à rompre une fois pour toutes le charme sous lequel je suis tombée.

Comme je regagne la cabane, je l'entends rire derrière moi.

Je me retourne.

– Qu'est-ce qu'il y a de si drôle ?

Son rire se change en un sourire jusqu'aux oreilles.

– Ça y est ! J'ai compris.

– Qu'est-ce que tu as compris ?

– Pourquoi tu tiens tant à me faire savoir que c'est fini entre nous.

Il croise les bras sur sa poitrine.

– C'est *toi* que tu essaies de convaincre, en fait. Nous savons tous les deux que c'est loin d'être terminé, toi et moi.

– Tu rêves ! Il n'y a plus rien entre nous à part de la haine. Et je ne parle pas que de moi. Toi aussi, tu m'en veux.

Il avance d'un pas. Je recule d'autant.

– Tu crois ça ? demande-t-il d'un air encore plus goguenard.

– J'en suis persuadée. À cent cinquante pour cent.

– Prouve-le-moi, alors.

Je le regarde en plissant les yeux, curieuse de savoir ce qu'il mijote.

– Comment ?

– Embrasse-moi. Là, tout de suite.

5

CALEB

– **U**n seul baiser, dis-je en m'approchant un peu d'elle. Si je te laisse vraiment indifférente, il n'y a pas de quoi en faire un plat.

Elle lève le nez en l'air. Elle ne se rend pas compte qu'en me provoquant comme ça, elle ne fait qu'attiser mon désir. Je ne suis pas certain de mes motivations… et ne veux pas trop y penser.

– Je ne vois pas l'intérêt d'embrasser un garçon pour prouver quelque chose, déclare-t-elle avec une détermination que je lui ai rarement vue. Et certainement pas toi !

Elle refuse d'admettre qu'on est attirés l'un par l'autre. J'ai beau vouloir garder mes distances, j'ai envie de voir jusqu'où je peux aller. Ce n'est pas une bonne idée de la tester, je sais. Tant mieux si elle m'a oublié. Mais je ne peux pas résister. Je dois en avoir le cœur net.

– De quoi as-tu peur ? Si tu n'en as plus rien à faire, un baiser ne signifie rien, et on pourra enfin tourner la page.

– C'est déjà fait, Caleb. Mais si tu tiens vraiment à en avoir la preuve, OK.

– C'est parti, dis-je en plaquant un sourire espiègle sur mon visage.

Face à un tel défi, la Maggie d'avant aurait piqué un fard, regardé obstinément par terre. Ou alors tourné les talons et pris la fuite. Elle était si prévisible, avant. Ce n'est plus le cas, et ça me déboussole.

La nouvelle Maggie, celle qui me rembarre, et que j'ai dans la peau, pose résolument sa main sur ma poitrine. Elle penche la tête en arrière dans le clair de lune et lève vers moi son regard caméléon aux nuances gris foncé.

– Tu as tort de me défier, murmure-t-elle.

– Je sais, je réponds en m'efforçant de prendre un ton posé.

Elle est si proche maintenant, mon corps réagit au quart de tour. Je dois me faire violence pour garder le contrôle. J'ai le cœur qui bat à cent à l'heure et les sens tellement en éveil que je flaire son parfum fleuri malgré la distance qui nous sépare encore. Je prie pour qu'elle ne se rende pas compte de l'effet puissant qu'elle continue à avoir sur moi. Je n'ai pas ressenti ça depuis… cette fameuse nuit dans le belvédère de Mme Reynolds, quand j'ai eu envie d'elle comme je n'ai jamais eu envie d'aucune fille. Rien n'est arrivé, mais j'aurais donné cher pour passer à la vitesse supérieure…

Je suis certain qu'elle perçoit les palpitations de mon cœur sous sa paume, mais j'essaie d'oublier quand elle lève la main pour enfoncer ses doigts dans mes cheveux.

— Tu es prête ? je demande d'une voix râpeuse.

— Bien sûr, répond-elle d'un ton hésitant.

J'ai envie de poser ma main sur sa joue, de toucher sa peau douce, d'écarter la mèche rebelle tombée sur ses yeux, mais je n'en fais rien. Ce serait des gestes trop intimes, qui auraient raison du peu de maîtrise qu'il me reste. Mes lèvres taquinent les siennes. Je veux qu'elle désire ce baiser autant que moi.

— Ne le dis à personne, d'accord ? m'avertit-elle en reculant un peu.

Ces mots anéantissent ma libido aussi vite qu'elle s'est emballée.

Ne le dis à personne ? Pour être honnête, je ne suis pas surpris qu'elle veuille garder secret ce petit intermède. Il n'empêche que ses paroles me font mal. Est-ce parce qu'elle est amoureuse de quelqu'un d'autre ? Ou parce qu'elle a honte d'être associée à un ancien détenu ? Mince alors, peut-être bien qu'elle n'en a plus rien à faire de moi. La réalité me submerge comme un raz-de-marée.

Qu'est-ce que je fabrique ? Je ne peux pas faire ça. À l'époque où on est sortis ensemble, rien n'était calculé. C'est arrivé, voilà tout. Alors que ce qui se passe maintenant est une provocation, une mise en scène. Une histoire avec une fille, *surtout* Maggie, est bien la dernière chose dont j'ai besoin. Or, c'est exactement le chemin que ça prend.

J'ai peut-être juste besoin de coucher avec quelqu'un. Une aventure d'un soir avec une écervelée comme Trish, histoire de chasser Maggie de mes pensées. Ça m'aiderait sûrement à retrouver la raison.

J'écarte mes mains de Maggie et je recule. Puis je hausse les épaules en lui décochant un regard en biais.

– Tu as raison, dis-je, c'est ridicule. Tu n'as pas à me prouver quoi que ce soit.

Je n'arrive pas à déterminer si elle est déçue ou soulagée. Peu importe. Je n'ai pas envie d'attendre qu'elle analyse ce qui s'est passé, ou non. Je ne tiens pas à approfondir la question.

Je la plante là et me dirige vers le feu de camp. Je l'entends m'appeler, mais je continue sans me retourner, de crainte de fléchir, de revenir sur mes paroles, de l'embrasser comme aucun autre garçon ne pourrait le faire. Sur le sentier boisé éclairé par la lune, je hâte le pas afin d'augmenter la distance entre nous, et j'atteins bientôt la clairière. Le feu est presque éteint, à part quelques braises.

Je m'assieds sur un banc – une bûche jetée à terre, plutôt. Il y a moins d'une heure, à ce même endroit, Maggie a raconté notre histoire devant tout le monde. Elle ne sait toujours pas ce qui s'est réellement passé le soir de l'accident. Le récit qu'elle en fait sonne juste à ses oreilles, mais c'est une invention pure et simple avec laquelle je vis depuis longtemps.

Je reste assis près du feu jusqu'à ce que les dernières braises meurent. Lorsque je me décide finalement à regagner la cabane, toutes les lumières sont éteintes à part celles qui indiquent la direction des toilettes. À l'intérieur, tout le monde a l'air de dormir – dans le cas de Trish, de ronfler. Même Maggie a sombré. Elle me tourne le dos, et le drap qui la recouvre se soulève et s'affaisse à un rythme lent et régulier à chaque respiration.

Je fouille dans mon sac tout en me demandant où est Damon, jusqu'à ce que je me souvienne qu'il crèche dans la cabine climatisée des moniteurs.

Après avoir fait un brin de toilette, je me hisse sur ma couchette en veillant à ne pas réveiller Matt, mais le lit en métal et les ressorts grincent lamentablement quand je m'enfonce dans le matelas.

– Désolé, mec, je marmonne en entendant Matt s'agiter.

– Pas de problème, chuchote-t-il. Je ne dormais pas vraiment, de toute façon.

– Comment voulez-vous fermer l'œil avec Trish le bulldozer dans les parages ? proteste Lenny en gémissant de frustration.

Pile à ce moment-là, les ronflements de Trish s'intensifient. Ça ne se limite pas à des respirations bruyantes. Elle commence par faire des gargouillis, comme si elle avait la trachée bouchée. Puis elle lâche une série de grognements comme je n'en ai jamais entendu, même pas d'un garçon.

Lenny, qui dort au-dessus d'elle, se penche pour la regarder.

– Tu ne pourrais pas la fermer, Trish ! beugle-t-il.

Elle ne bronche même pas, s'arrête de ronfler une demi-seconde avant de reprendre de plus belle – une tonalité au-dessus.

– Je pourrais l'étouffer avec mon oreiller, propose Lenny.

Matt se redresse.

– Il paraît que si on plonge la main de quelqu'un dans de l'eau chaude pendant son sommeil, ça arrête les ronflements.

– C'est pour faire faire pipi au lit, dis-je.

– Ça marche vraiment ? s'enthousiasme Lenny. On devrait essayer. Quelqu'un a un seau ?

– Tu plaisantes, j'espère ? intervient Maggie de la couchette en dessous. Vous n'allez pas faire ça ?

Un énorme grondement s'échappe de la bouche grande ouverte de Trish. Lenny se redresse, attrape les deux montants de son lit et commence à le secouer latéralement.

– Arrête ! hurle Maggie.

En l'entendant crier, je saute au bas de ma couchette, juste à temps pour voir les lits superposés de Lenny et de Trish basculer dangereusement. Au moment où la collision est sur le point de se produire, j'empoigne le cadre du lit avant qu'il s'abatte sur Maggie. Sa jambe a déjà assez souffert comme ça. Ma jambe à moi arrête Trish dans son élan, mais pour Lenny, il est déjà trop tard. Il s'affale avec un bruit retentissant.

Trish glisse lentement le long de ma jambe et atterrit sur les fesses dans un méli-mélo de draps. Elle lève les yeux, abasourdie, tremblante de peur. Pour une fille qui se flatte d'être super coriace.

– Que s'est-il passé ? demande-t-elle d'une voix chevrotante, pendant que je m'assure que son lit est à nouveau stable.

Elle se met debout, se frotte le derrière avant de ramasser son oreiller.

À l'évidence, Lenny n'a pas l'intention de lui fournir d'explications. Je le fais rapidement à sa place.

– Ton lit est tombé. Rendors-toi.

– Comment est-ce possible ? demande-t-elle.

– Punaise ! C'était génial ! s'exclame Lenny, toujours par terre.

Il est mort de rire. C'est un crétin de première, décidément.

– Remets-toi, mec, lui dis-je.

Trish le fixe en plissant les yeux.

– Tu as fait exprès de faire basculer le lit ?

– Tu ronflais comme un cochon, Trish. J'ai essayé de te réveiller, mais tu dormais à poings fermés. C'était pour rendre service à tout le monde.

Trish se jette sur Lenny tel un chien d'attaque. Je la retiens juste à temps.

– Tu es un vrai connard ! braille-t-elle à l'adresse de Lenny.

– Tu ne m'apprends rien, là, réplique Lenny, puis il feint de ronfler bruyamment pour la mettre en rogne.

Il n'a peut-être pas remarqué, mais elle a des ongles redoutables.

– Fais comme s'il n'existait pas, dit calmement Maggie en s'interposant entre Trish et Lenny.

Elle porte un pantalon de pyjama rose et un débardeur assorti. Si Trish se jette sur son adversaire, Maggie risque de tomber et de se faire mal à la jambe.

– Laisse-la, Caleb.

Je relâche lentement Trish, prêt à intervenir si je sens qu'elle va bondir. Lenny s'est finalement décidé à arrêter de ricaner.

Tout le monde est réveillé maintenant et le foudroie du regard.

– Vous n'avez aucun sens de l'humour, gémit-il. Losers !

Avant de sortir de la cabane d'un pas lourd, il nous offre le spectacle de son derrière poilu.

Erin émet une petite plainte puis enfouit sa tête sous son drap.

– Hors de question que je dorme en dessous de cet imbécile, déclare Trish.

– On échange, je suggère. Prends mon lit.

Elle grimpe sur mon matelas, trop fatiguée et en colère pour me remercier.

En m'allongeant sur le tas de draps froissés qu'elle a abandonné sur sa couchette, je me rends compte que je vais passer la nuit à côté de Maggie. Je me tourne vers elle. Je n'avais pas remarqué avant, mais à présent, il est on ne peut plus clair qu'elle a enlevé son soutien-gorge. Je suis assis, elle est debout devant moi. Ses seins sont à la hauteur de mes yeux. Elle laisse échapper un petit cri, désigne ma main et chuchote :

– Tu saignes.

Effectivement, un filet de sang coule du dos de ma main. J'ai dû me couper en glissant entre les deux montants de lit. Je m'essuie sur mon short.

– Ce n'est rien.

Les sourcils froncés, Maggie sort une serviette de sa valise et me la tend.

– Pas question que je mette du sang plein ta serviette, lui dis-je en la lui renvoyant.

Elle la rattrape au vol, lève les yeux au ciel en soupirant.

– Tu as le droit d'arrêter de jouer les héros, tu sais.

– Tu me trouves héroïque ?

– Sans commentaire.

Elle attire ma main à elle pour examiner l'entaille. Le visage grave, un peu crispé, elle la tapote de sa serviette. Puis elle fouille dans son sac à dos, d'où elle sort une bouteille d'eau. Elle en verse un peu sur la serviette et nettoie la plaie. Ça pique, mais je reste muet. Je n'arrive même pas à me souvenir de la dernière fois que quelqu'un s'est occupé de moi. Ça me fait tout bizarre. Mal à l'aise, je me tortille sur le lit. J'ai l'habitude de me débrouiller seul, de prendre soin de moi. Je n'ai jamais demandé la charité.

Je dégage ma main.

– Ça va très bien.

Elle fait claquer sa langue et se penche de manière à être face à moi.

– Pas du tout, réplique-t-elle en plongeant son regard dans le mien.

Je dois me ressaisir, ou je vais perdre le peu de contrôle qu'il me reste. J'ai déjà assez de mal à garder mes distances. J'ai intérêt à me comporter comme le mec coriace qu'elle croit que je suis devenu.

– As-tu une raison particulière de te pencher comme ça ? je lui demande en désignant sa poitrine. J'ai une sacrée belle vue, je te signale.

6

MAGGIE

À ces mots, je me redresse et croise les bras sur ma poitrine pour l'empêcher de me mater.
– Tu es dégueulasse, je chuchote, en espérant que personne d'autre n'entende cette remarque grossière.

– Merci, répond-il.

Je me glisse sous mes couvertures en évitant son regard.

– Tu peux saigner à mort, ça m'est égal.

– Tu veux que je te rende ta serviette ? demande-t-il, redoublant d'arrogance.

Pourquoi se comporte-t-il ainsi ? À un moment, il me fait l'impression d'être lui-même, le Caleb que j'ai connu autrefois, et la seconde d'après, il se donne un genre qui ne lui va pas du tout.

– Non, merci.

– Vous voulez bien arrêter de flirter, vous deux ? intervient Trish. Soit vous admettez que vous en pincez l'un pour l'autre, soit vous allez vous coucher. Ou les deux.

– Je n'en ai rien à faire de lui.

– Ce n'était pas le cas avant, marmonne Caleb depuis son lit.

– C'est de l'histoire ancienne. Je t'ai dit que j'avais tourné la page, non ?

– Dors, Maggie, me réplique-t-il d'un ton brusque. Tu te répètes.

Je lui tourne le dos. J'insiste lourdement, il n'a pas tort. Et alors ? Pour être tout à fait honnête, je reconnais qu'en un sens, je regrette la relation qu'on a eue. Il est bien la dernière chose qu'il me faut dans la vie, et là-dessus nous sommes d'accord. Il n'a pas cessé de me chercher pour mieux me repousser.

Quand, enfin, mon corps se détend et s'apprête à sombrer dans le sommeil, Trish recommence à ronfler.

Je jette un coup d'œil en direction de Caleb. Il est couché sur le dos, enveloppé dans un sac de couchage, les bras croisés derrière la tête. Il est évident qu'il ne dort pas. Comme s'il avait senti mon regard posé sur lui, il se tourne vers moi. Nos lits ne sont pas très éloignés. En tendant la main, je pourrais toucher son épaule nue.

Il soupire en secouant légèrement la tête avant de se détourner. Je me mets sur le dos et concentre mon attention sur les ressorts grinçants au-dessus de moi, me demandant comment j'en suis arrivée là. Quand mon kiné m'avait appelée pour me proposer de prendre part à ce programme, j'avais vraiment pensé tenir ma chance de clore ce chapitre de ma vie. Je m'étais dit que si j'avais l'opportunité de partager mon expérience avec d'autres au lieu de refouler mes sentiments, j'arriverais enfin à me projeter vers l'avenir.

J'aimerais que Caleb éprouve la même chose mais, en toute franchise, je doute qu'il arrive à tourner la page tant qu'il n'aura pas admis la vérité.

La vérité.

Il ignore que je sais qu'il ne m'a pas renversée. J'aimerais vraiment tout lui avouer, mais c'est impossible.

Je me force à trouver le sommeil et à oublier qu'il dort à côté de moi.

Le lendemain matin, en revenant des douches par l'allée de gravier qui mène à notre cabane, je découvre Lenny qui dort comme un sonneur sur la pelouse. Il ronfle tellement fort que ça résonne dans tout le camp. Je me retiens de rire. Il rivaliserait haut la main avec Trish.

Damon attend dans la cabane.

– Quelqu'un pourrait-il me dire pourquoi Lenny dort dehors, et pas dans son lit ?

– Il avait peut-être envie de passer la nuit avec ses semblables ? répond Trish en haussant les épaules.

Damon n'a pas l'air content.

– Ce n'est pas drôle. Il est rouge comme une tomate à cause du soleil, et couvert de piqûres de moustique. Que quelqu'un aille le réveiller. Et tout de suite.

– J'y vais, dit Caleb.

– Je t'accompagne, ajoute Matt.

Quand ils reviennent tous les trois, quelques minutes plus tard, un simple coup d'œil à Lenny me laisse bouche bée. Damon a raison. Il est écarlate, couvert de coups de soleil, et a des piqûres de moustique partout sur le visage et le corps.

– Pas de commentaire, lance-t-il sur un ton menaçant, en nous désignant les uns après les autres.

– Et toi, qu'est-ce qui t'est arrivé ? demande Damon, interloqué, en montrant le sang coagulé sur la main de Caleb.

– Un des lits a basculé hier soir, intervient Erin. Caleb l'a rattrapé avant qu'il s'abatte sur Maggie et moi.

Elle qui est quasi muette, on n'en revient pas qu'elle ait ouvert la bouche.

– C'est Lenny qui a fait tomber le lit, précise Trish. *Exprès.*

Lenny la regarde en ricanant.

– Tu sais ce qu'on fait aux cafteurs en prison ?

– Je ne tolérerai pas les menaces, Lenny. Boucle-la. Suis-moi à l'infirmerie. Caleb, aussi. Je veux qu'on examine cette main. Les autres, chargez vos bagages dans le bus et allez déjeuner. Le réfectoire se trouve dans le grand bâtiment près de la réception. C'est une salle immense avec des rangées de tables. Au fond, des ados font la queue avec des plateaux.

– Qu'est-ce qu'il se passe entre Caleb et toi ? me demande Matt alors qu'on prend nos places dans la file d'attente.

– C'est super compliqué, je réponds, hésitant à trop en révéler.

Après avoir attrapé une brique de lait, je me tourne vers Matt, qui tient son plateau en équilibre sur son unique bras.

– Tu as besoin d'aide ?

– Ça va. Je me débrouille.

J'ai vraiment de l'admiration pour lui.

Il parvient à tenir son plateau bien droit tout le temps que nous choisissons nos plats. Ensuite, nous nous dirigeons vers une table libre.

– Jolie manière d'éluder la question, Maggie.

– Je n'élude rien du tout.

Il hausse un sourcil, pas très convaincu.

Trish et Erin s'installent en face de nous. Que dire ? Dans quelle mesure puis-je me confier à Matt ? Nous sommes censés nous libérer de tout ce qu'on a sur le cœur au cours de ce voyage, ne rien garder pour nous. Caleb n'a jamais été sincère avec moi, ni avec personne d'autre d'ailleurs… et j'ai le sentiment que ça le ronge. Je refuse de me comporter de la même façon.

Je me tourne résolument vers Matt.

– On est sortis ensemble, Caleb et moi, après sa détention.

– Eh bé !

J'observe son visage, qui passe de la stupéfaction à la curiosité. L'accident et ses conséquences nous lient à jamais, Caleb et moi, que cela nous plaise ou non. Matt ne connaît pas le fin mot de l'histoire. Même Damon, censé tout savoir sur les participants au programme RESTART, n'est pas au courant de tout.

– Pourquoi a-t-il fait de la prison ? demande Matt.

– Hmmm…

Je réfléchis une seconde, le temps de formuler ma réponse.

– Dis-lui, Maggie, lance Caleb en passant la tête entre nous deux. Vas-y. Crache le morceau.

Avant que j'aie le temps de répondre, il hurle :

– Dis-lui que je t'ai renversée alors que je conduisais en état d'ivresse.

Matt en reste bouche bée.

– Putain ! C'est vrai ?

– Absolument. Hein, Maggie ?

Caleb me regarde en plissant les yeux comme si je l'avais trahi.

– Pourquoi ne pas l'annoncer à toute la pièce pendant que tu y es ?

– Non.

– Allons, Mag. Un peu d'audace.

– Tu plaisantes !

Il se racle la gorge.

– Attends un peu, tu vas voir.

7

CALEB

Je n'avais pas vraiment l'intention de raconter à tout ce petit monde que j'avais croupi en prison, mais en voyant Maggie prête à tout déballer, j'ai pété un câble. Ce programme est une connerie monumentale. Ils s'imaginent que parler de l'accident arrangera miraculeusement les choses. J'ai un truc à dire à Damon, et à tous les autres. *Rien* ne pourra me rendre ma foutue vie. Rien n'effacera les deux années que je viens de me taper. Rien ne changera quoi que ce soit au fait que je n'ai plus d'amis, plus de famille. En réalité, je… suis en mode survie.

En trouvant Maggie en pleine conversation avec Matt, j'ai eu envie d'attraper ce gus par le collet et de lui foutre mon poing dans la figure.

Je parcours la salle des yeux et repère un mégaphone près de la porte d'entrée.

– Caleb, ne fais pas ça ! s'écrie Maggie.

Ignorant Maggie, je traverse la pièce pour aller le décrocher. Puis je déclenche la sirène d'alarme. Un bruit assourdissant retentit dans tout le bâtiment

– ce dont je me félicite parce que comme ça, j'ai immédiatement l'attention de tout le monde.

J'applique le porte-voix contre mes lèvres.

– J'ai quelque chose à vous dire, je beugle.

Damon est dans la file d'attente, un plateau plein à ras bord entre les mains. Je m'attends à ce qu'il se rue sur moi pour m'arracher le porte-voix, mais il n'en fait rien. Au contraire, il pose son plateau et me fait signe de continuer.

– Je suis rentré ivre d'une fête du lycée.

Quand les mots jaillissent du mégaphone, je ne reconnais pas ma voix.

– J'ai renversé une fille et je l'ai laissée là, dans la rue, sans savoir si elle était morte ou vivante. J'étais sur le point de décrocher une bourse pour faire de la lutte à la fac. Je n'avais pas envie de bousiller mes chances. Alors je l'ai abandonnée. J'ai fini par me faire pincer et j'ai écopé d'un an d'emprisonnement.

J'éteins le porte-voix. Le silence est total. J'imagine assez bien de quoi j'ai l'air... D'un jeune athlète qui a déconné et qui maintenant se plaint. Personne ne va s'apitoyer sur mon sort. Non pas que j'en aie envie.

Je porte mon regard sur Maggie. Elle me tourne le dos en secouant la tête. Elle me bannit de sa vie, une fois de plus, et je m'en fous.

Je rallume le porte-voix.

– À ma sortie de l'E.P., j'ai eu une relation avec ma victime.

Plusieurs ados écarquillent les yeux, abasourdis. Ils chuchotent entre eux.

– On s'est embrassés, on a flirté... Elle m'a fait entrer chez elle en douce, et on a dormi ensemble.

Les gens m'avaient déconseillé de sortir avec elle, mais je l'ai fait quand même. La plus grosse erreur de ma vie !

Du coin de l'œil, je vois Maggie se lever de son banc et se diriger furtivement vers les portes battantes. Ce bon vieux Matt lui emboîte le pas.

– Maggie ! je braille dans le porte-voix. Elle tressaille, s'arrête net. Voudrais-tu ajouter quelque chose ? J'ai sauté l'épisode dans le belvédère de Mme Reynolds.

J'adopte les préceptes de cette Maggie qui clame à tout vent qu'il vaut mieux vider son sac plutôt que de garder les choses pour soi. J'espère lui avoir fait changer d'avis. Elle comprendra peut-être, enfin, qu'il vaut mieux parfois vivre dans l'illusion que d'affronter la réalité.

– C'est elle, la fille dont je parle, dis-je en pointant le doigt sur elle.

– Ferme-la, Caleb, siffle-t-elle.

– Ça fait mal, la vérité, hein ! j'ajoute en lui tendant le mégaphone.

8

MAGGIE

Nous sommes de retour dans le van, en route pour notre nouvelle destination : la Freeman University. Après l'incident au réfectoire, j'ai couru dans les bois, et j'ai pleuré. Matt s'est gardé de me demander si les accusations de Caleb étaient fondées ou non. Il est juste resté près de moi pendant que les larmes ruisselaient sur mon visage, et que je les essuyais du revers de la main.

Le petit numéro de Caleb était au-delà du supportable.

Il a menti.

Déformé la vérité.

Il s'est moqué de moi et a tourné en dérision notre relation.

Quand il m'a mise au défi de révéler ce qui s'était passé entre nous dans le belvédère de Mme Reynolds, c'en était trop. Ce soir-là, je ne l'oublierai jamais. Tout était parfait, depuis les lampes scintillantes qu'il avait disposées avec soin sur tout le belvédère jusqu'au baiser romantique après avoir dansé un slow langoureux dans ses bras. Il m'avait traitée comme si j'étais la seule fille au monde qui comptait, la seule avec laquelle il avait envie de vivre.

Ce matin, il a gâché ce souvenir pour toujours.

Dieu merci, Damon lui a ordonné de s'asseoir à l'avant. À mon avis, il n'est pas très fier de lui en ce moment.

Nous nous garons devant le Dixon Hall, une des résidences de l'université, située en face de l'imposant bâtiment en brique de la bibliothèque.

Damon nous conduit à un dortoir au premier étage. Il y a une cuisine avec une table, et deux canapés dans le coin salon.

– Les filles dans cette chambre-là, lance Damon en désignant une porte. Les garçons, dans l'autre.

Il sourit en jetant sa valise dans la troisième pièce, voisine des canapés.

– Moi, j'ai droit à mes propres quartiers.

– Combien de temps va-t-on rester ici ? demande Matt.

– Un petit bout de temps, répond Damon. Nous ferons des excursions d'une journée.

– J'ai mal au visage, gémit Lenny. Et ça me démange, grave.

On dirait un clown avec toute cette crème blanche que l'infirmière a badigeonnée sur ses coups de soleil et ses boutons. Il s'approche de Trish et lui met sa figure sous le nez.

– Gratte-moi.

Elle le dévisage en ricanant. Elle préférerait clairement mourir.

– Écarte-toi de mon chemin, espèce de monstre.

– Ça suffit, vous deux, s'exclame Damon d'un ton sévère. Je ne tolère pas les insultes, Trish. Lenny, si ça te démange, tu n'as qu'à te gratter toi-même.

Erin semble sur le point de vomir à la vue de la face luisante de Lenny.

Ce dernier s'est approché de la fenêtre qui donne sur une cour tapissée d'herbe.

– Viens jeter un œil, Caleb ! Des étudiantes super canon en bikinis en train de se dorer au soleil.

Caleb l'ignore et porte son sac dans la chambre des garçons.

– Prenez le temps de vous installer, les gars, dit Damon en entrant dans ses appartements. Réunion au sommet dans une demi-heure.

– Super, marmonne Caleb d'un ton sarcastique, depuis le seuil de sa chambre. J'attends ça avec impatience.

Damon pivote sur lui-même.

– Effectivement, tu en as besoin. Et avant d'essayer de te défiler, sache que tu y participeras comme tout le monde, que ça te plaise ou non.

Manifestement, ce n'est pas négociable.

Trish, Erin et moi allons choisir nos lits dans notre chambre.

– Comment ça se fait que tu ne parles pas, Erin ? demande Trish.

Erin hausse les épaules. Elle entreprend de défaire ses bagages et de ranger ses affaires dans son petit casier.

– On est censés partager nos expériences pendant ce voyage, tu es au courant ? Qu'est-ce que tu as fait, toi, à part te couvrir les bras de tatouages ?

Erin ne répond rien. Elle tripote un tee-shirt qu'elle s'efforce de plier pour le mettre dans un tiroir.

– Laisse-la tranquille, Trish, dis-je. Elle parlera quand elle en aura envie.

– Bon, si c'est comme ça, OK, cède-t-elle, mais ne compte pas sur moi pour être sympa si tu ne me racontes rien.

Je me dis qu'Erin va garder le silence, comme d'habitude, mais ses mains se figent. Elle se tourne lentement vers nous, les yeux humides, comme si elle retenait ses larmes.

– Mon petit ami est en prison pour trois ans. Il a tué quelqu'un lors d'une course de voitures. Mes parents m'ont chassée de chez moi. Et...

Elle s'essuie les yeux et ajoute à voix basse :

– Je suis enceinte.

– Nom d'un chien ! s'exclame Trish. Pas étonnant que tu ne desserres pas les dents.

Je lui flanque un coup de coude dans les côtes, dans l'espoir qu'elle évitera d'en rajouter. Erin est enceinte ? D'un garçon emprisonné pour trois ans ? Mes petites histoires avec Caleb me paraissent soudain ridicules.

– On est là pour toi, si tu as besoin de quelque chose, dis-je. Pas vrai, Trish ?

– Oui, s'empresse-t-elle de renchérir. En nous confiant son histoire, Erin a gagné notre confiance.

– Et toi ? demande Trish en se tournant vers moi.

Je relève les yeux de ma valise. Je dois avoir l'air d'un animal pris au piège.

– Moi ? J'ai tout raconté l'autre soir dans la forêt.

– Je ne te parle pas de l'accident. Caleb a parlé d'un truc qui s'est passé entre vous dans un belvédère. Tu veux bien nous expliquer ?

Je secoue vivement la tête.

– Peut-être plus tard. On doit être à l'heure à la réunion, dis-je en fourrant un paquet de vêtements dans un tiroir.

– Tu essaies de gagner du temps, là.

– Tu as raison, Trish. Je n'ai pas envie d'en parler.

– Comme tu veux.

Trish ouvre la porte d'un placard. Elle a l'air perplexe.

– Une seconde, où est la salle de bains ? demande-t-elle, un sac en plastique rempli d'affaires de toilette à la main.

– Dans la partie commune, je suppose, suggère Erin.

Trish secoue la tête comme si elle avait mal compris.

– Hors de question. On ne va pas partager une salle de bains à sept !

Elle se rue dans la grande pièce pour mener sa petite enquête. Erin et moi lui emboîtons le pas. De fait, l'unique salle de bains se situe entre la chambre de Damon et celle des garçons.

– Que se passe-t-il ? demande Damon en sortant de sa chambre.

– Vous saviez qu'il n'y avait qu'une seule salle de bains pour nous sept ? se récrie Trish.

– Ce n'est pas vrai, répond Damon d'un ton assuré.

Trish, Erin et moi poussons un soupir de soulagement... jusqu'à ce qu'il annonce :

– J'en ai une pour moi tout seul. Vous ne serez donc que six à la partager.

– Ce n'est pas juste, proteste Trish en plantant ses poings sur ses hanches.

Damon glousse.

– On ne t'a jamais dit que rien n'est juste dans la vie, Trish ?

Elle jette un coup d'œil à notre salle de bains.

– Berk !

Elle désigne la cuvette des WC.

– La lunette est relevée. Il y a des gouttes de pipi et des poils sur le bord. Ça ne va pas du tout.

À cet instant, les trois garçons nous rejoignent.

– C'est quoi le problème ? demande Matt.

– Le problème, répond Trish, c'est que nous devons partager cette salle de bains, tous les six.

Elle fusille notre moniteur du regard.

– Prince Damon, lui, a droit à son trône perso.

– On n'est pas dans un hôtel de luxe, l'informe Lenny. D'ailleurs, qu'est-ce qu'elle a qui ne va pas, cette salle de bains ? Je la trouve très bien.

– Ah ! C'est toi le coupable, alors, accuse Trish en se plantant face à Lenny. Tu es allé aux toilettes.

– Et alors ? répond-il en haussant les épaules.

– Tu ne connais pas la formule : « Si vous faites pipi à côté, pensez aux autres, essuyez le siège ». C'est valable pour les poils pubiens aussi.

– Et cette formule-là : « Ferme-la, pouffiasse. » Tu la connais ?

– Je pense qu'il est temps de nous réunir, intervient Damon. Tout de suite.

Je m'installe sur un des canapés en évitant le regard de Caleb. Trish et Erin prennent place à mes côtés. Les garçons nous font face.

Damon va chercher une chaise à la table de la cuisine. Après une grande inspiration, il tape dans ses mains.

– Bon, les enfants, voilà le topo. Il va falloir qu'on établisse un certain nombre de règles, sinon vous allez me rendre dingue, tous autant que vous êtes. Primo, on bannit les jurons. Deuxio, interdiction absolue de consommer de la drogue ou de l'alcool. Nous sommes sur un campus. Ça ne doit pas être bien difficile d'en trouver. Tertio, j'en ai par-dessus la tête de vos chamailleries. Ça me donne mal au crâne.

– Mais…, proteste Trish.

Damon lève la main pour l'arrêter.

– Concernant la salle de bains, vous devrez la partager. Débrouillez-vous. Si besoin, il y en a une autre au bout du couloir, près des ascenseurs. Les garçons, pensez à baisser la lunette. Les filles, évitez de laisser traîner des articles féminins. Tout est bien clair ?

Nous hochons la tête d'un même mouvement.

– Où sont les commandes de la climatisation ? demande Lenny. Je sue comme un bœuf dans ce sauna.

– Pas de clim', Lenny. Comme tu l'as dit toi-même, on n'est pas dans un hôtel de luxe. Des questions ? Parfait, conclut Damon en l'absence de réponse.

Il soupire, comme s'il venait de se libérer d'un grand poids.

– Maintenant que c'est réglé, j'ai une dernière chose à vous dire. Nous avons eu droit à une petite scène ce matin, grâce à Caleb. Je souhaite vous en toucher deux mots.

– Et si on faisait l'impasse ? marmonne Caleb. Je préférerais qu'on cause des poils de Lenny.

Moi aussi, j'aimerais autant éviter de parler de nous, d'évoquer notre passé... ou de devoir lui adresser la parole. Tant que ses insultes continuent à me faire souffrir.

– Je suis désolée, Damon, dis-je en me levant. Mais je ne peux pas. Loin de moi l'idée de dénigrer ce groupe, ou votre programme. J'ai simplement besoin de temps.

J'évite sciemment le regard de Caleb. Je suis consciente de sa proximité, et de ma jambe qui traîne alors que je me dirige vers la chambre. Je ferme la porte derrière moi.

En entendant frapper, je tressaille.

– C'est Matt. Je peux entrer ?

– Si tu veux.

Il pousse le battant.

– Tu veux qu'on parle ?

– Pas vraiment. Damon est-il fâché contre moi ?

– Non. Il voulait savoir si ça allait. Je me suis porté volontaire.

– Merci, je marmonne. J'ai honte d'être partie au milieu de la réunion.

– Il n'y a pas de raison. Tout le monde comprend. Enfin, sauf Caleb.

– Pourquoi ? Qu'est-ce qu'il a dit ?

Matt entre et s'approche de mon lit, où je me suis assise.

– Rien. Il n'a rien dit du tout. Il s'est levé et a quitté la pièce, lui aussi.

9

CALEB

J'aurais préféré que Damon ne me suive pas quand j'ai quitté le dortoir. J'entends ses pas derrière moi avant qu'il m'attrape l'épaule et me force à lui faire face.

– Laissez-moi tranquille, lui dis-je, les poings serrés, prêt à en découdre.

– Tu ne peux pas ficher le camp comme ça chaque fois que les choses se corsent.

– C'est ce que vous croyez ! je réplique d'un ton brusque alors qu'une bande d'étudiants nous dépasse.

– Tu veux renoncer à ce programme ? Aller en prison ?

– C'est une menace ?

– Ne me cherche pas, Caleb. Et lâche-moi la grappe. Je dois déjà me coltiner Trish et Lenny.

Je soupire en détournant les yeux.

– Vous aussi lâchez-moi la grappe. Je veux rester seul.

– Ce n'est pas bon d'être seul.

– Mieux vaut ça que d'assister à l'idylle naissante entre Matt et Maggie. Quand je l'ai vu lui courir après, ça m'a retourné l'estomac. Je le comprends, mais je n'ai vraiment pas envie de voir ça. Je suis coincé ici, j'ai pigé. Mais vous ne voudriez pas m'accorder une soirée à l'écart des autres ? Rien qu'une, Damon. Ça ne vous tuera pas. S'il vous plaît.

Mon chargé de réinsertion, qui s'est toujours conduit comme un dur à cuire, qui a eu la lourde tâche de me forcer à rester dans le droit chemin, recule d'un pas.

— Entendu, cède-t-il.

Je n'en reviens pas. J'ai peut-être mal entendu.

— Qu'est-ce que ça veut dire ?

— Que je te laisse tranquille… pour ce soir. Tu peux rester seul, le temps de réfléchir à tout ça. J'emmène les autres dîner avec un groupe de jeunes du coin. Ensuite on ira au cinéma.

Une soirée sans devoir jouer au dur à cuire. Une nuit sans avoir à partager mes secrets. Je me sens un homme libre.

— Merci.

— Je t'en prie. Mais demain, j'attends de toi que tu affiches ton plus beau sourire et que tu souffres en silence. Compris ?

— Ouais, ouais. Compris.

Je le suis jusqu'au dortoir, avec la sensation que le nœud coulant autour de mon cou s'est desserré. Je devrais peut-être m'excuser auprès de Maggie pour ce matin. Je sais que je l'ai blessée en faisant allusion au belvédère. On avait flirté à mort ce soir-là. Personne n'était au courant de ce moment précieux que nous avions passé tous les deux, à part peut-être Mme Reynolds qui était montée se coucher après le dîner. À mon avis, elle savait qu'on sortait ensemble, Maggie et moi, et elle s'en fichait. Peut-être qu'en un sens, ça nous a aidés à surmonter toutes ces épreuves.

Le problème, c'est qu'à la fin de la soirée, j'avais essayé de soulever la jupe de Maggie pour voir ses cicatrices. Elle avait repoussé ma main. Elle ne me faisait pas confiance. À partir de là, tout était parti en vrille.

Erin et Trish sont dans le salon. Je jette un coup d'œil à la chambre des filles.

Maggie est allongée sur un lit, Matt, assis à côté d'elle. Ils chuchotent, en plein conciliabule. Et merde !

Soulagé qu'ils ne m'aient pas surpris en train de les épier, je bats en retraite et retourne dans la chambre des garçons. Lenny est assis dans son lit, en slip. Il a un mini-ventilateur sur la poitrine.

– Tu es conscient qu'une fille peut se pointer ici à tout instant ?

La porte n'est même pas fermée. Trish et Erin sont de l'autre côté. En tendant le cou, elles auraient probablement une bonne vue sur Lenny en petite tenue.

– Je m'en fous. Il fait une chaleur à crever là-dedans.

Il soulève l'élastique de son slibard et oriente le ventilateur vers l'intérieur.

– Mes pauvres couilles transpirent tellement, je parie que je vais devenir stérile. Ma progéniture est en train de cuire à mort là-dedans.

– Ça sera peut-être une bonne chose. Je ne suis pas sûr qu'on devrait t'autoriser à procréer, je murmure en me détournant.

Je me réjouis que Damon ne m'oblige pas à aller dîner avec la bande. La vue de Lenny en train d'aérer ses testicules m'a coupé l'appétit.

Voir Maggie et Matt discuter sur son lit n'a pas arrangé les choses non plus, ni amélioré mon humeur.

– Pour ton info, lance Lenny, toujours défiguré par le sacré coup de soleil qu'il a pris, j'ai tout un tas de capotes dans mon sac à dos. La poche de devant.

– Pour quoi faire ?

– Écoute, si tu ne sais pas à quoi ça sert, ce n'est pas moi qui vais te l'apprendre.

– Je sais parfaitement à quoi ça sert, imbécile, mais je doute fort que tu te fasses une fille pendant ce voyage.

– Attends, tu vas voir. Mon petit pote reste rarement inactif bien longtemps.

– Je parie que ta main droite en a assez de se démener, je bougonne en entrant dans la salle de bains.

– Je suis gaucher, crie Lenny après moi.

Je réprime une grimace rien qu'en imaginant la scène.

Je prends une douche rapide pour me rafraîchir, j'enfile un jean et un tee-shirt. Je ne vais pas pouvoir m'expliquer auprès de Maggie, elle est bien trop occupée à papoter avec Matt. En fait, ils se méritent l'un l'autre. Matt est un type bien. Je comprends qu'il s'intéresse à elle. Maggie n'est peut-être pas le genre de fille qui se démarque dans une foule, elle n'a pas des mensurations de top-modèle, mais une fois qu'on apprend à la connaître, on se rend compte qu'elle a le cœur sur la main. Et au moins, on n'a

78

pas à craindre qu'elle ne vous trahisse, contrairement à Kendra, mon ex. Maggie…

Je dois arrêter de penser à elle. Je me torture inutilement.

Une fois le groupe parti, j'éprouve le besoin de prendre l'air. Il fait beaucoup trop chaud dans le dortoir, même avec les fenêtres ouvertes.

Je me balade sur le campus bordé d'arbres en essayant de ne pas penser aux raisons qui m'ont amené ici, ni à ce que sera ma vie après ce programme. Je n'ai pas le moindre projet en perspective.

Je passe à côté d'un groupe d'étudiants qui joue au foot sur la pelouse. Le quarterback ne sait pas viser. Le ballon file droit sur moi.

Je le rattrape.

– Joli ! lance un gars. Il nous manque un gardien. Ça te branche ?

– Pourquoi pas ? je réponds en haussant les épaules.

Je rallie une des équipes, et je me défoule avec eux jusqu'à ce qu'il fasse trop sombre pour voir le ballon. L'un des types annonce qu'ils vont être en retard à la fête de leur fraternité.

– Comment tu t'appelles ? me demande le quarterback alors que nous nous éloignons du terrain de foot improvisé.

– Caleb.

– Moi, c'est David. Écoute, Caleb, mes copains et moi on fait une petite teuf ce soir. Tu veux venir ?

– Ouais. Viens, renchérit un autre en faisant rebondir le ballon. On te doit bien ça, tu nous as aidés à botter le train de Garrett.

– C'était gé-nial ! confirme David.

Ils se tapent dans la main.

Je les suis jusqu'à leur résidence, deux pâtés de maisons plus loin. Un impressionnant bâtiment de trois étages, dont la façade est ornée de quatre colonnes blanches. On dirait un manoir. Des bandes de garçons et de filles discutent sous le porche. La musique à l'intérieur est à fond.

À peine entré avec David et les autres, je me rends compte que leur *petite* fête est géante et bat son plein.

En moins de temps qu'il ne faut pour le dire, David me fourre un gobelet en plastique rouge dans la main.

– Alors, Caleb, tu es en première année ? Je ne t'avais jamais vu sur le campus.

– Je ne suis pas vraiment étudiant, dis-je avant de boire une gorgée.

De la bière. Fraîche. Je suis sûr que Damon verrait ça d'un mauvais œil, mais ça fait du bien. Et plus je boirai, moins je penserai à Maggie et Matt.

– Je loge ici en ce moment à cause d'un stupide programme dans lequel on m'a enrôlé.

– Ces programmes, je les déteste, déclare David.

– Hé ! Dave, lance une blonde en jupe courte et débardeur échancré.

Elle vide son gobelet. J'ai la nette impression qu'elle a commencé à faire la fête longtemps avant nous.

– C'est qui, ton copain ? Il est craquant.

David enroule son bras autour de ses épaules.

– Caleb, je te présente Brandi. Elle habite dans la résidence d'à côté. C'est un peu notre mascotte. Brandi, si tu montrais à mon pote Caleb comme on s'amuse bien ici.

Il décampe, non sans m'avoir décoché un clin d'œil.

La fille me reluque de la tête aux pieds, puis me gratifie d'un grand sourire en pointant un petit bout de langue.

– Ça te dit de danser ?

– Pourquoi pas ? je réponds en vidant mon verre.

Elle me prend par la main et m'entraîne dans la pièce voisine, bondée. Il y a un tonneau. Nous remplissons tous les deux nos gobelets. Sans lâcher le sien, elle se met à onduler langoureusement. J'engloutis à la hâte ma bière et me rapproche d'elle. Nos corps évoluent à l'unisson, et je n'ai plus qu'une idée en tête : j'ai besoin de cette fille.

10

MAGGIE

Où est passé Caleb ?

— Je pose la question à Damon alors que nous nous dirigeons vers une pizzeria, à quelques pâtés de maisons du campus. Un groupe de lycéens doit nous y retrouver.

— Il ne sort pas ce soir, me répond-il. Il a besoin d'un peu de temps pour se ressaisir et réfléchir aux raisons de sa présence ici.

Je soupire, sachant pertinemment à quoi m'en tenir.

— Ça l'embête de faire partie de notre groupe.

— C'est bien possible. En attendant, il ne peut pas y couper, me répond Damon.

Son portable sonne.

— Il a besoin de faire le point et de se ressaisir, c'est tout.

Pendant que Damon décroche, Matt s'approche de moi.

— Ça va ?

Je hoche la tête.

— Je suis plutôt contente que Caleb ne vienne pas avec nous, en fait.

– Moi aussi.

Je lui lance un regard interrogateur.

– Pourquoi tu dis ça ?

– Parce que tu n'as pas l'air dans ton assiette quand il est dans les parages.

Il hausse les épaules d'un air penaud et poursuit :

– Je n'aime pas te voir perturbée.

Je le prends par la taille en souriant.

– Merci. Ton amitié me touche, dis-je en posant la tête sur sa poitrine.

– Pas de problème, me répond-il en m'enlaçant à son tour.

Je suis heureuse de l'avoir auprès de moi. Pendant ma rééducation, on avait un peu parlé, notamment pour se plaindre de Robert, notre kiné. Robert adore pousser ses patients jusqu'à leurs limites.

– Caleb n'est pas méchant, dis-je.

– Je sais. Il est même plutôt cool. On a tous des problèmes à régler. Mais il semblerait qu'il ait sombré plus profondément que nous.

– Tu as l'air d'affronter tes difficultés mieux que la plupart d'entre nous.

– Je fais semblant. Pour te dire la vérité, je suis content d'être ici, même si, hier soir, j'ai eu l'impression que certains de ces ados me mataient comme si j'étais complètement taré.

Il marque un temps d'arrêt.

– Je me demande si je m'habituerai jamais à ces regards insistants.

– Moi, je sais que non, je lui avoue. Au début, j'étais super gênée quand j'entrais dans une pièce…

Je remarquais tous les yeux rivés sur moi. Et je continue à avoir droit à des mines compatissantes.

– Allons, Maggie, nous avons tous les deux des handicaps flagrants, contrairement aux autres participants de ce programme. Et nous essayons l'un et l'autre de nous remettre d'une relation complexe.

Matt s'arrête pour laisser les autres prendre un peu d'avance.

– Tu nous imagines en couple ? s'exclame-t-il brusquement.

Se demande-t-il comment les gens réagiraient en voyant une boiteuse et un manchot ensemble, ou si je pourrais envisager de sortir avec lui ?

L'idée ne m'avait même pas effleurée.

Il est gentil.

Mignon.

C'est un mec bien.

Mais…

– C'est une question rhétorique que tu me poses là, hein ?

Il écarte une mèche rebelle de mon visage et la cale derrière mon oreille.

– Peut-être. Peut-être pas.

Il se penche vers moi, et je sens qu'il va m'embrasser. Je devrais le laisser faire, lui donner sa chance, ne serait-ce que pour me prouver que je peux m'intéresser à quelqu'un d'autre que Caleb.

Ses lèvres se posent sur les miennes. Ça n'a rien de passionné et de sexy comme les baisers de Caleb, mais c'est agréable, tendre, douillet…

Je m'écarte tout à coup.

– Je ne peux pas.

Matt a l'air triste.

– On n'est peut-être pas encore prêts à tourner la page, en fait.

Mon portable sonne dans mon sac. Je ne sais pas si Matt a raison ou tort. Je l'aime bien… C'est un type super. Une fille devrait être fière de sortir avec lui. Alors, comment se fait-il que je n'arrive pas à l'embrasser sans penser à Caleb ?

Mon téléphone sonne à nouveau. Je le sors de mon sac. Ça doit être ma mère. Je lui ai laissé un message au dortoir. Mais quand je lis le nom de l'appelant, j'ai un choc. C'est Leah Becker, la sœur de Caleb. Nous nous étions brouillées après l'accident, mais lorsque Caleb avait quitté Paradise, on avait recommencé à se parler. Leah a les nerfs à fleur de peau. Elle ne contrôle pas très bien ses émotions. Elle est fragile psychologiquement, et ce n'est plus ma meilleure amie. J'espère qu'elle changera un jour.

– Salut, Leah. Je suis contente de t'entendre.

Matt me laisse tranquille et rejoint les autres.

– Salut, Maggie, répond-elle d'une petite voix.

Elle continue à se tourmenter à propos de l'accident. Je lui ai pardonné, mais elle a du mal à se pardonner elle-même.

– Ça se passe bien, ce voyage ?

– Ça va. On n'a rencontré qu'un seul groupe pour le moment, mais tout s'est bien passé. En ce moment, on loge sur le campus de la Freeman University, à la frontière avec le Wisconsin. Et toi, qu'est-ce que tu fais ?

Silence. Leah parle beaucoup moins qu'avant. Je fais la conversation toute seule la plupart du temps.

Ce n'est pas grave. Je suis consciente que ça fait partie du processus de guérison.

– Pas grand-chose, finit-elle par dire. Je traîne ici et là.

Il faut dire qu'en été, il n'y a pas grand-chose d'autre à faire à Paradise. Certains partent en vacances, mais la plupart n'ont pas cette chance. Je ne connais que deux personnes qui ont quitté Paradise – mon père et Caleb.

En prendre soudain conscience me cloue sur place. Je reste plantée sur le trottoir tandis que le reste du groupe continue à avancer. Je les regarde s'éloigner d'un œil fixe, pendant que l'évidence me frappe de plein fouet : les hommes qui sont censés m'aimer m'abandonnent.

Je cligne des paupières en concentrant mon attention sur le restaurant un peu plus loin. Les autres m'attendent, ils me font signe de me dépêcher. Je ne peux pas interrompre la conversation avec Leah sans lui avoir annoncé la nouvelle.

– Caleb est ici.

– Quoi ? Qu'est-ce que ça veut dire ? demande-t-elle d'une voix anxieuse.

– Il participe au voyage.

– Avec toi ?

– Oui.

– Pourquoi ? Comment ça se fait ? Où était-il passé ? Est-ce que ça va ? enchaîne-t-elle, et je sens la panique monter en elle. C'est tellement bizarre. Je t'ai appelée car j'avais besoin de parler de lui, et je ne voyais pas vers qui d'autre me tourner. Comment est-ce possible que vous fassiez partie du même programme ?

– Je ne sais pas. Je crois qu'il a vécu à Chicago depuis qu'il a quitté Paradise. Il a changé, tu sais. Il n'est plus le même.

Je me garde bien de lui révéler que mon objectif est de ramener Caleb à Paradise, afin qu'il reprenne les choses en main. Elle a besoin de lui. Sa famille a besoin de lui. Je pensais que moi aussi, j'avais besoin de lui, mais nous sommes trop différents maintenant. Je ne peux pas m'engager affectivement avec quelqu'un qui en veut à la terre entière et s'obstine à repousser tout le monde.

Je perçois l'hésitation de Leah quand elle reprend :

– J'ai toujours cru que l'histoire de la transmission de pensées entre jumeaux était une invention pure et simple, mais je n'ai pas réussi à fermer l'œil ces dernières nuits, Maggie. Caleb a des problèmes, ou il est vraiment malheureux, je le sens. Je sens aussi sa souffrance, comme si c'était la mienne. C'est stupide, hein ?

– Ça n'a rien de stupide.

Tout est possible. Je suis sans doute trop émotive. C'est un de mes défauts.

– Tu veux bien me rendre un service ? ajoute-t-elle.

– Lequel ?

– Prends soin de lui, Maggie. Promets-moi que tu veilleras sur mon frère, implore-t-elle d'un ton presque désespéré.

Veiller sur lui ? Caleb est assez fort pour prendre soin de lui-même.

– Ne te fais pas de souci, Leah.

La gorge nouée, je mets momentanément entre parenthèses ma toute récente résolution de rayer Caleb de ma vie.

– Je vais tout faire pour lui éviter les ennuis.

11

CALEB

Tu danses sacrément bien, me dit Brandi
– alors que nous venons de nous faire un
beer bong[1] dans la cuisine.

Elle s'y connaît dans ce domaine, je peux vous l'assurer. Elle est même super pro.

Je marmonne un remerciement.

Elle s'accroche à mon coude pour ne pas perdre l'équilibre, et lève ses grands yeux bruns vers moi.

– Tu sais ce qu'on dit à propos des bons danseurs, hein ?

Évidemment que je le sais, mais je veux l'entendre de sa jolie petite bouche.

– Qu'est-ce qu'on dit ?

Elle rit en me décochant un sourire espiègle.

– Bon danseur, bon amant.

J'ai l'impression d'être une rock star. Elle flatte mon égo meurtri, ça fait du bien.

---

1. Grande quantité de bière qu'on ingurgite par un tuyau, à l'aide d'un entonnoir.

– Tu veux mettre cette théorie à l'épreuve ? Bon, je te l'annonce officiellement, je suis ivre.

Elle me jauge en se mordant la lèvre, comme si j'étais une voiture. Me voit-elle comme une Chevrolet, ou plutôt comme une Rolls ?

– Moi aussi, je danse bien, me chuchote-t-elle à l'oreille.

Je m'approche de cette bombe sexy. Elle noue ses bras autour de mon cou et se frotte contre moi. Un avant-goût de ce qui m'attend. Je ne vais pas me faire prier. Brandi est la solution la plus sûre à ce numéro misérabiliste que je me joue depuis trop longtemps. Elle va me faire oublier Maggie et tout le reste. En un clin d'œil.

Je ne sais pas combien d'alcool j'ai dans les veines. Suffisamment pour avoir la tête dans les nuages, et la conviction que la seule fille au monde qui m'intéresse est celle qui presse ses formes avantageuses contre moi. C'est bien. C'est même très, très bien.

– Allons chez toi, je murmure.

Je pense que Maggie et Damon apprécieraient moyennement s'ils me surprenaient en train de m'envoyer en l'air à leur retour. Quant à Lenny… il est assez cinglé pour proposer de se joindre à nous.

Brandi m'entraîne à l'autre bout de la pelouse, en trébuchant à deux reprises. Je l'empêche de tomber. Elle m'appelle son héros. Tu parles d'un héros ! On dépasse cahin-caha l'endroit où j'ai joué au foot plus tôt et, arrivée devant le Dixon Hall, elle s'arrête.

– Tu habites *ici* ? je m'exclame, luttant contre l'idée pour le moins dégrisante qu'on risque à tout moment de se faire pincer par la bande de RESTART.

– Ouais, mais pas de souci. Ma coloc ne rentre pas ce soir.

Elle me conduit au premier. Merde. Elle crèche au bout de notre couloir, dans une petite chambre avec deux lits.

D'un œil indolent, je la regarde tituber jusqu'au lit et déboutonner son chemisier. Sans me quitter des yeux, elle écarte les deux pans de tissu, pareils à des voilages qui s'ouvrent pour laisser entrer la clarté du soleil… révélant un soutif en dentelle noire qui ne cache pas grand-chose. J'aime les filles faciles qui n'attendent pas de moi que je sois un mec gentil. Si elles portent un soutien-gorge en dentelle noire, c'est encore mieux. J'enlève mon tee-shirt et m'approche d'elle.

– Ton tatouage est super sexy, ronronne-t-elle alors qu'on s'allonge sur le lit. On dirait une flamme noire.

Je me le suis fait faire à Chicago, en symbole de ma rébellion.

On ne s'est pas encore embrassés. Je ne suis même pas sûr d'en avoir envie, en fait. Cette pensée devrait m'alarmer, mais j'évite de trop m'y attarder parce que (1) c'est sacrément difficile de réfléchir quand on a trop bu, et (2) Brandi s'est mise à califourchon sur moi et ma tête s'est vidée d'un seul coup.

Elle caresse mon tatouage du bout des doigts.

– Tu veux que je te montre le mien ?

– D'accord.

Elle s'agenouille au-dessus de moi, se retourne, baisse un peu sa culotte. Elle a une licorne rouge avec des ailes arc-en-ciel juste au-dessus de la fente des fesses.

– Joli, fais-je. Montre-moi ce que tu as d'autre.

Mais l'anxiété est en train de me gagner. On ferait mieux de s'y mettre, car je vais devoir regagner ma chambre sans tarder. J'ai intérêt à être là quand Damon et sa troupe rentreront.

Brandi lèche ses lèvres en forme de cœur et entreprend de déboutonner son jean taille basse.

– J'aime les mecs qui savent ce qu'ils veulent. Qu'est-ce qui te fait envie, Caleb ?

– Je suis partant pour tout.

– Moi pareil, fait-elle en raclant ses oncles sur ma poitrine, descendant un peu plus bas.

Plus bas encore. Ça fait mal. J'ai l'impression qu'elle va m'arracher plusieurs couches d'épiderme. Elle se tortille sur moi, je décide que ça m'est égal.

Je me laisse faire, accueillant avec bonheur ce qui ne va pas manquer d'arriver. Tandis que ses mains expertes ouvrent la fermeture Éclair de mon jean pour me libérer, je l'observe, pris d'un léger vertige. Elle n'a aucun problème à se concentrer bien qu'elle soit aussi décalquée que moi. Tout ce qu'elle fait est parfaitement orchestré. C'est vraiment une pro, et pas seulement du *beer bong*. Je ferme les yeux et invite le bas de mon corps à profiter de toutes ces gentilles attentions.

Je suis dedans.

Vraiment dedans.

Et super excité, c'est rien de le dire. Est-ce un problème si, derrière mes paupières, j'entrevois une fille qui boite et me déteste… ? Je ne suis pas sûr.

Maggie.

– Qu'est-ce que tu as dit ?

Hein ?

Comment ?

J'ouvre les yeux et je regarde Brandi, figée au-dessus de ma braguette ouverte.

– Je rêve, ou tu viens de m'appeler Maggie ? lance-t-elle d'un ton accusateur.

– Sûrement pas.

Que ce soit le cas ou non, Brandi n'est pas Maggie.

– Désolé, je bredouille sans conviction.

Elle hausse les épaules.

– Pas grave.

D'un geste décidé, elle tend le bras vers le tiroir de sa table de chevet et en sort un petit sac en plastique. Elle choisit une pilule jaune ornée d'un smiley, la fourre dans sa bouche, inspire lentement pour en savourer le goût.

– Tiens, prends un Adam, dit-elle en m'en tendant un.

– C'est quoi, un Adam ?

J'examine le petit cachet.

– Tu sais bien, de l'extasy. Mets-le sous ta langue. Je peux t'assurer que tu ne penseras plus à rien à part t'amuser avec moi.

Ça me semble idéal. Je me redresse et je prends la pilule. Si ce petit truc peut me faire tout oublier à part l'instant présent, je ne vais pas dire non.

À la seconde où je m'apprête à l'avaler, je pense à ma mère. Ma mère qui est accro aux médocs. Me soûler, c'est déjà pas terrible, mais me droguer…

Ce serait passer à la vitesse supérieure. Je rends le cachet à Brandi.

– Je ne peux pas faire ça.

– Faire quoi ? s'étonne-t-elle.

Je me dégage et j'enfile mon jean.

– Je ne sais pas. Donne-moi une seconde.

– Pour quoi faire ? ajoute-t-elle, perplexe.

Bonne question. Je la regarde des pieds à la tête. Elle a tout ce qu'il faut, pas de doute là-dessus. Elle est belle comme un cœur. Elle a un corps de rêve… mais ce n'est pas Maggie. Et même si je n'ai pas envie de Maggie, si je ne peux pas l'avoir… je suis tellement parti que je n'arrive pas à avoir une seule pensée cohérente.

– Où est la salle de bains ?

– Au bout du couloir. Ça va ? Si tu veux y aller pour acheter une capote au distributeur, ne prends pas cette peine. J'ai ce qu'il faut.

– Je reviens tout de suite, je marmonne en me dirigeant vers la porte.

Je fonce dans les toilettes, et là, je me cramponne à un lavabo des deux mains. C'est nul, tout ça. Je devrais profiter de ma soirée de liberté au lieu d'avoir l'alcool triste. Je lève les yeux vers mon reflet dans la glace, et ça ne fait qu'aggraver les choses. Je passe une main dans mes cheveux hirsutes en me demandant si je ne ferais pas mieux de me raser le crâne comme à l'E.P. Parce que pour l'instant, j'ai une tête de déterré.

Le pire, c'est que je me sens en aussi piteux état que j'en ai l'air.

Je m'asperge le visage pour essayer de me changer les idées. En vain. Brandi a tout fait pour m'exciter, mais ce n'est pas elle qui me faisait bander. C'était les images de Maggie que j'avais dans la tête. Tordu, je sais. Pas question que je conclue avec une fille qui n'est qu'un substitut.

Je retourne dans la chambre. Brandi doit être en plein trip, prête à passer aux choses sérieuses. J'espère qu'elle ne m'en veut pas trop d'avoir fait l'impasse sur son plan extasy.

À l'instant où je pose la main sur la poignée de sa porte, j'entends la voix de Maggie, derrière moi, qui lance :

– Ce n'est pas notre dortoir, Caleb.

Je me tourne vers la fille qui hante mes nuits depuis le jour où j'ai atterri en prison. La fille qui vient de gâcher ma petite partie de jambes en l'air sans même le savoir. Elle a des yeux noisette qui changent selon son humeur, à des années-lumière de celle avec qui j'étais allongé quelques instants plus tôt. Je la trouve sacrément sexy, en attendant, même si je doute qu'elle se soit fait tatouer une licorne rouge au-dessus des fesses ou qu'elle porte des soutifs en dentelle noire. J'aimerais bien en avoir le cœur net, à dire vrai.

– Je sais.

Elle s'approche de moi en boitillant, les sourcils froncés.

– Dans ce cas, comment ça se fait que tu te balades torse nu dans le couloir ?

Elle me toise de la tête aux pieds.

– Et pourquoi est-ce que ta euh… braguette est ouverte ?

La porte s'ouvre alors, et Brandi apparaît. Elle a les cheveux en bataille, son jean ouvert pend sur ses hanches. Elle serre son chemisier sur sa poitrine. Je suis foutu.

— Oh ! marmonne Maggie, qui a manifestement sa réponse sans que j'aie besoin d'ouvrir la bouche.

— Ah ! tu es là, susurre Brandi en me souriant avant de se tourner vers Maggie. Et toi, tu es qui ?

— Sa petite amie, répond Maggie sur le ton le plus sérieux du monde.

Le regard de Brandi passe de Maggie à moi, puis inversement :

— Tu plaisantes, j'espère ?

12

MAGGIE

La fille qui serre un chemisier quasi inexistant sur sa poitrine attend une réponse. Elle a manifestement du mal à croire qu'avec mon physique, je puisse sortir avec un garçon comme Caleb.

Le dégoût me retourne l'estomac. Caleb n'est pas mon petit ami, il ne l'a jamais été. Il n'empêche que ça fait un mal de chien de le voir là dans ce couloir, la braguette ouverte, manifestement sur le point de coucher avec cette fille.

Je préfère ne pas l'entendre dire à cette garce que je suis bien la dernière personne au monde qu'il appellerait sa petite amie. Douleur ou pas, j'ai promis à Leah de veiller sur son frère. Elle a senti qu'il avait des ennuis. Sa perception extra-sensorielle ne l'a pas trompée.

J'ai renoncé à aller au cinéma avec les autres après le dîner. J'étais fatiguée, et je commençais à avoir mal à la jambe. Je ne m'attendais vraiment pas à trouver Caleb avec une fille.

C'est une gifle en pleine figure de les voir comme ça. Il est clair qu'ils ont déjà passé un bon bout de soirée ensemble. Elle est canon. De grands yeux bruns, des cheveux blonds, brillants et une taille tellement fine que je me demande comment tous ses organes peuvent tenir dans son corps. Ils sont peut-être tous allés se fourrer dans son opulente poitrine.

– Non, je ne plaisante pas, j'insiste, ayant miraculeusement retrouvé ma voix. Viens dans notre dortoir, Caleb.

Il a l'air désemparé.

– Tu as laissé ta chemise dans ma chambre, lance la fille avec un grand sourire.

Elle espère sans doute qu'il va m'envoyer balader, ce en quoi elle n'a pas tort.

À mon grand étonnement, Caleb me prend par le cou. Il sent la bière.

– Faut que j'aille avec elle.

Il bafouille un peu, ce qui confirme qu'il a trop bu.

La fille retourne dans sa chambre, pour réapparaître une seconde plus tard. Elle lui expédie sa chemise à la figure.

– T'es un loser, lance-t-elle.

Puis, se tournant vers moi, elle ajoute :

– Je te le cède volontiers.

Avant de claquer sa porte. Caleb et moi nous retrouvons seuls dans le couloir. J'écarte son bras d'un haussement d'épaules. Il n'a toujours pas remis sa chemise ni remonté sa braguette.

– Tu viens ? dis-je d'un ton impatient.

Je m'étonne un peu qu'il me suive. Je déverrouille la porte du dortoir derrière nous.

– J'ai besoin d'aide, bredouille-t-il en me prenant à nouveau par les épaules.

La chaleur de sa peau rayonne à travers mes vête-ments. Jadis j'aurais donné n'importe quoi pour qu'il m'enlace. Plus maintenant.

– Tu empestes la bière, je proteste en le repoussant. Et si c'est pour fermer ta braguette qu'il te faut de l'aide, tu te trompes de nana.

Il titube dans la pièce derrière moi et s'effondre sur le divan.

– Tu n'es pas la fille qu'il me faut, mais pour Matt, ça va très bien, c'est ça ?

– Ferme-la, Caleb. Matt et moi, on est juste copains.

– Je te crois pas. Tu le chauffes, à mon avis.

– Mes relations ne te regardent pas. Ce n'est pas parce que je discute avec un garçon que je le drague.

– Ça, je le savais.

Il regarde autour de lui d'un air perplexe.

– Où est passé le reste de notre petite bande de barjots ?

– Au cinéma.

– Comment se fait-il que tu ne sois pas avec eux ?

À cet instant précis, une douleur fulgurante monte de ma cheville le long de mon mollet. Je retiens un cri. Je ne veux pas que Caleb s'apitoie sur mon sort.

– J'ai besoin de reposer ma jambe.

Il tapote le coussin à côté de lui.

– Pose-toi là. Décompresse.

Il a les cheveux dans tous les sens, et cette fichue braguette est toujours ouverte – rappel cuisant de ce qu'il était en train de faire avec cette fille. Le pro-blème, c'est qu'il est toujours aussi craquant. J'enrage en les imaginant ensemble.

– Non.

– Juste une seconde. Allez.

Les paupières mi-closes, il tente de se la jouer vulnérable et innocent, mais je sais à quoi m'en tenir.

– Tu ferais mieux d'aller te coucher avant que Damon te trouve ivre, drogué ou je ne sais quoi, selon ce que tu as ingéré ce soir.

– Assieds-toi avec moi un instant. Ensuite je file dans ma chambre, et tu n'auras plus à poser les yeux sur moi jusqu'à demain matin, promis.

Il finit par boutonner son pantalon. Puis il appuie la tête contre le dossier du canapé.

– Sache que je n'ai pris aucune drogue. J'aurais pu, mais non. Pas envie de me retrouver comme ma mère, marmonne-t-il.

C'est la première fois qu'il parle de sa famille depuis le début du voyage. Sa tristesse est palpable lorsqu'il mentionne sa mère, ce qui le rend encore plus touchant.

Je reste résolument plantée devant lui, déterminée à être la voix de la raison dans cette affaire.

– Tu as bu ce soir. Ne nie pas.

Un petit sourire retrousse ses lèvres.

– Oui, j'ai bu. Ça fait du bien de ne plus penser à… rien.

J'hésite. Ce n'est pas une bonne idée de renouer avec lui.

– Je devrais te dénoncer auprès de Damon.

– Tu devrais.

Je soupire.

– Mais je ne vais pas le faire.

– Pourquoi pas, Mag ? Se pourrait-il que tout au fond de ton cœur de pierre, tu m'aimes encore un peu ?

Il tend la main et m'attire vers lui. Comme je ne tiens déjà pas bien d'aplomb, je vacille. Il me prend par la taille et m'allonge avec douceur sur le canapé. Sous lui !

– Ne réponds pas à cette question, dit-il.

Mon cerveau m'ordonne de fuir, de me tenir à distance de lui, mais mon corps, animé de sa propre volonté, refuse de l'écouter. Je plonge mon regard dans ses yeux bleu intense. De la couleur de la mer. Ils sont fixés sur mes lèvres, et je repense au premier baiser que nous avons échangé à Paradise. C'était dans le parc. Je venais de pleurer dans ses bras.

L'air s'épaissit autour de nous, se refermant tel un nuage sombre. Je n'entends plus que le bruit de nos respirations. J'oublie tout le reste, me laissant aller à profiter de cette proximité retrouvée.

Il écarte quelques mèches de ma figure avec une délicatesse surprenante, caresse ma joue du bout des doigts. Je colle mes bras le long de mon corps, je redoute de replonger dans la réalité si je bouge.

Caleb se rapproche encore de moi.

– En as-tu aussi envie que moi, Maggie ? souffle-t-il, son visage à quelques centimètres du mien.

– Je... ne peux pas te répondre.

Il se recule un peu, mais pas assez pour que son haleine chargée d'alcool ne m'arrive pas en plein nez.

– Pourquoi pas ?

Je pose une main sur sa poitrine, pour l'arrêter avant de perdre les pédales. Ma respiration s'accélère, mon cœur bat à tout rompre. Je suis encore plus en colère contre moi-même que contre lui.

– Es-tu vraiment obligé de me poser la question ? Tu étais avec une autre fille ce soir, Caleb. Je refuse d'être le second choix.

– Je ne l'ai pas embrassée, je te jure.

Je lui décoche un regard du style « je ne te crois pas une seconde ». Il prend un air grave.

– Je ne vais pas te dire qu'on n'a pas flirté, mais j'étais incapable de conclure parce que je…

Il ferme les yeux. Au bout d'une seconde, il les rouvre et plante son regard dans le mien, toujours aussi sérieux.

– Laisse tomber, marmonne-t-il.

– Va te coucher, lui dis-je en essayant de le repousser. Tu es ivre et tu n'arrives pas à penser.

– Embrasse-moi. J'irai me coucher après.

– Tu es cinglé, je riposte d'une voix étranglée.

– Je sais. Un demi-sourire incurve ses lèvres. Mais s'il te plaît, fais ça pour moi. Rien qu'une fois.

Il incline lentement la tête vers moi. En retenant mon souffle, je regarde sa belle bouche pleine se rapprocher encore et encore.

– Oh ! Maggie, murmure-t-il, alors qu'instinctivement je noue mes bras autour de son cou, j'en ai tellement besoin.

Je dois dérailler, moi aussi, parce que voilà que je chuchote à mon tour :

– Moi aussi.

En tenant ma tête entre ses mains, il frotte ses lèvres contre les miennes. Nous nous embrassons maladroitement, comme si nous hésitions l'un et l'autre. Mon cœur est en train de fondre. Quand il me saisit par la taille pour me plaquer contre lui, je frissonne d'excitation des pieds à la tête.

Les yeux fermés, je m'imagine dans le belvédère de Mme Reynolds, lorsque nous n'étions que tous les deux. C'était magique. Il m'avait serrée dans ses bras et m'avait laissé entendre qu'aussi longtemps qu'on serait ensemble, tout le reste irait de soi.

Je soupire tout près de ses lèvres. Presque un gémissement. Il s'écarte un peu de moi. En ouvrant les yeux, je découvre son sourire – un sourire comblé.

Comme si ma réaction survenait à point nommé, il émet un son rauque avant de plonger à nouveau sur moi. Sa bouche se pose sur la mienne, prête à l'explorer. Mon cerveau m'envoie des signaux d'avertissement, mais mon corps est trop heureux pour écouter. J'enfouis une main dans ses cheveux en l'attirant plus près de moi.

– Caresse-moi, murmure-t-il en passant un doigt sur mes lèvres avant de le glisser dans ma bouche.

Je m'oblige à penser au belvédère. Tant que je garde les yeux fermés, nous sommes là-bas – dans le passé, et non dans le présent. D'un instant à l'autre, il va me dire qu'il tient à moi. Que je suis la seule fille qui compte pour lui, qu'il a besoin de moi.

Son doigt laisse une traînée humide le long de mon cou avant de se faufiler dans l'échancrure de mon tee-shirt. Sa bouche prend la relève, puis remonte à l'assaut de la mienne. La passion me fait transpirer. Je suis en feu.

Tout est lent, incroyablement érotique, nos langues se mêlent, se cherchent comme si nous nous savourions réciproquement. Au goût amer de la bière s'est substituée cette douce odeur qui n'appartient qu'à lui. Je m'égare dans le présent, mais mon corps, mon esprit sont restés dans le passé. Ça fait du bien, ça paraît tellement juste de l'embrasser enfin. De le toucher.

Il a dit qu'il en avait besoin.

Je ne mentais pas quand je lui ai répondu que moi aussi.

Quand il s'aventure sous mon haut, frotte son pouce contre mon soutien-gorge pendant que sa main tient mon sein, j'ai la sensation que le monde s'est arrêté de tourner, qu'il ne reste plus que nous deux. Une onde de chaleur se propage de ma poitrine à la pointe de mes orteils, puis remonte. Mon sang bouillonne.

Jusqu'à ce que mon portable sonne bruyamment dans mon sac, interrompant mon rêve.

– Ne réponds pas, souffle Caleb d'une voix rauque. Laisse tomber.

Il recommence à m'embrasser, mais le belvédère s'est volatilisé. La magie a disparu.

La sonnerie continue de retentir. Je tourne la tête, coupant court à notre baiser, et chasse d'un cillement une larme de frustration en tendant le bras vers mon sac.

– Il faut que je décroche.

Ma main trouve la poche latérale d'où j'extirpe mon portable. Le numéro de l'appelant sur le petit écran me laisse interdite.

– C'est mon père, dis-je en écartant la main de Caleb toujours sous mon tee-shirt.

Je laisse sonner jusqu'à ce que l'appel bascule sur la messagerie.

Mon père, qui m'appelle une ou deux fois par an. Qui m'a abandonnée sans le moindre scrupule.

Je lève les yeux vers Caleb dont le visage plane toujours au-dessus du mien. Lui aussi m'a abandonnée sans scrupule, jusqu'à ce que ce voyage nous réunisse par la force des choses. Il m'a trahie, exactement comme mon père. Il m'a menti, tout comme lui.

Il a flirté avec une autre fille ce soir, après quoi il s'est jeté sur moi, comme si de rien n'était. Un autre visage, un autre corps. Du bon temps interchangeable.

Je suis pathétique, et je ne peux m'en prendre qu'à moi. J'aurais pu dire non. Faire comme si je ne voulais pas de ça. Aller dans ma chambre et verrouiller la porte.

À la place, je me suis rapprochée de lui... le mettant presque au défi de me faire des avances. Je ne vaux pas mieux que cette fille avec qui il était ce soir.

– Qu'est-ce qui nous a pris, Caleb ?

Il se redresse, soupire.

– Oh non ! Ça y est. Ton moi introspectif, émotif et philosophe reprend le dessus.

– Pourquoi ne serais-je pas introspective ? Ça n'a aucun sens, nous deux.

– Le chocolat et le beurre de cacahuètes, ça ne va pas ensemble non plus *a priori*. Il n'empêche que c'est bon. C'est même un mélange génial, va savoir pourquoi.

– Tu es ivre. Je ne te parle pas de bouffe. Je te parle de deux individus qui ont un passé complètement tordu...

– Arrête. Tu réfléchis trop, m'interrompt-il. Peu importe le temps qui s'est écoulé. Ça n'a rien changé entre nous.

Il me frotte gentiment le bras, éveillant ma peau ultrasensible.

– Je ne comprends pas pourquoi on lutte autant, toi et moi. Putain, je n'ai rien pu faire avec Brandi ce soir, pour la simple raison que je ne pensais qu'à toi. Je l'ai même appelée par ton prénom, enchaîne-t-il. D'accord, ce n'est pas simple, nous sommes tordus, mais pourquoi refuser d'admettre qu'on a toujours autant envie d'être ensemble ?

– Tu es un enfoiré, Caleb Becker, je proteste en le repoussant.

– Tu me sidères là, réplique-t-il, brandissant les deux mains, la mine renfrognée. Je viens de t'avouer que je n'arrivais pas à sortir avec une autre fille parce que je suis obnubilé par toi. C'est de toi que j'ai envie, Maggie. C'est si terrible que ça ?

– Oui.

– Quoi, reconnaître que tu m'excites ? Pourquoi réagis-tu comme si c'était une insulte ?

– Je ne veux pas qu'on ait juste « envie » l'un de l'autre.

J'inspire à fond avant d'ajouter :

– J'aimerais avoir une vraie relation avec un garçon. Une relation d'amour. Et toi, tu ne sais même pas ce que c'est que l'amour. L'amour, c'est *l'honnêteté*. C'est une question de *respect mutuel*, ce qui n'existe pas entre nous.

– Ah bon, vraiment ?

Mes paroles l'ont manifestement blessé puisqu'il se lève et riposte :

– Serais-tu en train de me dire que tu n'as aucun respect pour moi ?

– C'est exactement ça.

– Parfait.

– Parfait.

– Faut croire que je me suis totalement planté en imaginant qu'il y avait encore quelque chose entre nous.

Cette fois-ci, la douleur m'atteint en plein cœur. Mais je reste de marbre.

– Tout est une question d'honnêteté, Caleb.

– Oui, eh bien, en toute *honnêteté*, je te trouve complètement ridicule.

13

CALEB

Allongé sur mon lit, je fixe le plafond. Lenny et Matt dorment comme des loirs. Je n'ai pas parlé à Maggie depuis que nous avons battu en retraite dans nos chambres il y a quatre heures de ça.

Je lui ai avoué que j'avais toujours envie d'elle. J'ai reconnu que je n'avais *jamais cessé* d'avoir envie d'elle. Et elle s'est mise à parler d'amour. D'amour, putain. Et d'honnêteté.

L'amour n'a rien à voir avec l'honnêteté. Il s'agit de protéger les gens auxquels on tient. C'est *ça*, l'amour.

J'ai dit à Maggie que j'avais toujours envie d'elle et qu'on devrait céder à nos désirs. C'était bête de ma part, je m'en rends compte. Mais les mots sont sortis tout seuls. À cause de la bière peut-être. Mais non. Je savais parfaitement ce que je faisais. Ce qui ne rend pas la chose moins stupide pour autant.

Pendant toute la semaine qui suit, Maggie m'ignore complètement. Chaque jour nous nous rendons dans un endroit différent. Damon nous présente à l'assemblée avant de nous inviter à raconter nos histoires sordides. On s'y colle tous. La mienne est la plus courte. « J'étais ivre et j'ai renversé une fille. Ça m'a valu une peine de prison d'un an. Mes parents m'ont pratiquement chassé de la maison et j'ai perdu ma petite amie. J'ai écopé d'une suspension de permis de trois ans et je vis plus ou moins dans la rue maintenant. Alors euh, ne prenez jamais le volant en état d'ivresse. »

La voilà mon histoire, et je m'y tiens.

Jusqu'au jour où, à une table ronde dans un lycée quelconque, on me pose une question à laquelle je ne suis pas sûr de pouvoir répondre.

Elle vient d'un ado de quinze ans qui prend des cours de conduite pendant l'été.

– Ma question s'adresse au garçon en tee-shirt bleu au bout, fait-il.

Je regarde les autres. Malheureusement personne ne porte un tee-shirt bleu, à part moi. Erin me passe le micro.

– C'est quoi, cette question ? je demande d'un ton désinvolte, et ma voix résonne dans l'auditorium.

– Pourquoi est-ce que tes parents t'ont mis à la porte ?

Mince ! Suis-je vraiment obligé de répondre ? Ma sœur a refusé de dire la vérité à propos de l'accident, ma mère est accro aux médicaments et mon père en plein déni.

– C'est une bonne question, dis-je pour gagner du temps.

Je ne sais pas quoi ajouter. Vérité et mensonges se mêlent dans ma tête. Je me racle la gorge en réfléchissant à une réponse.

– Mes parents étaient gênés d'avoir un ancien détenu comme fils. En plus, ils n'ont pas trop apprécié que je flirte avec la fille que j'avais renversée.

– Pourquoi tu as fait ça ? persiste le gamin. Sortir avec la victime ? C'était une mauvaise idée, non ?

– Une très mauvaise idée, oui. L'une des plus idiotes que j'aie jamais eues. Question suivante ?

Elle s'adresse à Lenny. Ils veulent savoir pourquoi il a foncé dans un lac au volant de sa voiture.

– Ça m'a paru censé sur le moment, répond-il. Évidemment j'étais bourré, mais ce n'est pas une excuse. Je l'ai payé cher et j'aimerais pouvoir revenir en arrière.

C'est le leitmotiv de nos vies. On aimerait tous remonter le temps, modifier le cours des événements.

Durant le trajet du retour, Maggie ne daigne même pas jeter un coup d'œil dans ma direction. Assise à côté de Matt, elle parle de tennis. À peine dans le dortoir, elle file dans sa chambre. Et Damon, dans la sienne. Dès qu'il a fermé sa porte, comme le reste de la bande s'attarde dans le salon, j'entre chez Maggie.

– C'est quoi, ton problème ? je demande à voix basse.

– Je ne veux pas en parler, répond-elle en s'écartant de moi.

Je lui saisis le poignet et le tire doucement pour l'inciter à me faire face.

– Lâche-la, lance une voix derrière moi.

C'est Matt. Je fusille du regard ce type qui, à l'évidence, ne demanderait pas mieux que de sortir avec elle.

– Tu te prends pour quoi ? Son garde du corps ?

– Peut-être bien, marmonne-t-il en s'interposant entre nous.

— Ne te mêle pas de ça, mec.

Je suis à cran. À un moment donné, c'est moi qui protégeais Maggie. Contre Vic Medonia. Maintenant, Matt me fait sentir que je ne vaux pas mieux que ce connard.

— Tu ne vois pas qu'elle n'a pas envie de te parler, là tout de suite ?

Je me tourne vers Maggie, qui pointe le doigt vers la porte pour m'inviter à sortir.

— C'est bon, je m'en vais.

Le lendemain matin, quand Damon me secoue pour me réveiller, je lui annonce que je prends ma journée.

— Lève-toi, Caleb. Et que ça saute. Pas question que tu échappes aux activités prévues aujourd'hui. Ce n'est même pas la peine d'y penser.

— Je suis malade.

— Malade de quoi ?

— D'ennui. Sérieux, Damon, le portable de Lenny a sonné toutes les deux heures cette nuit.

— C'est vrai, intervient Matt en enfouissant sa tête sous son oreiller. On n'a pas arrêté de lui dire de l'éteindre, mais il a refusé.

— Je l'ai mis sur vibreur ! proteste Lenny depuis le salon.

— S'il vibre sur la table, c'est aussi chiant que s'il sonne, imbécile, hurle Matt depuis le seuil.

Damon m'arrache mes couvertures.

— Je confisquerai le téléphone de Lenny ce soir. En attendant, tu viens avec nous aujourd'hui. J'ai prévu une activité spéciale. Pas d'excuses.

Je me traîne à la douche puis m'habille. Maggie a dû se mettre les filles dans la poche, car elles m'ignorent toutes aujourd'hui. Pendant le petit déjeuner, Trish propose un muffin aux myrtilles à tout le monde, sauf à Lenny et moi. J'aimerais bien savoir ce que j'ai fait pour me retrouver dans la même catégorie que ce taré. D'un autre côté, on traite Saint Matt comme un foutu roi. En plus d'un muffin, il a droit à un verre de jus d'orange que Maggie, tout sourire, lui sert.

Je suis encore plus vénère.

Tout de suite après le déjeuner, on se tasse dans le minibus. Je suis coincé au fond avec Lenny, qui semble se soucier comme d'une guigne que les filles le détestent. Il a l'habitude qu'on l'ignore, je suppose, ou il est trop bête pour s'en rendre compte.

Le bus pénètre dans une propriété boisée. À l'entrée, une grande pancarte indique : EN ROUTE POUR LA VICTOIRE – BÂTIR DES FONDATIONS SOLIDES EST LA CLÉ DU SUCCÈS.

– C'est un projet Habitat pour l'humanité ou quoi ? je demande.

En toute franchise, je n'aurais rien contre avoir un marteau et des clous entre les mains. L'idée de passer ma frustration sur une planche à coups de marteau ne me déplairait pas.

– Non, répond Damon à mon grand dam. Ça n'a rien à voir.

On sort tous du véhicule. Damon nous explique la situation.

– Nous sommes dans un camp d'épanouissement personnel. J'ai remarqué que la plupart d'entre vous ont des difficultés à demander de l'aide, à faire confiance aux autres.

– Ça nous va peut-être très bien comme ça, je marmonne.

– Ce n'est pas la bonne attitude. Il est dans la nature humaine d'avoir besoin des gens et de vivre en harmonie avec autrui. Vous en avez besoin, et je ne parle pas uniquement de toi, Caleb. C'est le cas de vous tous, ajoute Damon en nous désignant à tour de rôle.

Un type surgit d'une porte marquée *Bureau*. Avec sa longue barbe et ses cheveux en pétard, on dirait Bigfoot[1], en chair et en os.

– Vous devez être le groupe de RESTART.

Il échange une poignée de main avec Damon.

– Dex, le propriétaire de « En route pour la victoire ».

Il nous réunit en cercle sous des arbres, et demande alors à chacun d'entre nous de citer un adjectif apte à nous décrire.

– Loyal, dit Matt.

– Drôle, dit Lenny.

– Triste, dit Erin.

– Furieuse, dit Trish.

– Désorientée, dit Maggie.

Elle avait les yeux rivés sur moi à cet instant, ça ne m'a pas échappé. Est-ce à cause de nous ? Première nouvelle. Elle ne me donne pas du tout l'impression d'être dans la confusion. Elle me cloue le bec chaque fois que nous sommes proches.

Quand mon tour vient, je lance « un cas social ». Ça résume assez bien ce que je suis.

---

1. Le Bigfoot (« grand pied » en anglais) est une créature de légende, semblable au yéti.

– Ça ne compte pas, proteste Lenny. Dex a dit un seul mot.

– Et « ferme-la avant que je te casse la gueule », ça en fait neuf, je réplique sur le ton de l'avertissement.

Bigfoot lève les mains.

– Interdiction de menacer ses camarades, jeune homme. Ça fait partie du règlement de cet établissement. Excuse-toi, m'ordonne-t-il.

M'excuser ? Il plaisante ou quoi ? Je préférerais manger du verre pilé plutôt que de m'écraser devant Lenny.

Damon le garde-chiourme me fixe intensément.

– Allons, Caleb. Exécute-toi pour qu'on puisse passer à autre chose.

– Ouais, renchérit Trish en reniflant d'un air méprisant. Arrête de faire le con.

Je me tourne vers Maggie.

– Fais-le, articule-t-elle en silence.

– Pas question. Je respectais les règles avant, mais ça fait tellement longtemps que j'ai arrêté, je ne sais plus comment faire.

– Canalise ton énergie dans des actions positives, suggère Dex.

– Et si je ne suis pas d'humeur, je réplique en me plantant devant lui, les mains dans les poches.

– Accomplir une action positive t'aidera à changer d'humeur. Sourire détend le corps. Lorsqu'on a un contact humain ou des interactions positives, la tension se dissipe.

La dernière fois que j'ai connu un contact humain positif, c'était avec Maggie, quand elle m'a embrassé sur le canapé au dortoir. Je me suis senti merveilleusement bien, jusqu'au moment où elle m'a repoussé.

– Je veux que vous vous étreigniez tous les deux, ajoute Dex.

– Vous plaisantez, j'espère.

– Pas du tout. Je pense que tu devrais prendre Lenny dans tes bras.

Mes mains restent bien au fond de mes poches.

– Euh, je ne crois pas, non.

Je meurs d'envie de dire à Bigfoot qu'il peut toujours courir, mais je me retiens.

Lenny écarte grand les bras et me sourit.

– Viens dans les bras de papa !

– Allons, Caleb, m'encourage Damon. Essaie juste.

– Je préférerais serrer une des filles contre mon cœur, Damon. Ou encore Matt.

Personne ne s'intéresse à la kyrielle de choses que j'aimerais mieux faire plutôt que de serrer Lenny dans mes bras. Ils attendent tous que je cède.

Lenny s'avance, les bras grands ouverts.

Je m'écarte du cercle. Bigfoot n'a pas l'air content.

– Peu importe l'étreinte. C'est ta personnalité qui est en jeu. Accomplir quelque chose qui te rebute pour faire plaisir à quelqu'un est un geste de gentillesse.

Je ricane.

– Écoutez-moi bien, Dex, j'ai été gentil en avertissant Lenny que j'allais lui démolir le portrait. Reconnaissez-le. Putain, mec, j'ai fait du business avec des gangs de Chicago pour qui la gentillesse consistait à demander quel membre on préférait qu'on nous coupe avant de le donner à manger aux chiens.

– Tu veux faire partie de ce groupe, oui ou non ? demande Bigfoot, indifférent à mon histoire de gangs.

– Non.

– Il n'a pas le choix, beugle Damon. Il est obligé d'y participer, que cela lui plaise ou non. Pas vrai, Caleb ?

– Ouais.

À moins de les laisser tous tomber et de risquer ma chance. Ce que je ne ferai pas, car si l'E.P. pour jeunes délinquants, ce n'est déjà pas de la tarte, la prison pour adultes serait bien pire. Je fais un pas en avant pour réintégrer le cercle.

– On peut s'embrasser plus tard, suggère Lenny.

Je secoue la tête.

– N'y compte pas.

Je ne suis pas dans les petits papiers de Dex, ça c'est sûr. Il me lance des regards probablement destinés à me foutre la honte, sauf que ça ne me fait ni chaud ni froid. Après ce qui s'est passé avec Maggie, j'en ai fini avec les remords.

Dex nous explique que nous sommes censés participer à un certain nombre d'activités en équipe. Nous commençons par assembler un puzzle. Trois d'entre nous, les yeux bandés, suivent les instructions des trois autres. Ensuite il nous envoie dans un labyrinthe, dont nous devons nous sortir en étant attachés les uns aux autres par des cordes. Après ça, on se tape de construire une voiture de course avec des éléments trouvés dans la nature. Maggie ne pose pas les yeux sur moi une seule fois.

Après le déjeuner, Dex nous emmène dans les bois, derrière le bâtiment principal. Parvenu à un gros chêne avec une petite plateforme à une trentaine de centimètres du sol, il s'arrête.

– Cet exercice a pour but de mettre votre confiance à l'épreuve, nous raconte-t-il. Je vais vous regrouper par paires. Debout sur la plateforme, chacun votre tour, vous tournerez le dos à votre partenaire et vous vous laisserez tomber dans ses bras. Après quoi, vous échangerez vos places.

Il associe Lenny et Trish, Matt et Erin, Maggie et moi.

– N'aie pas l'air si déprimée, dis-je à ma coéquipière, qui fronce furieusement les sourcils.

– Je ne suis pas déprimée. Tu n'as pas entendu ce qu'il a dit ? C'est un exercice de confiance.

– Oui, et alors ?

Elle secoue la tête.

– Laisse tomber.

– Lenny va m'écrabouiller ! se récrie Trish avant que j'aie le temps de répondre. J'espère que vous avez une assurance médicale, Dex.

Lenny éclate de rire.

– Tu n'es pas un poids plume non plus, Trish. Si je te lâche, tu crois que tes nibards vont exploser en touchant le sol ?

Dex lève la main. Nous avons tous compris que c'est son signal pour nous faire taire.

– Vous en êtes tous capables, je vous assure. Vous serez attachés au tronc par une courroie élastique qui allègera le poids. Lenny et Trish, à vous de commencer.

– Pas question, Dex, proteste Trish. Et s'il me lâche ?

– Ça n'arrivera pas.

– Comment pouvez-vous en être sûr ?

– Parce que tout le groupe compte sur lui. Il ne vous laissera pas tomber. N'est-ce pas, Lenny ?

– Ce ne serait pas du blabla pseudopsychologique que vous essayez de nous faire gober ? demande Lenny, les sourcils froncés.

– C'est ça. À présent, monte sur cette plateforme et attache la courroie autour de ta taille. Montre à Trish comme c'est facile.

Lenny obtempère. Vu que la courroie supporte l'essentiel de son poids, Trish n'a aucun mal à le rattraper. Ils échangent leurs rôles, et, à notre grand soulagement, Lenny réceptionne Trish.

– Bon, lance Dex, Caleb et Maggie, c'est à vous.

14

MAGGIE

J e grimpe sur la plateforme, j'attache la courroie autour de ma taille et je regarde devant moi. Caleb est là, les bras grands ouverts, prêt à m'accueillir.

Subitement, cet exercice dépasse la question de savoir s'il va me rattraper ou non.

Je comprends, tout à coup, pourquoi je lui en ai tellement voulu depuis ce fameux soir de la semaine dernière… Cette pensée me laisse pantoise. Ma colère vient de plus loin. Ça fait huit mois que je suis remontée contre lui. Depuis que j'ai découvert qu'il avait menti. Depuis qu'il est parti sans m'avoir dit la vérité.

Je pense à tous ces non-dits… à tous ces aveux que j'aurais dû lui faire. Il y a tant de mensonges entre nous. Je me cale contre le tronc en serrant mes bras autour de ma taille.

— Je ne peux pas.

— Pourquoi ? demande-t-il.

Tout le monde me dévisage, attendant une explication. Je répugne à l'idée de parler de tout ça devant le groupe, mais j'en ai par-dessus la tête des secrets. J'ai terriblement envie d'exprimer ce que je ressens à cet instant, sachant que je n'en aurai peut-être plus le courage plus tard.

Je décroche la courroie et je descends de la plateforme.

– Je ne veux pas le faire, c'est tout.

– Je ne te laisserai pas tomber, dit Caleb. Promis.

Je plonge mon regard dans ses yeux bleus perçants, qui prennent une teinte plus foncée quand il est bouleversé.

– Il ne s'agit pas de savoir si tu vas me rattraper ou non. Le problème n'est pas là. C'est à cause de l'accident.

Caleb a l'air troublé, méfiant, et je suis à peu près sûre que son humeur ne va pas s'améliorer quand j'ajoute :

– Cet exercice a pour but de mettre notre confiance à l'épreuve. La vérité, c'est que je n'ai aucune confiance en toi.

– Ça devient intéressant, lance Lenny en se frottant les mains. Et moi qui pensais que, pendant tout ce temps-là, vous fricotiez ensemble dès qu'on avait le dos tourné.

Caleb le foudroie du regard.

– Ferme-la, Lenny, pour une fois, ou je vais le faire à ta place.

Il serre les poings, les muscles de sa mâchoire tressaillent. Il est sur le point de tabasser Lenny, alors qu'il n'a rien à voir là-dedans. C'est de nous qu'il est question.

Dex lève la main, mais Caleb l'ignore royalement.

– Après toutes les épreuves qu'on a traversées, me dit-il, j'estime mériter ta confiance.

Il n'a rien compris. Je voudrais qu'il me dise la vérité sur l'accident, de son plein gré. C'est le seul moyen de tourner la page. J'ai *besoin* de dépasser le stade des mensonges et de la tromperie.

Le souvenir de l'accident et de tout ce qui s'est passé depuis me fait trembler de la tête aux pieds. Je ne serai plus jamais la même. Désormais, on me verra toujours comme une handicapée. J'ai voulu me convaincre que Caleb me désirait malgré ma jambe et mes cicatrices, mais ce n'était peut-être qu'une tactique.

En attendant, la seule personne qui peut faire éclater la vérité est debout devant moi.

– Sois honnête avec toi-même, Caleb. Tu ne me fais pas confiance non plus.

On ne peut plus m'arrêter maintenant. Le visage inondé de larmes, je m'approche de lui et je plante mon index sur sa poitrine.

– Tu m'as menti ! Tu m'as trompée ! Tu aurais au moins pu être honnête depuis qu'on s'est rapprochés, toi et moi.

Il me dévisage, les sourcils froncés, l'air troublé.

– Dis-moi la vérité à propos de l'accident, Caleb. Je te mets au défi de le faire.

Je vois le moment où il comprend et se raidit, sous le choc.

Il recule en secouant la tête.

– Ne fais pas ça.

– Explique à tout le monde ce qui s'est vraiment passé ce soir-là.

J'écarte les bras en levant les yeux au ciel.

– Crie-le, libère-nous de tous ces mensonges !

Lenny joint les mains comme s'il était à l'église.

– Alléluia ! s'exclame-t-il.

Caleb se jette sur lui, le met à terre et le bourre de coups de poing. Lenny riposte. Épouvantée, je leur hurle d'arrêter, je sais que Caleb est un boxeur confirmé. Lenny n'a aucune chance de s'en tirer. Damon ne tarde pas à les séparer en ordonnant à Caleb de se calmer. Mais Caleb est hors de lui, et je ne suis pas sûre qu'il perçoive quoi que ce soit à travers le brouillard de sa colère.

– Ressaisis-toi, Caleb, somme Damon.

Caleb se dégage de son emprise. Il serre les poings, prêt à en découdre à nouveau.

– Non !

– Lenny n'a rien à voir là-dedans ! je braille, dans l'espoir d'attirer son attention. Tout ça, c'est entre toi et moi.

Il se tourne vers moi. Il respire par saccades, son regard est intense, farouche. Il n'est pas prêt à baisser la garde.

– C'est moi qui me suis fait renverser par une voiture, pas toi, lui dis-je. Cesse de te comporter en victime. Tu as fait des choix. Je ne te les ai pas imposés, ni moi ni personne d'autre.

Je m'égosille, sans m'inquiéter que le monde entier puisse m'entendre.

– Tu crois que ça m'amuse de traîner la patte ? C'est *moi* la victime, je te rappelle ! Tu ne tenais pas suffisamment à moi pour me faire confiance, avoue-le. Je t'ai donné mon cœur, mais ça ne t'a pas suffi.

Je m'éloigne. Les feuilles mortes craquent sous mes pas.

— Mettons les choses au clair, ma poulette, lance-t-il derrière moi. Je ne t'ai *jamais* demandé d'être ma petite amie, que je sache.

Je me retourne.

— Non, tu ne me l'as pas demandé, mais reconnais que tu as fait tout pour qu'on sorte ensemble. Tu m'as embrassée sous un arbre à Paradise Park, oui ou non ? Chez Mme Reynolds, tu m'as dit que tu avais envie d'être toujours auprès de moi...

J'ai l'impression d'avoir une boule de la taille d'un ballon de base-ball dans la gorge.

— Tu m'as dit que les sentiments qu'on éprouvait l'un pour l'autre étaient *réels*, mais tout ça c'était des mensonges, avoue-le.

— Qu'est-ce que tu veux que je te dise, Maggie ?

— La vérité ! C'est ce que j'ai toujours voulu, depuis le début.

— Je ne peux pas.

— Tu ne peux pas ou tu ne *veux* pas ?

— Quelle différence ça fait à ce stade ?

Je m'essuie les yeux du revers de la main. Les larmes brouillent ma vision. Je me fiche des spectateurs qui nous observent, éberlués.

— Tu n'es qu'un lâche ! Tous les hommes de ma vie m'ont laissée tomber. Mon père d'abord, et maintenant toi.

Il me regarde comme si j'étais son ennemie jurée.

— Je n'ai rien à voir avec ton père. Ne m'insulte pas en me comparant à lui.

J'émets un petit rire.

— Il m'a quittée. Tu m'as quittée. Il m'a trahie en s'en allant, sans jamais se donner la peine de prendre de mes nouvelles. Tu as fait exactement la même chose. Il m'a menti. Tu m'as menti. Vous êtes pareils.

— Tu ne sais pas de quoi tu parles, Maggie.

Je m'éloigne clopin-clopant en direction du bureau, du minibus… de je ne sais où. Il faut que je fiche le camp. Peut-être qu'en m'écartant suffisamment de Caleb, j'arriverais à atténuer un peu cette douleur qui me transperce le cœur.

— Les mensonges sont plus faciles à avaler que la vérité, hein, Maggie, crie-t-il, s'abstenant cette fois-ci de me suivre.

Je m'arrête, sans me retourner.

— Tu te trompes.

— La vérité, c'est que quand je suis revenu à Paradise après ma sortie de l'E.P., j'étais déterminé à t'éviter à tout prix. Je te tenais pour responsable de mon emprisonnement. Sauf qu'en dépit de ma rancœur et de tout ce que j'avais à te reprocher, je suis tombé amoureux de toi. Ta manière de fredonner, ton insécurité, ta vulnérabilité… et la fois où tu as pleuré dans mes bras, où tu t'es cramponnée à moi comme si j'étais ton pilier. J'ai compris que ce qui se passait entre nous était bien réel. Je m'en suis voulu à mort de craquer pour toi, tu n'as pas idée.

— Alors tu es parti.

— Qu'est-ce que tu voulais que je fasse ? On devait cacher notre relation à ta mère, ma mère se droguait, mon père est une foutue carpette, et ma sœur… enfin, tu l'as vue. Elle a une tête de déterrée.

— Si seulement tu avais dit la vérité…

– La vérité n'est pas supportable ! hurle Caleb d'une voix tremblante de rage et de frustration.

– Alors tu as décidé de te cacher derrière des mensonges, c'est ça ?

Je fais volte-face. Il se tient face à moi, derrière un petit pan de gazon tapissé de feuilles. Je plante mon regard dans le sien. Pas question que je cède.

Les secondes passent dans une tension insoutenable.

Tout à coup, il expédie son poing de toutes ses forces dans un tronc d'arbre. Ses jointures saignent, mais il n'a pas l'air de s'en rendre compte lorsqu'il se rue vers moi.

– La vérité, c'est que ce n'est pas moi qui t'ai renversée ! Je suis allé en taule pendant toute une putain d'année pour un crime que je n'ai pas commis, nom de Dieu ! Et tu sais quoi ? C'est nul à chier. J'étais fou de rage chaque minute que j'ai passée à l'E.P. pour la bonne raison que je n'avais rien à faire là !

Il a les yeux écarquillés, son souffle s'est emballé. Il se retourne et regarde Damon, visiblement sous le choc, avant de contempler les autres membres du groupe, tout aussi interloqués.

Puis il ferme les yeux en faisant la grimace, comme s'il voulait ravaler toutes les vérités qu'il venait de débiter. Lorsqu'il les rouvre, plus aucune émotion ne transparaît. Il s'est composé un masque.

– Satisfaite ? rugit-il.

15

CALEB

S i ma vie n'était pas totalement merdique avant, ce coup-ci, ça y est. Je viens de révéler le secret que j'avais promis d'emporter dans la tombe. J'ai trahi ma sœur jumelle, et moi-même, tout ça parce que je n'ai pas supporté la manière dont Maggie m'a regardé du haut de cette foutue plateforme. Ses yeux étaient froids comme du verre ; la déception tangible sur sa petite frimousse renfrognée m'a donné envie de la prendre dans mes bras pour l'emporter dans un endroit où personne ne pourrait la tromper ou la blesser. Où moi-même je serais dans l'incapacité de lui faire du mal.

J'ai complètement foiré. Vis-à-vis de Maggie, de Leah, de mes parents... de tout le monde.

Et je ne peux même pas garantir que je ne vais pas recommencer. À quoi bon me démener pour éviter de retourner en prison ? C'est sans doute l'endroit qui me convient le mieux. Là-bas au moins, je saurais à quoi m'en tenir, et je ne serais pas obligé d'affronter la déception des gens auxquels je tiens.

Le problème, c'est que je n'ai vraiment pas envie de me retrouver enfermé. À l'E.P., j'avais l'impression d'être un animal en cage, d'autant plus que je n'avais rien à faire là. Quoique... Je méritais peut-être d'y être pour avoir menti au juge, et à tout le monde. J'étais ivre mort le soir où Maggie a été renversée, et j'ai sans doute mal évalué la situation quand j'ai dit à ma sœur que je la couvrirais.

De toute façon, il est trop tard maintenant.

Je cherchais juste à protéger Leah, elle n'aurait pas supporté d'être arrêtée et enfermée dans une cellule. Je n'arrive même plus à distinguer ce qui est juste de ce qui ne l'est pas.

Comment Maggie a-t-elle su que je lui avais menti ? Il y a deux secondes, je pensais que le seul moyen d'effacer le choc de la trahison serait de lui avouer la vérité. Encore une erreur. La vérité, elle la connaissait déjà.

J'ai envie de prendre la fuite, mais je suis coincé ici. Je ne suis peut-être pas en cage, mais c'est pourtant l'effet que ça me fait.

— Non, je ne suis pas satisfaite, finit-elle par me répondre d'une voix triste.

Je la fusille du regard.

— Tant mieux. Comme ça, on est deux.

— Trois, intervient Lenny, toujours assis par terre. Je crois que je vais avoir un bleu sur ma petite fesse sensible à cause de toi.

Maggie a les joues baignées de larmes. Elle cligne des paupières et les essuie du bout des doigts.

— Est-ce que tu me détestes, Caleb ?

Je devrais. Je devrais la haïr du fond de mon âme, mais j'en suis incapable.

– Tu savais depuis le début que ce n'était pas moi le coupable, pas vrai ?

Elle hoche la tête.

– Je me souvenais de bribes, comme une sorte de puzzle dont on n'aurait pas assemblé les pièces, jusqu'à ce que…

Je l'interromps.

– Tu l'avais compris avant que je quitte Paradise, il y a huit mois ?

J'ai besoin de connaître la réponse même si je redoute de l'entendre.

– Oui, murmure-t-elle.

Je repense aux moments que nous avons passés à travailler ensemble chez Mme Reynolds, quand on a flirté dans le belvédère, que j'ai caressé sa peau soyeuse.

– Tu savais que je n'y étais pour rien, mais tu as continué à me laisser croire que tu me tenais pour responsable. Comment as-tu pu me faire ça ?

– Quand j'ai compris qui était au volant de la voiture, je t'avais déjà pardonné. Ça n'avait plus d'importance.

– Comment peux-tu dire un truc pareil !

– Euh… Temps mort. Fin de l'activité, intervient Damon. Nous devons avoir une petite discussion tous les trois. Tout de suite.

Tout de suite. C'est l'expression favorite de Damon.

On laisse les autres sous l'arbre avec Dex, et on se dirige vers une table de pique-nique près du parking.

Damon soupire en nous voyant, Maggie et moi, nous asseoir chacun à un bout.

– Caleb, je voudrais qu'on soit clairs sur un point. Tu as plaidé coupable pour un crime que tu n'as pas commis ?

Je le regarde droit dans les yeux.

– J'invoque le cinquième amendement.

– Tu ne peux pas faire ça, me réplique-t-il. Nous ne sommes pas au tribunal.

Et je n'ai aucune intention d'y retourner.

– N'empêche que je ne répondrai pas à votre question.

Vu que je ne me montre pas très coopératif, Damon se tourne vers Maggie.

– Que sais-tu au sujet de tout ça, Maggie ?

Elle hausse les épaules.

Damon agite son index sous nos nez.

– Vous ne me laissez pas le choix. Si vous ne voulez pas me fournir d'explication, je vais être dans l'obligation de rouvrir ton dossier et de mener ma petite enquête par moi-même.

– J'ai fait de la prison, Damon, je m'exclame. J'ai payé pour mon crime. L'affaire est close.

– Si vraiment tu as été incarcéré pour un crime que tu n'as pas commis, elle est loin d'être close. Assumer la responsabilité de ses actes, ça te dit quelque chose ? Tu penses avoir rendu service à quelqu'un ? Détrompe-toi. Si ce n'est pas toi qui as renversé Maggie, qui était-ce ?

Je garde farouchement le silence. Damon se tourne à nouveau vers Maggie dans l'espoir d'obtenir une réponse. Elle regarde obstinément par terre.

– Je vous avertis. Cette histoire est loin d'être finie, lance-t-il d'un ton menaçant.

Durant la fin des exercices, je ne desserre pas les dents. Je flippe en me demandant ce que Maggie sait exactement.

Après le dîner, Damon nous prend de nouveau à part.

– Demain matin, le reste du groupe va dans une autre école pour une table ronde. Vous deux, vous venez avec moi.

Dans le dortoir, je le surprends en train de parler au téléphone à plusieurs reprises. J'ai la nette impression qu'il est sur le point de me faire arrêter pour un interrogatoire.

C'est absolument hors de question. Le reste de la soirée est flou. Je n'ai qu'une seule idée en tête : me barrer. Il faut que je laisse tomber le groupe et que je reprenne la route.

Au milieu de la nuit, une fois que tout le monde dort, j'entasse mes affaires pêle-mêle dans mon sac. Je dois à tout prix prendre mes distances avec Damon, et ses amis du système judiciaire de l'Illinois. S'ils n'arrivent pas à me mettre la main dessus, Damon ne pourra pas accuser Leah. J'ai consulté des manuels de droit quand j'étais à l'E.P. En cas de délit, le droit de prescription est de trois ans. D'ici un an, il ne sera plus possible d'engager des poursuites contre ma sœur.

Je sors discrètement du dortoir, puis je descends l'escalier au pas de course. Au moment où je m'élance à travers le campus plongé dans le noir, j'entends une voix familière derrière moi.

– Caleb, attends.

– Maggie ? Qu'est-ce que tu fais là ?

Elle porte un pantalon et un tee-shirt soyeux. Ses cheveux sont relevés en une queue-de-cheval. Elle a l'air tellement vulnérable. Et sexy. Même si elle ne s'en rend pas compte. Avant d'aller en prison, je ne l'avais jamais vraiment regardée. C'était juste notre voisine, et la meilleure amie de ma sœur jumelle. Je n'avais d'yeux que pour Kendra Greene, avec ses longs cheveux et ses couches de maquillage. La beauté de Maggie est plus subtile… On peut passer à côté quand on est aveuglé par d'autres filles, ou si on la compare à elles.

Elle se mord la lèvre.

– Tu t'en vas, c'est ça ?

– Je ne peux pas rester.

Je balance mon sac sur mon épaule et je me remets en marche.

– Je viens avec toi, lance-t-elle.

– Certainement pas.

Je jette un coup d'œil derrière moi. Elle me suit en boitillant, son sac sur le dos.

– Retourne au dortoir.

– Non.

– Ne sois pas ridicule, Maggie. Rejoins le groupe. Vis ta vie. Oublie que j'existe.

– Je ne peux pas, me répond-elle. J'aimerais que cet accident n'ait jamais eu lieu, que tu n'aies jamais été en prison, que tu n'aies jamais quitté Paradise, et que tu ne te dises pas que sortir avec moi est la plus grosse erreur que tu aies commise dans ta vie.

Et merde. Je ne supporte pas qu'elle me renvoie ces mots à la figure, d'autant plus que ce sont des mensonges. Je lui ai fait mal, alors que j'avais juré de ne jamais recommencer.

– Ce n'était pas une erreur de sortir avec toi.

Elle lève ses yeux innocents, expressifs, vers moi.

– Mais tu as dit…

– Je sais ce que j'ai dit. J'ai menti. Ça ne veut pas dire que tu peux venir avec moi.

– La dernière fois que tu es parti de Paradise, tu m'avais demandé de t'accompagner. Tu t'en souviens ?

Je hoche lentement la tête.

– Pas question que je réitère cette erreur. Ce coup-ci, je viens avec toi.

16

MAGGIE

Je ne peux pas le laisser filer. Pas maintenant. Pas tant que je ne l'aurai pas convaincu de rentrer chez lui. Si je le laisse partir, je risque de ne jamais le revoir. Il a disparu sans laisser d'adresse il y a huit mois, et il est hors de question que ça se reproduise. Surtout maintenant que tout est clair, qu'il n'y a plus de mensonges entre nous.

— Tu n'as pas le choix, lui dis-je en tapant du pied.

Il secoue la tête.

— Ne me mets pas en rogne davantage, Maggie.

Il s'engage sur le trottoir qui mène à la sortie du campus. Je le suis. S'il se mettait à courir, je n'arriverais pas à le suivre.

— Je ne cherchais pas à te mettre en colère, lui dis-je en calant mon pas sur le sien.

— Juste à foutre ma vie en l'air ?

— Moi ? Je n'ai pas fichu ta vie en l'air, Caleb. Tu as fait ça tout seul.

— Rends-moi un service. Si tu tiens absolument à m'accompagner, épargne mes tympans.

– Ce que tu peux être grincheux !

– Eh ouais.

Il s'arrête, se tourne vers moi.

– Tu sais ce que tu m'as fait aujourd'hui ? Tu m'as forcé à révéler des informations que j'avais promis d'emporter dans la tombe. Je me sens comme une merde.

– Moi aussi, si ça peut te rassurer. Je n'ai pas envie d'être en colère, ni triste, Caleb.

– Si tu veux me rendre heureux, retourne au dortoir.

Là, il s'attend vraiment à ce que je fasse demi-tour. Mais non. Je ne peux pas.

Durant les dix minutes suivantes, nous avançons en silence. Il marche suffisamment lentement pour que je puisse le suivre.

– C'est quoi, ton plan ? je lui demande une fois qu'on a atteint le centre-ville.

Tous les magasins sont fermés à cette heure. Les rues sont plongées dans l'obscurité, à l'exception d'un réverbère ici et là.

– J'espère que tu en as un.

– Pas le moindre. Il a l'air abattu.

– On est ensemble au moins, dis-je, dans le vague espoir de lui remonter le moral.

– Alors laisse-moi porter ton sac à dos.

Nos pas sur le trottoir résonnent dans la nuit. Nous traversons un quartier résidentiel à la périphérie de la ville. Tous les quarts d'heure environ, quand Caleb repère un banc ou un gros caillou, il m'ordonne de m'asseoir pour reposer ma jambe.

– On devrait faire halte ici, dit-il alors que nous approchons d'une aire de jeux.

Au milieu trône un gros château en bois avec des barres, des ponts branlants, des balançoires dans tous les sens. Je hoche la tête.

Caleb m'entraîne vers le château. On doit s'accroupir pour franchir la petite entrée. Ce n'est pas facile, mais il me soutient quand je me glisse à l'intérieur de l'espace exigu conçu pour des tout-petits.

Il s'assied dans un coin sur des copeaux de bois. Il sort une veste de son sac et l'étale par terre à côté de lui.

– Assieds-toi près de moi. Tu n'auras qu'à te servir de ma jambe en guise d'oreiller.

Je suis contente qu'on se soit arrêtés. Je ne sais pas du tout quelle heure il est, mais le soleil n'est pas encore levé et je suis à bout de forces.

J'aperçois un tube en plastique bleu qui émerge de son sac.

– Qu'est-ce que c'est ? je demande en tendant la main.

Il le sort et appuie sur un bouton. Le plastique s'illumine.

– Mon sabre laser.

– Je me souviens quand tu nous pourchassais Leah et moi dans la maison en brandissant ce truc.

– C'était la belle époque.

Caleb agite son sabre, éclairant l'intérieur de notre refuge.

Je le lui prends des mains.

– Tu crois que je ferais une bonne guerrière ?

– Non. Tu suis l'ennemi de trop près.

– Tu n'es pas l'ennemi, je réplique en abattant le sabre, prête à lui frapper la jambe.

Il l'attrape avant. Nos regards se croisent. La clarté bleue intense illumine nos deux visages.

– Je *suis* l'ennemi, Maggie. C'est juste que tu ne t'en es pas encore rendu compte.

– Tu te trompes.

Dès qu'il a éteint le sabre et l'a rangé dans son sac, je me penche vers lui et m'installe dans la position la plus confortable possible.

– Ce serait vraiment cool si on était dans un vrai château, tu ne trouves pas ?

– Seulement si j'étais le roi.

Il lève les yeux vers le ciel.

– Et je préférerais qu'il y ait un toit.

– On peut faire semblant, non ?

– On peut.

C'est agréable de faire semblant, surtout quand ça vous fait oublier les problèmes.

– Ça t'arrive de penser à Mme Reynolds ? ajoute Caleb. Elle était tellement drôle.

Ses lèvres se relèvent à ce souvenir.

– J'ai adoré la tête que tu as faite quand elle t'a obligée à mettre cette drôle de robe pour faire du jardinage.

– Ce truc hawaïen ?

– Horrible.

– Tu l'as dit. Je pense à elle tous les jours. Sans elle...

– Sans elle, tu ne serais probablement pas là, allongée sur des copeaux de bois avec un ancien détenu qui fuit la loi, mais dans un lit confortable au dortoir.

– Je préfère être ici avec toi.

Il secoue la tête.

– Tu es folle, tu sais ça ?

– Ouaip.

Il m'enlace.

– Dors. Tu es fatiguée.

– Et toi ?

– Des tas de choses se bousculent dans ma tête. Je n'arriverai pas à dormir ce soir. Mais toi, tu devrais.

Je me blottis sur ses genoux, et j'essaie d'oublier pourquoi et comment nous nous sommes retrouvés dans cette situation. Je n'arrête pas de me répéter que ça va s'arranger. On trouvera le moyen de s'en sortir. Je me débrouillerai pour que Caleb rejoigne sa famille à Paradise. Je ne sais pas trop comment je vais m'y prendre, mais j'y arriverai.

Il le faut.

– Tu m'en veux toujours ? je murmure contre sa cuisse.

– Absolument.

– Qu'est-ce que je peux faire pour que ça passe ?

– Reste loin de moi, Maggie.

– Est-ce vraiment ce que tu souhaites ?

– Ne m'oblige pas à te répondre, lâche-t-il avec un gloussement cynique.

– Pourquoi pas ?

– Je dois te dire un truc.

Il fronce les sourcils.

– Quoi ?

– Ça n'a jamais été une erreur de sortir avec toi. Ça m'a évité de perdre la tête quand j'étais à la maison. Grâce à Mme Reynolds et toi, Paradise a été supportable.

Je caresse son menton mal rasé du bout des doigts.

– Merci, Caleb. J'avais besoin de l'entendre. Je sais que je ne suis pas la fille idéale, et que je ne serai jamais normale...

– Ne dis pas ça, Maggie, d'accord ?

– Mais...

– Il n'y a pas de mais... Tu es ici avec moi. Je ne mérite certainement pas que tu passes du temps en ma compagnie, et encore moins que tu me soutiennes. Je t'ai menti, je t'ai trompée, je t'ai quittée. Je ne comprends vraiment pas ce que tu fais là.

– Tu sais très bien pourquoi je suis là. Je crois en toi.

– Ah ouais, eh bien, tu es la seule.

Sans ajouter un mot, il m'enlace et me serre contre lui.

– Je suis désolé de t'avoir menti, chuchote-t-il.

– Je sais.

En sécurité dans ses bras, je me détends et sens le sommeil me gagner.

Il écarte des mèches de mon visage. La dernière chose que je me rappelle, c'est le bout de ses doigts traçant des petites formes au hasard sur mon bras, ma jambe, mon dos. Ça fait tellement de bien que je me laisse aller à m'endormir.

Il n'a pas changé. Il est toujours le garçon dont je suis tombée amoureuse à Paradise.

Je t'aime.

Mes lèvres forment les syllabes, mais aucun son ne sort. Mes paupières se ferment tandis que Caleb continue à me caresser les cheveux.

Quand je me réveille le matin, je le trouve en train de me regarder.

– Bonjour, dis-je en m'étirant.

Ma jambe proteste après la nuit passée sur des copeaux rugueux, mais j'essaie de dissimuler ma douleur.

– Tu as un plan, maintenant ?

– Ouais, j'en ai un, me répond-il. Et ça ne va pas te plaire.

17

CALEB

Maggie se redresse en se mordillant la lèvre. Elle a des copeaux dans les cheveux, les yeux tout rouges.

– Tu ne penses pas qu'on devrait en discuter ensemble ?

– Non, je réponds, stoïque.

– Pourquoi pas ?

– Parce que tu n'es pas raisonnable.

– Comment ça ! s'exclame-t-elle, des copeaux tombant de ses cheveux à chaque mot. J'ai dormi cette nuit, je t'avise. Toi, tu n'as pas fermé l'œil. J'estime être la plus raisonnable de nous deux. Nous devons en parler *ensemble*.

Je me lève et je lui tends la main.

– Tu n'as jamais été raisonnable. Et avant que tu t'indignes à nouveau, permets-moi de te rappeler que c'est toi qui as voulu me suivre au milieu de la nuit, avec un sac à dos bourré de tout un tas de trucs.

Elle attrape ma main et me laisse l'aider à se relever. Voyant qu'elle ne tient pas très bien sur ses jambes, je la saisis par la taille jusqu'à ce qu'elle ait trouvé son équilibre.

Dès que je la lâche, elle croise les bras sur sa poitrine et pointe en l'air son nez aristocratique. Il n'y a pas beaucoup de place dans ce château en bois. Nos corps se frôlent.

– Ça n'avait rien de déraisonnable. J'ai pris un risque calculé en partant avec toi.

– Calculé ? je m'exclame, sceptique.

– Oublie.

Elle récupère son sac et me prend la main pour que je la soutienne, le temps de sortir de notre refuge. Il est tôt, mais quelques mamans ont déjà investi l'aire de jeux avec leurs bambins. Elles nous regardent de travers, comme si elles nous avaient surpris en train de folâtrer.

– Alors, c'est quoi ce plan que je ne vais pas apprécier ?

– Je te dirai ça plus tard.

– Tu ne fais que retarder l'inévitable.

– Je sais. Je suis doué pour ça.

Je me rends compte que sa jambe est raide à la manière dont elle marche, lentement, hésitant à prendre appui sur son pied gauche. Je donnerais n'importe quoi pour prendre sa douleur sur moi. Ça me retourne les sangs de me dire qu'elle boitera toute sa vie.

La colère m'envahit à la pensée de ce que ma sœur lui a fait subir. Si Leah n'avait pas pris la décision irresponsable de monter dans cette voiture alors qu'elle était ivre, elle n'aurait pas fait cette embardée fatale au moment où un écureuil avait surgi devant elle, et Maggie serait indemne.

Je peux jouer au jeu des « si », ça ne changera rien au fait que c'est Maggie qui endurera pour toujours les répercussions de cette tragique erreur. Quoi que je fasse, quoi que je dise, je ne peux rien y changer.

– Veux-tu t'asseoir un moment ? je demande, regrettant de l'avoir fourrée dans cette situation.

– Ça va. La marche aide généralement à faire passer les crampes.

Je prends son sac après avoir mis le mien sur mon épaule. En la voyant se démener pour avancer, je secoue la tête.

Elle s'arrête, pose un poing sur sa hanche.

– Ne me regarde pas comme ça.

– Comment ?

– Comme si tu t'en voulais. On sait tous les deux… en fait, *tout le groupe* sait maintenant que tu n'y es strictement pour rien, dans cette histoire, même si tu paies pour ça depuis près de deux ans.

Elle prend un air compatissant qui me bouleverse.

– Contente-toi de m'indiquer l'endroit le plus proche pour aller aux toilettes et prendre un petit déjeuner. Je meurs de faim. Il me reste à peu près deux cents dollars en poche avant qu'on soit obligés de mendier.

Ses mots me déchirent le cœur.

– Tu ne mendieras pas. Jamais. Tu m'entends ? J'ai vingt dollars. Après ça, je trouverai une solution.

La vision de Maggie en train de faire la manche me donne la chair de poule.

– Je plaisantais, dit-elle, avec un sourire inattendu. Je ne suis pas du genre à mendier.

– Désolé.

Je m'en veux de ma réaction excessive, de l'avoir mise dans cette situation. De tout, en fait.

Nous marchons quelques centaines de mètres avant d'atteindre Pete's Place, un petit restaurant que les autorités devraient probablement fermer à en juger par les dalles du plafond maculées de graisse et de salpêtre. Mais les toilettes sont gratuites, et la nourriture super bon marché. Dès que nous avons posé nos affaires dans un box, Maggie disparaît. Je m'assieds, en réfléchissant à la façon dont je vais lui annoncer mon plan.

Mon regard se pose sur les deux autres clients de l'établissement. Un type avec une chemise en flanelle déchirée boit un café au comptoir. Un homme plus âgé, assis seul dans un box, regarde par la fenêtre en mastiquant lentement une bouchée de pain après l'autre. Je me demande ce qu'il observe, ou ce qu'il attend… Il préfère sans doute s'absorber dans la contemplation du paysage plutôt que de se souvenir qu'il déjeune tout seul dans un resto minable. Peut-être qu'il rêvasse en fait, à propos d'une fille qu'il a aimée, et perdue.

Je ne veux pas finir comme ces mecs – pathétiquement seul.

Quand Maggie revient, sa queue-de-cheval a disparu. On ne remarque plus qu'elle a dormi sur un lit de copeaux. Elle se glisse sur le banc en face de moi. Je prends ses deux mains dans les miennes. Le fait qu'elle m'ait suivi sans rien d'autre qu'un sac à dos m'inspire un sentiment d'humilité.

– Maggie…

J'ai une boule dans la gorge, de la taille d'un pamplemousse. Je répugne à le dire, mais bon sang, il le faut.

– Je vais te ramener.

Elle écarquille les yeux et ouvre la bouche pour protester. Je m'empresse d'ajouter :

– Tu sais l'effet que ça me fait, chaque fois que je te vois réprimer une grimace de douleur ?

Elle dégage ses mains, qu'elle pose sur ses genoux.

– Ça va très bien, je t'assure.

– Arrête de faire semblant. Je croyais qu'on ne devait plus se mentir.

Elle se mordille la lèvre.

– Bon d'accord, je mens, mais ça m'est égal d'avoir un peu mal.

Elle relève les yeux, incline la tête sur le côté. Je vois bien qu'elle se creuse les méninges. Elle pense trop. Elle hésite un peu avant de bredouiller :

– As-tu jamais dit à une fille que tu l'aimais ? Pas comme ta mère, comme…

– Kendra, tu veux dire.

– Oui. Kendra.

C'est une question délicate. Dès notre premier rendez-vous, Kendra m'a annoncé qu'elle était amoureuse de moi. Très vite, on est sortis ensemble, on a commencé à flirter, puis à coucher ensemble. Elle n'avait que le mot « amour » à la bouche.

Je lui avais dit que je l'aimais, mais je ne suis pas sûr d'avoir su ce que ça voulait dire à l'époque.

– Pourquoi tu me demandes ça ?

Maggie hausse les épaules.

– Comme ça. Tu n'as jamais dit que…

Elle laisse sa phrase en suspens, mais j'ai compris. Je ne veux pas parler de ça. Pas maintenant... Mais après ce qu'elle a fait pour moi, je ne peux pas éluder le sujet. Elle ne mérite pas ça.

– Je ne le dis à personne. C'est la raison pour laquelle tu retournes à Freeman. Je ne peux pas te laisser me suivre. C'est risqué, et tu vaux mieux que ça. Tu vas aller en Espagne, comme tu as toujours rêvé de le faire. Si je te parle d'amour, ça fichera tout en l'air. Je te connais, Maggie. Tu te sentirais obligée de rester avec moi et de renoncer à tes projets. Et moi, je m'en voudrais à mort... Ça ne vaut pas le coup.

Je ne vaux pas le coup.

La serveuse nous apporte les œufs sur toast qu'on a commandés. Elle s'éclipse aussi vite qu'elle est venue.

Maggie prend sa fourchette en me souriant d'un air penaud.

– Viens en Espagne avec moi, alors. Je n'y reste que neuf mois.

– C'est impossible, tu le sais très bien. Qu'est-ce que je ferais là-bas ? Je te regarderais étudier. Je n'ai même pas mon diplôme d'études secondaires, et je ne parle pas trois mots d'espagnol.

– Tu pourrais passer des tests d'aptitude et poser ta candidature à la fac.

Je secoue la tête. Comme si cette option s'offrait à moi. Je suis une cause perdue, face à un avenir pathétiquement sombre, et je n'ai pas un sou en poche.

– Mais oui, bien sûr ! Ensuite on se mariera et on vivra heureux jusqu'à la fin de nos jours. Si tu grimpes sur mon tapis volant et frottes la lampe du génie que j'ai dans mon sac. On pourrait peut-être acheter un château en Espagne tant qu'on y est !

Quand mon père a épousé ma mère, il faisait des études pour être dentiste. Elle était présidente des Dames auxiliaires. Toute leur vie avait été stratégiquement planifiée, jusqu'au jour où on m'avait arrêté et envoyé en prison.

– Ma mère aurait une attaque si elle assistait à cette conversation.

– Je voulais te le dire plus tôt, mais je ne savais pas comment m'y prendre. Caleb, ta mère était dans un centre de désintoxication quand je suis partie de Paradise.

Je me raidis.

– Je ne veux pas parler d'elle. Ni de ma famille.

Le carillon de la porte d'entrée retentit. Je lève les yeux pour voir quel autre désaxé fréquente Pete's Place. Un grand Noir, qui marche droit sur nous.

Damon.

Je suis foutu.

En serrant les poings, je me tourne vers Maggie.

– Tu n'as pas fait ça !

– Si, dit-elle en brandissant son portable. Je me doutais que tu comptais filer en me laissant en plan.

Je n'arrive pas à le croire. Putain !

– Tu m'as vendu ! Je croyais que tu tenais absolument à ce que nous prenions nos décisions ensemble ?

– Tu n'étais pas raisonnable, Caleb, tente-t-elle de m'expliquer d'un ton super posé, comme si elle s'adressait à un gosse. Ou un cinglé.

– Tu as dû mal comprendre. J'ai dit que c'était toi qui n'étais pas raisonnable.

En regardant Damon approcher, je me demande comment je vais pouvoir me tirer de là.

Il se glisse sur la banquette à côté de moi, bloquant toute issue.

— Comment vont nos deux fugitifs ?

Il baisse les yeux sur mon assiette à peine entamée.

— Allez, monsieur Becker, mangez. Tu vas avoir besoin de forces pour la journée chargée qui nous attend.

Je ne touche pas à mon plat, je ne regarde pas Damon non plus. J'ai les yeux rivés sur Maggie.

— Tu avais l'intention de me ramener au dortoir et de repartir aussitôt, j'ai bien compris.

Elle a l'air incertaine, inquiète. Tant mieux. Je veux qu'elle souffre. Elle m'a trahi.

— Je ne pouvais pas te laisser t'enfuir à nouveau, ajoute-t-elle.

— Mieux vaut qu'on m'enferme, c'est ça ?

— Ce n'est pas ce que j'ai voulu dire. Tu ne peux pas fuir éternellement les gens qui tiennent à toi.

— Si tu tenais à moi, je marmonne entre mes dents, mon foutu chargé de réinsertion ne serait pas assis à côté de moi.

La serveuse vient prendre la commande de Damon.

— Un café, s'il vous plaît, et euh…, donnez-moi la même chose que ces gamins.

Je regarde fixement par la fenêtre, comme le vieux dans le box voisin. Je sais ce qu'il ressent maintenant, cette envie d'oublier où il est. Pourquoi Maggie refuse-t-elle de comprendre ma situation ? Ne voit-elle pas que j'ai perdu le peu d'honneur qu'il me restait en avouant que ce n'est pas moi qui l'ai renversée ?

Et merde.

Je dois oublier la vérité, mon passé. Prendre un nouveau départ.

Sauf que ça n'existe pas, pas quand les gens de votre vie d'avant ne cessent de réapparaître et de vous hanter. Je pensais avoir donné un sacré coup de main à Leah en encaissant à sa place, et qu'est-ce que ça m'a valu ? Certainement pas d'être accueilli en héros à ma sortie de taule. Les mensonges commencent à se confondre avec la réalité, et Maggie est au cœur du problème.

– Bon, les enfants, mettons cartes sur table ici, tout de suite. Qui conduisait la voiture qui a percuté Maggie ?

Damon sort son portable de sa poche et le pose devant lui.

– Si vous ne crachez pas le morceau, tous les deux, j'appelle le bureau du procureur. On peut régler les choses à ma manière, ou à *leur* manière. Qu'est-ce que vous préférez ?

18

MAGGIE

C aleb est fou de rage contre moi. Il s'est détourné et regarde obstinément par la fenêtre. Je sais qu'il a envie de ficher le camp d'ici. Je me réjouis que Damon soit là. Physiquement, je suis incapable d'empêcher Caleb de partir. Damon, lui, le peut.

– Laisse Damon t'aider, dis-je.

Caleb se raidit.

– Personne ne peut m'aider, Maggie. Mets-toi bien ça dans le crâne.

– Elle n'est pas ton ennemie, intervient Damon d'un ton sec. Tu es vraiment le roi de la colère déplacée, mon gars !

– Méfiez-vous, riposte Caleb. C'est un loup déguisé en agneau, cette fille. Tu es à l'initiative de cette petite réunion, Maggie. Pourquoi ne dis-tu pas à Damon tout ce qu'il a envie de savoir ?

– Ce n'est pas à moi de lui en parler. C'est ton histoire.

Caleb et moi gardons le silence pendant que Damon mange.

— J'attends, dit-il en tendant la main vers la salière.

— Je ne peux rien vous dire, répond Caleb.

Damon boit une longue gorgée de café, puis repose sa tasse avec lenteur.

— Pourquoi pas ?

Caleb me regarde d'un air triste.

Damon tambourine du bout des doigts sur la table.

— J'ai lu ton dossier, Caleb. Tu expliques en détail que tu as fait une embardée pour éviter un écureuil, que tu as percuté Maggie et paniqué.

— Je suis un bon conteur, marmonne Caleb.

Le tambourinage s'interrompt.

— Pourquoi as-tu payé pour quelqu'un d'autre ?

— Je ne sais pas.

— Ce n'est pas une réponse.

— Vous n'arriverez à obtenir rien d'autre, autant vous le dire tout de suite, réplique Caleb d'un ton plein de défi.

Une voiture passe devant le restaurant. Mon cœur s'affole. Damon a-t-il appelé la police avant de se pointer ? Caleb a raison. Je n'aurais pas dû le contacter.

— Ne le faites pas arrêter, s'il vous plaît, je supplie. Il a été suffisamment puni comme ça.

— Voilà le topo, répond Damon. J'oublie que je suis au courant de votre petit secret, et tu vas jusqu'au bout du programme. Dans ce cas, et si tu promets de rentrer à Paradise ensuite pour régler la situation, je prendrai les dispositions nécessaires pour t'éviter de retourner en prison pour trafic de drogue. Ça te va comme deal ?

— Pourquoi feriez-vous ça ?

— Disons que je pense que tu es un type bien. Loin de moi l'idée que tu fais les meilleurs choix dans la vie. Il me semble même que tu t'es sacrément fourvoyé la plupart du temps, sans parler de ce petit numéro de fugue que vous nous avez joué hier soir, Maggie et toi. Moi aussi, j'ai fait des erreurs quand j'étais adolescent. Je suis donc disposé à te laisser une dernière chance. Vous me suivez ?

– Je vous suis, dis-je en essayant de prendre un ton enjoué.

– Quelles erreurs ? demande Caleb d'un ton plein de défi. Vous avez écouté toute notre petite équipe déballer ses histoires sordides, sans jamais ouvrir la bouche.

Damon serre sa tasse entre ses mains.

– J'étais accro à la coke, reprend-il, et j'ai tout perdu. Ma petite amie, mon gosse, mon argent. Un jour, je n'ai pas payé mes fournisseurs. Ils m'ont tabassé. Fort heureusement je m'en suis sorti, mais il ne se passe pas une journée sans que je regrette d'avoir si mal traité ma copine et mon fils. Je donnerais n'importe quoi pour les récupérer, mais il est trop tard maintenant. Elle a déménagé en Arizona et m'autorise à voir notre enfant une fois par an.

– Ne pourriez-vous pas recommencer une vie commune ? suggère Caleb. Dites-leur que vous avez repris le droit chemin et que vous souhaitez vivre en famille.

– Ce n'est pas si simple. J'ai fait des choses horribles – j'ai volé de l'argent et des biens à des parents, des amis. Il y a des choses qu'on ne pardonne jamais, j'ai fini par me faire une raison. Elle a tourné la page. Je dois en faire autant. Bon, maintenant que tu connais mon histoire, es-tu prêt à venir avec moi ?

Caleb me jette un regard qui sous-entend qu'il ne me fait plus confiance, mais qu'il s'est résigné à son sort.

157

– Je crois bien que oui.

De retour au dortoir, nous trouvons le reste de la bande dans le salon à nous attendre.

– Où avez-vous filé tous les deux ? demande Lenny. Un rendez-vous secret pour faire des cochonneries ?

Nous l'ignorons l'un et l'autre. Damon s'approche et lui administre une petite tape sur la nuque. Les filles, elles, me suivent dans la chambre.

– Je suis contente que tu sois revenue, dit Erin.

– Moi aussi.

Trish s'assied au bord de mon lit tandis que je sors mes affaires de mon sac.

– Où êtes-vous allés ?

– Nulle part, vraiment. Caleb avait besoin de prendre le large, et je ne pouvais pas le laisser partir tout seul.

Quand nous avons quitté le campus, j'avais cru abandonner le programme pour de bon, mais avant même que Caleb veuille me forcer à revenir, j'avais compris que je ne pouvais pas prendre la fuite. Une seule nuit passée dans ce château en bois m'avait prouvé que j'en étais physiquement incapable. Même si je le voulais, je ne pouvais pas partir.

– Caleb a besoin de toi, dit Trish.

J'esquisse un pâle sourire.

– Je doute qu'il soit d'accord là-dessus. Il m'en veut à mort d'avoir appelé Damon.

– Il s'en remettra le jour où il saura ce qui est bon pour lui. Il a probablement besoin d'un peu de temps pour admettre qu'il doit compter sur les autres. Les mecs sont des obsédés du contrôle. Ils ne supportent pas qu'on sache mieux qu'eux ce qui leur convient.

Une fois les douches prises, Damon nous convoque dans le salon. Son dossier sous l'aisselle, il tape dans ses mains, visiblement excité.

– On va à l'E.P., nous annonce-t-il.

– C'est bon, j'ai déjà donné, marmonne Caleb.

– Il est temps de raconter vos histoires à des ados enfermés derrière les barreaux.

Il consulte sa planche, avant de jeter un coup d'œil à la ronde.

– Peut-être qu'en sortant, ils y réfléchiront à deux fois avant de se saouler, de se droguer ou de rouler des mécaniques devant leurs potes en prenant le volant d'une voiture.

Damon s'approche de Caleb. Tout près. Sans le toucher. Il reste planté là.

– Ça ira, Caleb, je t'assure.

Caleb détourne la tête et lance :

– Je ne veux pas retourner là-bas, Damon. Lâchez-moi un peu, vous voulez bien ?

Il a un mal de chien à demander un service à quelqu'un. Je me rends compte de ce que cette requête lui coûte.

Damon secoue lentement la tête en lui tapotant le dos.

– C'est important, Caleb. Nous serons tous là avec toi.

Dans le minibus, je m'assieds volontairement sur la banquette arrière avec Caleb. Je vois tressaillir les muscles de sa mâchoire. Les mains croisées sur sa poitrine, il est archi tendu.

– Tu veux qu'on en parle ? lui dis-je à voix basse pour que personne n'entende.

– Pas de commentaire.

Il regarde par la fenêtre, coupant court à toute discussion.

Il nous faut deux heures environ pour arriver au centre de détention, l'E.P., comme dit Caleb. Les gardes inspectent le minibus avant de nous laisser franchir le grand portail en barbelés. Le stress qui émane de Caleb est presque tangible. Il n'a vraiment pas envie d'être là. Je ne suis pas au courant de tout ce qu'il a subi ici.

Je regrette presque d'avoir appelé Damon pour lui dire qu'on était dans le restaurant. J'aurais peut-être mieux fait de laisser les choses suivre leur cours. Caleb ne serait pas furieux contre moi, au moins.

– Je suis désolée de t'avoir obligé à réintégrer le programme, je chuchote.

– Peu importe, répond-il sans quitter des yeux la clôture d'enceinte. C'est trop tard.

– Trop tard pour quoi ? Pour abandonner RES-TART, ou bien pour nous deux ?

Un homme et une femme en costumes sombres nous rejoignent sur le parking. Tout le monde sort du bus, mais Caleb m'arrête quand les autres sont déjà dehors.

– Écoute, dit-il, évidemment j'ai déjà pensé à comment ça pourrait être si toi et moi... enfin, tu sais. Mais à mon avis, on devrait lâcher l'affaire pour le moment. Au moins jusqu'à la fin de cette connerie de programme.

– Et après, que se passera-t-il ?

Damon abat son poing dans la carrosserie du bus, et je sursaute.

– Allez, les limaces, on se dépêche un peu ! braille-t-il. Vous faites attendre tout le monde !

Je sors dans l'air étouffant, et mon regard se fixe sur les gardes avec leurs armes dans leurs étuis. Je me sens à la fois en sécurité et terrifiée.

Le type en costume s'approche de Caleb.

– On n'a pas revu ta trombine depuis ta libération. J'en conclus que tu t'es tenu à carreau.

Caleb se met pratiquement au garde-à-vous, la mine grave comme jamais.

– Je fais de mon mieux, monsieur.

L'homme continue à l'observer en plissant les yeux.

– Je suis sûr que tu peux faire mieux que ça, Becker.

– Oui, monsieur.

Après l'avoir dévisagé, le gardien se met à faire les cent pas devant nous.

– Je suis M. Yates, et voici Mlle Bushnell, lance-t-il d'une voix forte. Il désigne la femme à côté de lui, dont les cheveux sont relevés en un petit chignon serré. Mesdemoiselles, vous visiterez le secteur des filles avec Mlle Bushnell. Les garçons m'accompagneront dans le secteur masculin. Vous êtes prêts ?

Nous hochons tous la tête, sauf Caleb. Je le vois attirer Damon à part et marmonner à voix basse : « Je ne peux pas faire ça. »

19

CALEB

— Je ne peux pas faire ça, je répète. Bon sang !
Damon me tape dans le dos comme si on était
des potes, l'air de dire qu'il s'engage à me protéger quoi qu'il arrive.

— Bien sûr que si. Fais-moi confiance.

Lui faire confiance ? À quand remonte la dernière
fois où je me suis fié à quelqu'un sans me faire baiser ?

— Si vous le dites.

— Écoute, tu es plus fort que tu ne le penses,
Caleb. Ces gamins sont en quête de modèles.

J'essuie la sueur sur mon front.

— Soyons clairs, Damon. Je ne suis pas un modèle
et je n'ai aucune envie d'en être un. Que vais-je
leur dire à ces mecs, que j'ai fait de la prison pour
un délit que je n'ai pas commis ?

— C'est à toi d'en décider.

Je regarde le bâtiment en brique où j'ai vécu près
d'un an. Je devais me lever à six heures et demie du
matin et me doucher devant tout le monde. Manger
ce qu'on m'ordonnait de manger. Quand j'avais besoin

d'aller aux toilettes pendant les cours qu'on nous dispensait, on m'escortait aux chiottes. Pathétique.

Une fois de plus, il semble que je n'ai pas le choix. Je suis Yates et les gars du programme en direction du secteur des garçons, en jetant un coup d'œil par-dessus mon épaule au groupe de filles guidées par Mlle Bushnell. Maggie traîne la patte. Elle ne va pas tarder à découvrir la réalité de ce que j'ai vécu pendant douze mois. Je donnerais cher pour l'empêcher d'entrer là-dedans.

À l'époque où j'étais à l'E.P., garçons et filles ne se voyaient jamais. On avait quelques heures de cours chaque jour, on se farcissait une séance de thérapie de groupe, puis on nous assignait des corvées. Promenade d'une heure, trois repas par jour. Le reste du temps, on glandait dans nos cellules. On nous encourageait à lire ou à étudier pour passer le temps, mais la plupart des mecs avaient horreur de la lecture, ou bien étaient incapables de déchiffrer deux lignes.

Dans la salle d'attente du centre d'accueil, j'ai les mains qui tremblent un peu. Je les fourre dans mes poches et je passe en revue les gardes de la sécurité, les caméras de surveillance, les portes verrouillées. Mon regard s'oriente vers les cellules d'attente, où on vous enferme avant de vous enregistrer. Une foule de mauvais souvenirs m'assaillent.

Après l'enregistrement, ils m'avaient confisqué mes habits et tous mes effets personnels, gardés sous clé jusqu'à ma libération. Ensuite j'avais eu droit à la fouille. Laissez-moi vous dire que le garde chargé de cette tâche s'assure que vous ne cachez pas d'article de contrebande dans le moindre recoin de votre corps.

Yates nous tend une poubelle en plastique transparent.

– Videz vos poches. Complètement. Stylos, crayons, argent, portefeuilles, papiers. Tout.

Nous nous exécutons, puis on nous escorte à travers une succession de portes verrouillées et de couloirs. On se retrouve finalement dans le parloir, où les détenus retrouvent leurs parents et amis le jour des visites.

– Vous vous entretiendrez avec un résident chacun votre tour, nous explique Yates. De cette façon, vous pourrez vous relayer et discuter avec eux en privé. Pas de grossièretés ni de jurons. Et interdiction de toucher les détenus.

Damon, Matt et moi nous tournons comme un seul homme vers Lenny, qui pose une main sur sa poitrine.

– Vous me trouvez grossier, moi ?

Il plaisante là ou quoi ? Il me demande de lui tirer sur le doigt pour qu'il puisse lâcher un pet, il laisse traîner ses poils sur le siège des toilettes. Si ce n'est pas de la grossièreté, ça…

Je lève les yeux au ciel.

– Pas de commentaire, dit Matt en pouffant de rire.

Damon fixe Lenny d'un œil perçant.

– Arrange-toi pour avoir une conduite décente, Lenny, ou tu seras de corvée de nettoyage des chiottes pour le restant du séjour.

– Oui, m'sieur, réplique Lenny d'un ton moqueur en se mettant au garde-à-vous.

Damon secoue la tête. Il compte probablement les jours jusqu'à la fin du programme, quand il pourra tous nous réexpédier.

Assis au bord d'une table, Yates me désigne.

– Caleb peut témoigner qu'une partie de nos résidents proviennent de foyers désunis et/ou de gangs, et n'ont pas le discernement nécessaire pour faire les bons choix. La plupart vous feront confiance dans la mesure où, comme eux, vous êtes passés par des périodes difficiles. Ils considèrent les épreuves comme une marque d'honneur.

Les épreuves que j'ai traversées étaient une saloperie. Pas une marque d'honneur. Et ne vous y trompez pas, les types qui vivent à l'E.P. sont loin d'être des *résidents*. À entendre Yates, on croirait qu'ils paient un loyer. C'est une putain de plaisanterie. Ils sont enfermés comme des bêtes, oui !

On nous désigne une table à chacun. Un silence de mort règne dans la salle quand un premier groupe de détenus nous rejoint. Ils entrent, les mains derrière le dos, comme l'exigent les gardiens. Le visage fermé. L'uniforme en polyester bleu foncé me rappelle le premier jour de ma détention. Un rappel constant que votre vie ne vous appartient plus. Tant qu'on est derrière les barreaux, elle est la propriété du département de la Justice pour mineurs de l'État de l'Illinois et de l'administration pénitentiaire.

Ils ont tous la boule à zéro ou rasée de près – une obligation pour les nouveaux arrivants. Quand le dernier pénètre dans la salle, j'ai l'impression qu'un fantôme vient de surgir devant moi.

C'est Julio, mon ancien compagnon de cellule. Il porte une combinaison orange au lieu de la tenue bleue habituelle – ce qui signifie qu'il est soumis à des restrictions sévères pour cause de mauvais comportement.

166

Je n'ai eu aucune nouvelle de lui depuis que je suis sorti d'ici. C'était une vraie teigne quand on a commencé à cohabiter, mais à partir du moment où il a compris qu'il ne me faisait pas peur, et après m'avoir vu dans la cour tenir tête à Dino Alvarez, membre d'un gang, on est devenus potes.

Il s'assied devant moi. Ses tatouages dépassent de sa combinaison sur son cou.

– Ça fait un bail, amigo.

– Comment vas-tu ?

– Je glande à l'E.P. Je sors dans deux semaines, peut-être même avant, me répond-il avec un sourire en coin. Youpi ! Faut juste que j'évite les embrouilles.

Pas facile pour un mec comme Julio.

C'est lui qui m'avait mis en rapport avec son cousin Rio, chez qui j'ai vécu jusqu'au jour où...

– Rio s'est fait pincer.

Julio secoue la tête.

– Je suis au parfum. C'est con. Il n'est pas près de ressortir, vu que c'est un récidiviste. Du coup, je suis dans la merde. Je pensais m'installer chez lui à ma sortie. Ma mère est repartie au Mexique avec son jules.

– Moi aussi je me suis fait pincer. C'est pour ça que je fais partie de ce programme. C'était ça, ou je retournais en taule.

Julio s'adosse à sa chaise, le temps de digérer l'information.

– Qu'est-ce que tu vas faire après ?

Je hausse les épaules.

– Je n'en sais rien.

Damon s'approche de nous.

– Alors, on se retrouve, les gars !

– Julio était mon compagnon de cellule, je lui explique. Julio, je te présente Damon. C'était mon chargé de réinsertion.

Julio esquisse un hochement de tête et se mure aussitôt dans le silence. Il est hors de question qu'il se montre aimable ou taille une bavette avec un type qui travaille pour le département de la Justice. Il est membre d'un gang, il a des « relations » à l'intérieur comme à l'extérieur de cette enceinte et ne fait confiance à personne en dehors de son cercle. Je m'étonne qu'il se fie encore à moi. Cela dit, on a passé près d'un an à dormir, manger et faire nos besoins dans une cellule minuscule.

Damon se dirige vers Matt, en train de causer avec un gosse qui est l'image même du petit nouveau. Il est mort de trouille, mais donne le change.

Un gardien fait le pied de grue près de la porte en métal, une matraque électronique sur une hanche, un pistolet sur l'autre. Je remarque qu'un de ses collègues ne quitte pas Julio des yeux. Ce n'est pas un centre de détention pour délinquants comme les autres. Cette prison renferme de grands criminels qui se trouvent être encore mineurs. Yates s'est posté à l'autre bout de la salle, les bras croisés sur la poitrine, le regard rivé sur nous. Ils nous surveillent comme des rapaces, comme à l'époque où j'étais coffré ici.

– Yates s'imagine que ce trou à rats est le Club Med, mais c'est l'horreur, chuchote Julio. Hé ! je viendrai peut-être te rendre visite à Paradise. J'ai toujours eu envie de savoir comment vivent les gens de la cambrousse. Paraît que les filles de là-bas sont faciles.

– Certaines, dis-je en songeant à mon ex, Kendra. Pas toutes.

Mes pensées se tournent vers Maggie. Elle doit baliser face à ces dures à cuir qui mangent des gamines innocentes comme elle au petit déjeuner.

Yates nous jette un regard noir en passant devant notre table.

Qu'est-ce qu'il s'imagine ? Que je vais refiler de la dope ou une pelle en douce à Julio pour qu'il puisse se tirer de là ?

Je me racle la gorge en me penchant vers Julio.

– Bon, je suis censé te raconter comment mon imprudence au volant a bousillé ma vie et fait souffrir les autres. Ça fait partie du programme.

Il lève les yeux au ciel en ricanant.

– OK. Fais-toi plez.

– L'imprudence au volant a bousillé ma vie et fait souffrir les autres, je débite, comme si je lisais une fiche.

Julio sourit. Je suis en train de tourner cette visite en dérision. Il a compris. En vérité, ça n'a rien d'une plaisanterie. Je retrouve mon sérieux tout à coup.

Je prends une grande inspiration avant d'articuler :

– Je ne t'ai pas vraiment raconté ce qui s'était passé le soir de mon arrestation, je crois bien.

– Tu ne m'en as jamais beaucoup parlé.

– C'est parce que je n'avais rien fait.

Je hausse les épaules en le regardant dans les yeux.

– J'ai plaidé coupable, mais je n'y étais pour rien en réalité.

Julio glousse.

– Tu me racontes des conneries, hein ?

Il parle si bas que personne ne peut l'entendre jurer. Yates ne prend pas les gros mots à la légère, pas dans son établissement. Dieu merci, Miller le maton n'est pas là, ou Julio écoperait sûrement d'une punition. Miller ne rigole pas avec le règlement et estime que tout le monde doit en faire autant. Dans le cas contraire, il faut s'attendre à des corvées supplémentaires, à se coucher de très bonne heure, voire à une mise en quarantaine.

Je secoue la tête.

– Non.

– Pourquoi t'as plaidé coupable ? Tu voulais protéger quelqu'un ?

– Un truc comme ça.

– Wouah ! Je ne peux pas dire que je ferais pareil. Il me jette un regard en coin. Sauf pour la famille. Je serais prêt à mourir pour ma famille.

– Moi aussi, dis-je en hochant lentement la tête.

Julio m'imite. Il m'a parfaitement compris. On n'est peut-être pas du même milieu, mais on est taillés dans le même bois. Il ne sait rien, juste que je me suis sacrifié à la place d'un membre de ma famille.

– Tu regrettes ?

Je prends le temps de réfléchir à ce que ma vie aurait été si je ne m'étais pas fait arrêter.

– Ouais, je regrette. Le plus nul, c'est que je ne peux pas affirmer que je le referais.

– La loyauté, l'honneur, toute cette merde, ça nique la tête, hein ?

– Ouais.

Je fais la grimace. Des images de Maggie planent dans mon esprit. Je ne veux pas penser à elle maintenant.

– Les filles aussi perturbent, grave.

Julio lève un sourcil enthousiaste.

– Mon pote Caleb s'est trouvé une gonz. Bravo, mon gars. Qui est-ce ? Aux dernières nouvelles, ta miteuse petite amie et toi aviez rompu parce qu'elle se tapait ton meilleur ami.

– Il vous reste une minute, les gars, beugle Yates. Concluez.

– Je n'ai pas de copine, dis-je en gloussant à cette pensée. D'ailleurs, la seule fille qui m'intéresserait ne peut pas me voir en peinture. J'aligne les bourdes quand je suis avec elle. Elle me fout en rogne la plupart du temps.

– Ça me semble le couple idéal, si tu veux mon avis.

Julio se penche sur la table.

– Écoute les conseils d'un mec qui n'a pas vu une fille de moins de vingt ans depuis un an. Le seul membre du sexe féminin avec qui j'ai causé récemment est une employée de la cafét, et elle est tellement moche que je ne suis même pas sûr que ce soit une meuf. On ne vit qu'une fois. Profite de ce que tu as tant que tu l'as.

– Toi aussi.

– Je te reçois cinq sur cinq. Plus de regrets, d'accord ? Vis chaque journée comme si c'était la dernière. *Comprende ?*

Yates ordonne aux détenus de se mettre en rang devant la porte.

J'esquisse un sourire. Julio a raison. J'ai vécu tous les jours rongé par les regrets, alors que ça aurait dû être exactement l'inverse.

– Oui, je comprends.

– On se reverra dehors, Caleb. Il brandit deux doigts en V. Paix à toi.

Puis quitte la pièce en traînant les pieds.

Je suis prêt à vivre ma vie sans regrets. Je dois juste élaborer une stratégie pour que ça fonctionne.

20

MAGGIE

Je suis assise en face d'une fille aux cheveux teints en blond avec des racines foncées. Elle porte un survêt et un tee-shirt bleus comme ses codétenues. Mlle Bushnell m'a envoyée à sa table. La fille me regarde d'un sale œil. Elle n'a aucune envie que je sois là, c'est clair.

– Je m'appelle Maggie.

– OK, Maggie, c'est quoi ton histoire ? demande-t-elle d'un ton agacé, totalement indifférente.

Je lui raconte que j'ai été renversée par un chauffard et que j'ai passé un an entre l'hôpital et le centre de rééducation. Elle commence à battre des paupières. Je me demande si elle ne va pas s'endormir.

Quand je lui explique que je ne me sentais plus à ma place quand je suis retournée au lycée en terminale, elle lance :

– Ça veut dire que je suis censée m'apitoyer sur ton sort, c'est ça ? Écoute, ma petite, j'ai des problèmes plus graves qu'une jambe niquée. Mon père est alcoolique, ma mère a fichu le camp il y a cinq ans. Je ne vais pas pleurer parce que tu boites, alors autant économiser ta salive et garder tes salades pour quelqu'un que ça intéresse.

J'ai à peine dormi la nuit dernière. Caleb ne me parle plus. Je suis de mauvais poil, j'ai les nerfs à vif. Si cette fille ne veut pas de ma sympathie, tant pis pour elle. Rien ne m'oblige à rester assise là.

– C'est toi qui vas m'écouter, dis-je en me penchant sur la table pour avoir toute son attention. Ce n'est pas parce que tu as une vie de famille compliquée que tu as le droit d'être grossière avec moi.

– Évidemment que si, riposte-t-elle. Je parie que tes parents sont pleins aux as...

– Ma mère est serveuse dans un restaurant.

– Au moins, ton père ne se saoule pas...

– Je ne peux pas le savoir. Il a quitté ma mère. Ça fait des années que je ne l'ai pas vu. Oh, j'ai oublié de préciser que je suis tombée amoureuse du mec qui s'est retrouvé en taule pour m'avoir renversée. Je n'étais même pas censée lui parler. Il se trouve qu'il fait partie de notre programme. Je suis supposée faire comme si on était juste copains, et j'ai peur de le perdre, si c'est pas déjà fait... Rien de tout ça ne se serait passé sans une imprudence au volant. Alors quand tu sortiras d'ici, s'il te plaît, fais gaffe ou tu risques de te retrouver handicapée à vie, sans petit ami et une paria à l'école.

Au lieu de s'assoupir ou de me prendre de haut, elle me dévisage maintenant, les yeux écarquillés.

– Bon, dit-elle, tu as été parfaitement claire. J'ai compris.

– Merci, dis-je, et je suis sincère.

– Ça te fait du mal quand les gens te matent parce que tu traînes la patte ?

À ma sortie de l'hôpital, je n'avais même pas envie de me lever de mon fauteuil roulant, sachant que j'attirerais encore plus l'attention avec ma démarche ridicule. Je détestais ces regards fixés sur moi.

– Je ne supporte pas qu'on me mate, mais j'essaie de ne pas y faire attention. Ça me donne l'impression d'être la principale attraction d'un spectacle de monstres.

Je baisse les yeux, et je dis ce que j'ai horreur d'exprimer à haute voix.

– Il ne se passe pas un jour sans que je regrette que cet accident ait eu lieu. Je voudrais être normale. J'y pense tous les jours.

– Il ne se passe pas une journée sans que je regrette ce que j'ai fait pour me retrouver ici, me répond-elle.

– Ça t'embête si je te pose des questions à ce sujet ?

– Disons que j'ai fait *vraiment du mal* à quelqu'un, marmonne-t-elle avant de fixer un point sur le mur. Elle n'a peut-être pas envie de voir ma réaction.

Je regarde la gardienne qui bloque la porte, puis Mlle Bushnell à l'autre bout de la pièce. Elles surveillent les détenues. Je me demande s'il se passe un seul instant sans qu'elles soient observées, évaluées. Je pense à Caleb, qui m'a raconté qu'il détestait être épié chaque seconde de la journée. Comment supporte-t-il d'être de retour dans cet établissement ?

– Ça doit être horrible de vivre ici, je marmonne.

La fille hausse les épaules.

– Ce n'est pas si terrible. Je préfère ça qu'être chez moi. Le problème, c'est que ça me rappelle constamment ce que j'ai fait. J'ai blessé une fille. Les souvenirs de ce soir-là me font cauchemarder toutes les nuits. J'ai eu l'idée de lui écrire une lettre, mais elle la jetterait sûrement sans la lire.

– Tu pourrais essayer. Tu te sentirais mieux de l'avoir fait.

– Je ne crois pas.

– Réfléchis-y.

– Il vous reste une minute, mesdemoiselles ! annonce Mlle Bushnell d'une voix forte. Faites vos adieux et mettez-vous en rang devant la porte.

– Bon ben, j'étais contente de te connaître, me dit la fille. Ce sont les filles qui n'ont jamais de visiteurs qu'on vous a envoyées. C'est très dur le jour des visites, quand on t'annonce que personne n'est venu te voir. Alors euh… c'était sympa de venir. Elle se racle la gorge. Je m'appelle Vanessa. Mes amis chez moi m'appellent V, quoique pour être honnête, il ne m'en reste plus beaucoup.

Je lève la main. Mlle Bushnell s'approche de notre table.

– Y a-t-il un problème ? me demande-t-elle.

Je m'empresse de lui répondre que non.

– Je voulais juste savoir si je pourrais avoir l'adresse de Vanessa… Pour qu'on puisse correspondre.

Les traits sévères de la gardienne s'adoucissent.

– Pas de problème. Je te la donnerai avant que vous quittiez l'établissement.

– Tu n'étais pas obligée de faire ça, me glisse Vanessa dès que Mlle Bushnell est partie.

– Je sais.

Elle me sourit. Son premier sourire depuis qu'elle est entrée dans la pièce.

– Tu es cool, Maggie. Et si jamais tu m'écris, je promets de te répondre. Mais ne t'attends pas à une lettre stylée.

– Entendu.

– Et tu sais quoi ? Je ne te considère pas du tout comme un monstre. Tu es même l'une des filles les plus sympas que j'aie rencontrées.

Je souris à mon tour.

– Je suis un peu cucul sur les bords, je sais bien, dis-je.

– Certainement pas. Elle pointe son doigt sur moi. Tu es super cool. Ne l'oublie jamais.

Super cool. Moi ?

– C'est bien la première fois qu'on me dit ça.

– C'est parce que tu ne te la joues pas. Si tu te trouves cool en te comportant comme une merde, tout le monde se met à te traiter comme si tu étais géniale. Tu comprends ce que je veux dire ?

– Je crois.

– Ne gaspille pas une seconde de ton temps à t'imaginer que t'es cucul ou quoi que ce soit. Sinon, autant te faire enfermer ici tout de suite.

Vanessa rejoint les autres filles à la queue leu leu devant la porte en métal verrouillée, les mains derrière le dos. Certaines ont l'air très jeunes… Presque des collégiennes. La surveillante les emmène. Avant de sortir de la pièce, Vanessa se retourne et m'adresse un petit hochement de tête en guise d'adieu.

Selon elle, ma jambe qui traîne, mes cicatrices n'ont pas d'importance. Je suis une fille *cool*. Il faut juste que j'y croie.

Nous sommes tous silencieux en quittant l'E.P. Je me dirige vers le fond du bus, où Caleb s'assied généralement, mais quand il me voit, il se glisse devant, près de Trish.

Je me retrouve coincée derrière, avec Lenny.

De retour au Dixon Hall, Damon nous annonce qu'on a droit à deux jours de congé pour se reposer et se distraire. Matt suggère que nous allions au lac d'Independence Grove demain louer des canoës et pêcher.

Caleb semble très distant depuis qu'on a quitté le centre de détention. Je me demande comment ça s'est passé pour lui à l'E.P. Je ne suis pas près de le savoir, vu qu'il passe le reste de la journée seul dans sa chambre. À l'heure du dîner, Damon l'appelle depuis le salon.

– Je prendrai un truc dans le frigo plus tard, répond-il.

Alors que nous nous apprêtons à regarder un film, je glisse un coup d'œil dans la chambre et je le vois allongé sur son lit, en train de fixer le plafond.

– On va regarder un film, Caleb.

– Sans moi.

– Ça va ? je demande d'un ton hésitant. Tu veux qu'on parle ?

Il émet un petit rire et secoue la tête.

– Tu as l'intention de m'en vouloir longtemps comme ça ?

Il ne répond pas.

Le lendemain matin, pendant qu'on se badigeonne tous de crème solaire, Caleb est le dernier à se pointer. Il enfile un bermuda, un débardeur, s'enfonce une casquette de base-ball sur le crâne. Ses tatouages me font l'effet de flammes noires qui lui lèchent la peau. Ça lui donne un air dur, invulnérable, ce qui était sûrement son objectif.

En arrivant dans le parc, Damon achète des asticots, loue des cannes à pêche et trois canoës. Après quoi, il nous informe qu'il nous plante là, mais qu'il sera de retour avant midi avec le déjeuner.

– Hé ! Trish, lance Lenny en la regardant étendre une serviette sur le sable. Tu sais qu'on voit la forme de tes mamelons à travers ton maillot ?

– Tu es un vrai porc, riposte-t-elle en le repoussant.

Il lève les deux mains.

– Qu'est-ce qu'il y a ? Je m'apprêtais à te dire que tu avais de beaux nibards. Oh là là. Tu dois apprendre à accepter les compliments.

On le dévisage tous comme s'il avait perdu la tête.

Trish croise les bras sur sa poitrine en fixant ostensiblement le slip de bain de Lenny.

– Tu sais qu'on n'arrive pas à discerner la forme de ta bite sous ton maillot ?

Elle rejette ses cheveux en arrière et ajoute :

– Au cas où tu n'aurais pas compris, Lenny, ce n'était *pas* un compliment.

Brusquement, Lenny se rue sur elle et la soulève dans les airs. Puis il fonce vers le lac. Trish pousse des hurlements en se débattant comme une diablesse.

– Tu n'as pas intérêt à me flanquer à l'eau, braille-t-elle en se cramponnant désespérément à son cou.

– Oh que si, ma belle, tu es bonne pour un bain, répond Lenny, ignorant les vociférations et les coups de pied de la fille avec qui il est à couteaux tirés depuis le début du voyage.

Je me tourne vers Caleb qui observe la scène. Il me regarde, et une expression mauvaise passe sur son visage. Il hoche la tête d'un air appréciateur, comme si Lenny était en train d'infliger le châtiment le plus judicieux qui soit à une fille qui l'a foutu en rogne.

– Ne me dis pas que tu songes à me balancer dans le lac moi aussi, dis-je.

– Et comment !

21

CALEB

Pour la première fois depuis que j'ai fait la connaissance de Lenny, je m'aperçois que son cerveau est capable de prendre une initiative intelligente.

Mon cerveau à moi exécute une gymnastique mentale pour justifier ce que je m'apprête à faire : sur la terre ferme, la jambe de Maggie la gêne, mais dans l'eau, elle est comme nous. En attendant, elle a vraiment tout fait foirer en téléphonant à Damon. Je dois reprendre le contrôle de la situation et ne plus avoir de regrets. Ce qui veut dire...

Qu'elle doit se mouiller. Et selon la formule préférée de Damon : Tout de suite.

— Viens là.

J'enlève rapidement mon débardeur.

Elle recule, ses pieds nus s'enfoncent dans le sable.

— Jure-moi de ne pas me jeter dans le lac.

Elle se tourne rapidement vers l'eau avant de me refaire face.

— Il y a plein de poissons là-dedans.

– Ils ne te feront pas de mal.

– Je ne sais pas nager, s'empresse-t-elle d'ajouter en reculant encore d'un pas.

– Mauvaise idée, Caleb, intervient Matt en venant se poster près d'elle.

Je lui décoche un regard condescendant.

– Je connais Maggie depuis toujours. Ne te laisse pas berner. C'est une excellente nageuse.

Je croyais qu'elle avait décidé de jouer la carte de l'honnêteté.

Un éclaboussement ramène notre attention sur Lenny et Trish, maintenant trempée jusqu'aux os. Je profite de cette distraction pour m'emparer de Maggie. Je la soulève dans mes bras et je la porte jusqu'à la rive.

– Je suis tout habillée ! hurle-t-elle en gigotant dans tous les sens. Lâche-moi. Sérieusement, Caleb. C'est moi qui ai déconné. Alors... tu ferais mieux de garder tes distances !

Je me retiens de rire. Jamais je ne me serais attendu qu'elle dise ça.

– Tu as déconné, hein ? Et moi qui pensais depuis le début que c'était moi !

J'avance un peu dans l'eau. Ses bras noués autour de mon cou me serrent comme un étau.

– Bon, la plaisanterie a assez duré, Caleb. Repose-moi.

Sa tête est blottie contre mon épaule. Ses cheveux me tombent sur la figure. Si je n'étais pas aussi en colère contre elle, je serais tenté d'apprécier cette façon dont elle se cramponne à moi.

– Ne me jette pas à l'eau. Promets-le-moi.

J'avance encore. Mes pieds s'enfoncent dans le sable tout doux au fond du lac. L'eau m'arrive maintenant aux genoux. Je dépasse Lenny et Trish qui sont en train de s'éclabousser.

Maggie et moi sommes à deux doigts de nous retrouver dans le même état.

– Je ne vais pas te lâcher, promis, dis-je à Maggie en contournant un petit coude sur la rive pour qu'on soit plus tranquilles. Plus personne ne peut nous voir maintenant.

Elle desserre les bras et penche la tête en arrière pour me regarder dans les yeux.

– Sûr ? dit-elle en poussant un soupir de soulagement.

– Oui. Réprimant mon amusement, j'ajoute : Mais retiens ton souffle, sinon tu vas boire la tasse.

Avant qu'elle ait le temps de me demander pourquoi, je nous plonge tous les deux dans l'eau. Dès que nous faisons surface, dégoulinants, elle tente de se libérer mais je la tiens serrée contre moi. J'ai beau lui en vouloir, je n'ai pas envie qu'elle se noie sous l'effet d'un choc thermique, ou à cause du poids de son pantalon détrempé.

Elle émerge en postillonnant, mais pas à cause de l'eau du lac. Elle écume de rage.

– Comment as-tu pu me faire ça ?

– Ce n'était pas très difficile, je lui réponds en l'étreignant pendant qu'elle continue à se débattre dans mes bras.

Elle m'envoie une gerbe d'eau dans la figure.

– Arrête.

Elle recommence. Je finis par la lâcher. Elle va se poster à une petite distance de moi et plonge les deux mains dans l'eau. Elle est prête pour une bataille d'éclaboussements. Je suis sans pitié. C'est un jeu de gosses, et nous ne sommes plus des enfants.

Elle ne va pas tarder à comprendre ce que c'est de jouer dans la cour des grands.

Je patauge vers elle. Elle se remet à m'expédier des paquets d'eau. Je la laisse faire, sans lui rendre la pareille. Je suis trempé, mais j'ignore l'eau qui me gifle et me pique les yeux. Je continue à avancer jusqu'à lui attraper les poignets pour qu'elle cesse son manège.

Là, je lui bloque les mains derrière le dos et je l'attire tout contre moi. Je sens ses seins pressés contre ma poitrine. Quand elle lève les yeux vers moi, nos lèvres sont à quelques centimètres. Ses cheveux dégoulinent, des gouttelettes d'eau scintillent sur son visage, reflétant le soleil. Ses lèvres humides brillent.

Comment ai-je pu penser que cette fille était ordinaire ?

– Qu'est-ce que tu comptes faire maintenant que tu me tiens à ta merci ? demande-t-elle.

– Tu as tout faux, je lui chuchote à l'oreille. C'est toi qui m'as à ta merci.

– Oh ! s'exclame-t-elle en écarquillant les yeux.

Je relâche ma poigne tout en effleurant sa joue du bout des lèvres. La sensation de sa peau douce contre ma bouche, alliée à celle de son corps plaqué contre le mien est en train de me rendre fou. Bon sang ! Je ne veux pas avoir envie d'elle. Ce serait tellement plus facile de la détester, de la chasser de mes pensées et de ma vie pour toujours. Mais les paroles de Julio résonnent dans ma tête. Pas de regrets.

Quand mes lèvres atteignent le coin de sa bouche, je lui lâche les bras pour lui enlacer la taille. Pendant ce temps-là, je fais glisser ma bouche sur la sienne. Elle soupire, sa respiration s'accélère tandis que nos lèvres humides se frottent tout doucement.

C'est érotique. D'un érotisme douloureux.

Pas question d'approfondir notre baiser. C'est à elle de le faire. Je vais lui en donner tellement envie qu'elle préférera mourir plutôt que ne pas sentir nos langues se mêler. Je tiens à ce qu'elle le désire encore plus fort que moi.

Il y a un problème. Mon corps me trahit. Et pas qu'un peu ! Je me réjouis qu'on soit sous l'eau de sorte que la preuve de mon excitation soit dissimulée aux regards.

À la seconde où elle noue les bras autour de ma nuque, je sais que j'ai pris l'avantage. Elle en meurt d'envie. Je vais l'obliger à me supplier, et puis l'embrasser comme s'il n'y avait pas de lendemain. Après quoi, je m'éloignerai d'elle comme si je n'en avais rien à foutre.

Cruel, certes. Mais je dois lui prouver une fois pour toutes que je suis un sale ex-taulard. Revoir Julio et les autres hier à l'E.P. m'a rappelé d'où je viens. Qui je suis vraiment. Peu importe que je n'aie jamais renversé Maggie et que je sois allé en prison à la place de ma sœur.

Je resterai toujours un ex-taulard. C'est ma marque de fabrique, comme un tatouage invisible. En attendant, je vais vivre chaque journée comme si c'était la dernière. Pour ne pas avoir de regrets.

J'étouffe une plainte quand Maggie écarte les lèvres et incline la tête en arrière. On y est. Enfin. J'attends avec impatience que sa langue s'insinue dans ma bouche. Ça va arriver, d'une seconde à l'autre. Il le faut, parce que je suis à la torture. Je sais qu'elle embrasse super bien. On l'a fait il y a pas si longtemps au dortoir, et ça m'a secoué jusqu'à la moelle.

Je suis prêt. Nom de Dieu. *Plus que prêt.* Mon corps tout entier le réclame. Elle doit l'être aussi, forcément.

Elle ouvre la bouche plus grand et gémit, un gémissement qui me fait fantasmer sur ce que ce serait de la regarder atteindre l'orgasme.

Je réprime un sourire de triomphe. Nous y voilà. Ce gémissement est la preuve qu'elle crève d'envie de passer à la vitesse supérieure.

Elle geint à nouveau contre mes lèvres. Ma langue se tortille dans ma bouche, prête à se déchaîner comme un animal en cage. D'ordinaire je suis plutôt patient en pareilles circonstances, mais là...

Toujours rien.

Non mais...

Je recule un peu.

– Qu'est-ce que tu fiches à la fin ?

– Comment ça ? demande-t-elle en battant des paupières d'un air innocent sous le soleil ardent qui s'abat sur nous.

Elle plaisante ou quoi ?

– Où est passée ta langue ?

Question idiote.

Elle fronce ses petits sourcils tout mouillés.

– Dans ma bouche. Pourquoi ? Où est-elle censée être ?

Je la lâche, recule d'un pas en arrière et je passe mes mains dans mes cheveux trempés, dans l'espoir de reprendre pied.

– Tu as parfaitement compris, non ?

Elle hausse les épaules. Ce mouvement provoque une onde de vaguelettes autour d'elle, qui se disperse sur l'eau.

– Peut-être.

Oh ! non ! Elle a bel et bien compris.

Ma langue se déchaîne finalement, mais ce n'est pas pour l'embrasser.

– Tu cherchais à me chauffer au maximum pour me faire payer de t'avoir mise à l'eau, c'est ça ? Reconnais-le. Tu n'es pas du tout la petite Maggie innocente que tu veux faire croire à tout le monde. Tu es une vilaine allumeuse, voilà ce que tu es.

– Et toi, Caleb, tu faisais quoi exactement ? N'essayais-tu pas de m'exciter exprès ? C'est *toi* l'allumeur.

– Tu ne sais pas de quoi tu parles, j'aboie en retour.

On peut jouer tous les deux à ce petit jeu du mensonge.

Elle commence à regagner le rivage.

Je me retrouve seul. J'avais envisagé les choses autrement.

– Tu comptes te barrer comme ça ?

– Oui, me crie-t-elle, le dos tourné. C'est toi qui as dit qu'on devait mettre les choses entre parenthèses jusqu'à la fin du voyage. J'applique tes règles, c'est tout.

J'aimerais bien pouvoir la suivre, mais je suis obligé de rester dans l'eau jusqu'à la taille au moins une minute de plus, le temps de... décompresser.

– J'ai dit qu'on devait être plus cools.

– Je suis cool, lance-t-elle par-dessus son épaule.

– Pas moi.

Moi, je suis chauffé à mort, et de mauvais poil. Faire trempette dans ce lac frais devrait aider, mais non.

Maggie m'a bien eu. Mon égo en a pris un sacré coup. Je réussis malgré tout à mettre ça de côté et à sortir de l'eau. Je m'allonge sur la plage, en me demandant si je ne ferais pas mieux d'adopter une autre tactique.

Une demi-heure plus tard, nous montons tous à bord des canoës avec notre équipement de pêche. Il faut un mec par embarcation. Aucune fille n'est capable d'accrocher un asticot au bout de son hameçon.

– Je vais avec Matt, annonce Maggie.

Matt a l'air ravi de la satisfaire.

Pour finir, je me retrouve avec Trish parce qu'elle a peur que Lenny ne fasse basculer le bateau exprès.

Lenny et la pauvre Erin partent ensemble. On dirait qu'elle est sur le point de vomir. Elle a cette tête-là la plupart du temps ces derniers jours. Je commence à me demander si elle couve quelque chose, ou si elle ne serait pas en cloque.

– Bon, c'est quoi cette histoire entre Maggie et toi ? me demande Trish alors que nous ramons vers le milieu du lac. Vous vous êtes remis ensemble, on dirait.

– Pas du tout.

Elle lève les yeux au ciel.

– À d'autres. Il est évident que vous vivez un truc fort tous les deux. Crache le morceau pour qu'on arrête de se perdre en suppositions.

J'éclate de rire.

– Qu'est-ce que vous avez imaginé ?

– Que tu es toujours amoureux d'elle, réplique-t-elle en me tendant le récipient plein de vers grouillants et sa canne à pêche. Ça t'intéresse de savoir ce que j'en pense ?

– Pas vraiment. Si on parlait de Lenny et de toi à la place ?

– Comment ça ? s'exclame-t-elle, le visage tout plissé, comme si elle avait affaire à un dingue.

– Reconnais qu'il ne t'est pas indifférent.

– Berk. Tu vas me faire dégobiller.

J'accroche l'asticot au crochet. Trish fait la grimace.

– Comment tu arrives à faire ça ? C'est inhumain.

– Fais comme si c'était pour nourrir le poisson.

Elle croise les bras sur sa poitrine.

– Ben voyons. Le nourrir et puis lui perforer la tête en guise de punition pour avoir désiré un peu de nourriture.

Je lui rends sa canne, toute prête.

– Tu as envie de pêcher ou non ? je riposte.

Je viens d'apercevoir Matt et Maggie un peu plus loin avec leurs cannes plongées dans l'eau. Ils discutent. Je me demande si elle se plaint de moi.

– Elle a peur, tu sais, dit Trish. Elle redoute que tu ne fiches le camp à nouveau.

– Elle a probablement raison.

– Alors lâche-la, Caleb. Arrête de semer la confusion dans son esprit en lui envoyant des signaux contradictoires. Elle mérite un garçon fidèle qui sera là quand elle aura besoin de lui.

– Comme Matt, tu veux dire ? je réplique d'un ton narquois.

Trish lève les deux mains.

– Ne t'énerve pas. Je dis ce que je pense, c'est tout.

– Et moi je pense que tu devrais garder tes opinions pour toi.

– Tu sais que j'ai raison, achève-t-elle d'un ton décidé en plongeant sa canne à pêche dans l'eau.

22

MAGGIE

Pendant tout le reste du voyage, Caleb garde ses distances. Il se comporte comme si nous étions de vagues connaissances et s'adresse à moi uniquement s'il y est forcé. Lors de nos rencontres avec des groupes d'ados dans l'Illinois, l'Indiana et le Wisconsin, il raconte son arrestation et explique qu'il est prêt à tout dorénavant pour éviter la prison.

Il n'évoque jamais le fait qu'il a payé pour sa sœur. Je crois qu'il cherche à oublier cette partie de l'histoire bien qu'à mon avis, la réalité de ce sacrifice le hante jour après jour. J'aimerais arriver à le faire parler, mais il ne me fait plus du tout confiance.

Je doute d'ailleurs qu'il se fie à qui que ce soit.

Notre voyage s'achève demain. On loge dans une grande cabane au bord du lac Geneva, dans le Wisconsin. Il y a neuf chambres ; nous avons chacun la nôtre. Je n'arrive pas à dormir à la pensée que je vais à nouveau perdre Caleb. À deux heures du matin, je vais jeter un coup d'œil dans sa chambre. Son lit est vide. Je panique en me disant qu'il a encore filé.

Une vague de soulagement m'envahit quand je l'aperçois par la fenêtre. Il est en train de faire des ricochets sur le lac.

Je tiens toujours à le convaincre de retourner à Paradise, mais je n'ai pas fait grand-chose pour y arriver. Ce soir est ma dernière chance. En repensant à ce que Vanessa m'a dit, je m'arme de courage pour affronter Caleb une bonne fois pour toutes.

Je me glisse dehors par la porte coulissante. Le chant mélodieux des criquets m'accompagne tandis que je descends le chemin de gravier en direction du lac.

– Je suppose que le moment est venu… de nous dire adieu, une fois de plus.

Il ne me regarde pas. Fait un nouveau ricochet.

– Faut croire. Amuse-toi bien en Espagne.

Ça fait plusieurs semaines que je n'ai pas pensé à cette année que je dois passer à l'étranger. Le programme RESTART a été épuisant tant physiquement que moralement. J'ai appris une foule de choses sur moi-même depuis un mois. Je me suis liée d'amitié avec Trish et Erin. On est presque comme des sœurs, maintenant. On discute pendant des heures.

Je m'assieds sur un gros rocher et j'observe Caleb.

– Où comptes-tu aller ?

Il hausse les épaules.

– Arizona, probablement.

En Arizona ? C'est si loin. Il a trop de choses à régler avant de s'en aller.

– Reviens à Paradise, Caleb.

– Fin de la conversation.

Je me lève et je viens me planter devant lui. Alors qu'il s'apprête à expédier un autre caillou, j'attrape sa main et lui écarte les doigts pour qu'il lâche prise.

– Reviens à Paradise, je répète.

Il baisse les yeux à terre, et je sens son désarroi comme si c'était le mien.

– Impossible. La dernière fois que je suis rentré, tous les Becker jouaient à la famille idéale alors qu'en fait, ils sont tous plus perturbés les uns que les autres. Je n'arrivais pas à faire semblant. Je ne peux toujours pas. Pas la peine de me le demander. Je suis déjà hanté par tant de regrets. Je ne vais pas en rajouter.

– Laisse-leur le bénéfice du doute. Ils ont besoin de toi.

Il secoue la tête.

– Je n'ai rien qui m'attend là-bas. Mme Reynolds est morte. La seule personne qui aurait pu me faire revenir, c'est toi, mais notre histoire était foutue d'avance.

Il s'écarte de moi en se passant la main dans les cheveux. C'est un signe de frustration chez lui.

– Oublie ce que je viens de dire. Que j'aurais pu imaginer rentrer pour toi. C'était stupide.

J'attends qu'il me dise que notre délai de réflexion est écoulé, qu'il est prêt à nous donner une chance. Mais il n'en fait rien. Il s'est peut-être rendu compte que ça n'en valait pas la peine, surtout si je vais en Espagne et lui en Arizona.

Je pense aux fois où on s'est embrassés, étreints. J'avais eu la conviction que rien ne pouvait être plus fort, plus explosif. Aussi phénoménal.

– Tu as vraiment l'intention de partir ? je chuchote.

– Oui. Mais sans regret.

– Comment ça, sans regret ? Pourquoi répètes-tu ça sans arrêt ? Qu'est-ce que ça veut dire ?

Il me saisit doucement le menton et lève mon visage vers le sien.

– Ça veut dire que je ne peux pas m'en aller sans avoir fait ça…

Il penche la tête vers moi. J'attends de sentir ses lèvres chaudes et pleines sur les miennes. Mon cœur s'affole. Sa bouche plane au-dessus de la mienne. Nous sourions tous les deux, nous rappelant un autre lac où on s'était taquinés l'un l'autre. Un jeu dangereux. Auquel nous jouons à nouveau. Cette fois, je décide d'en profiter et d'ignorer les signaux d'alarme dans ma tête.

J'essaie de me convaincre en fermant les yeux alors qu'il presse ses lèvres sur les miennes. Je savoure chaque seconde de ce baiser, lent, sexy, sensuel. Et non pas passionnel et vorace. Il m'enlace la taille et m'attire tout contre lui.

Ô mon Dieu ! J'ai envie de fondre dans ses bras, là tout de suite. Je noue les bras autour de son cou pendant qu'on continue à s'embrasser en se pressant l'un contre l'autre. Il me soulève de terre. Personne d'autre au monde ne peut me procurer ce sentiment d'être belle, invincible, digne d'intérêt ! J'ai envie de crier : *Je t'aime, Caleb ! Ne ressens-tu pas la même chose que moi quand on est ensemble ?*

Ses lèvres s'écartent lentement des miennes. Il décroche mes bras cramponnés à son cou.

– Je ne regretterai pas ça… Jamais. Au revoir, Maggie.

– Au revoir, Caleb. Tu vas… me manquer.

– Toi aussi.

J'inspire à fond, refoulant le flot d'émotions qui m'assaille. Je l'écarte de mon chemin et me rue vers la cabane pour qu'il ne voie pas les larmes qui ruissellent sur mon visage. Je me jette sur mon lit et enfouis la tête sous mon oreiller. Je ne veux pas qu'il entende mes sanglots.

Pourquoi est-ce que je le laisse partir sans lutter ? Qu'est-ce qui me prend ? Je suis une poule mouillée, voilà pourquoi.

Quelques minutes plus tard, j'entends la porte coulisser. Il doit être de retour. Je pense à Vanessa, coincée en prison, dans l'incapacité de se battre pour ce qu'elle veut.

Moi, je le peux.

Je comprends parfaitement ce qui a poussé Caleb à m'embrasser ce soir. Ce baiser avait pour but de mettre un point final à notre histoire.

Ce n'était pas suffisant. Pour moi, en tout cas. J'en veux encore. Il m'en faut davantage. La question est de savoir si j'ai le cran de lui montrer comment j'entends clore notre relation.

Je prends une grande inspiration et je m'assieds au bord de mon lit. *Allez, tu peux le faire.* En priant pour que le plancher ne craque pas, je descends sur la pointe des pieds au sous-sol.

Où se trouve la chambre de Caleb.

La porte est ouverte. Lenny dort à poings fermés dans la chambre en face. Ses ronflements résonnent à travers les murs, mais chez Caleb, tout est tranquille. Je ne l'entends même pas respirer en entrant.

Il n'y a pas de fenêtres dans la pièce. Il fait presque complètement nuit. Une lueur verte émane de la veilleuse dans le couloir.

– Caleb ? je chuchote. Tu es réveillé ?

– Ouais ? J'entends le bruissement de ses draps lorsqu'il se redresse. Il y a quelque chose qui ne va pas ?

– On peut dire ça comme ça.

Je ferme la porte et j'avance en tâtonnant dans la chambre, espérant ne pas trébucher et me casser la figure. Je heurte une forme clairement masculine. Caleb. Il est torse nu. Je sens sa peau chaude, son torse musclé sous mes doigts.

– Salut, dis-je en levant les yeux dans l'obscurité.

– Salut, me répond-il, et sa voix familière me réconforte.

Comme elle va me manquer, cette voix !

– Ne me dis pas que tu t'es perdue.

– Non. Euh... Je n'arrivais pas à dormir. Et j'ai pensé...

– Qu'est-ce qu'il y a, Maggie ? Vas-y, parle.

Bon. Autant prendre mon courage à deux mains. C'est maintenant ou jamais.

– J'ai pensé qu'on pourrait passer cette dernière nuit ensemble. Je suis consciente qu'on risque de ne jamais se revoir, et j'ai vraiment envie d'être dans tes bras ce soir. Une dernière fois. Tu veux bien ?

Il me prend la main et m'entraîne vers le lit.

– Bien sûr que je veux bien.

Je me glisse sous les couvertures et j'attends qu'il me rejoigne. Mais il tarde à le faire.

– Où est-ce que tu vas ?

– Fermer la porte à clé. Tu ne voudrais pas que Lenny fasse irruption ici, hein ?

Je ris nerveusement.

– Vraiment pas.

Il fait frais au sous-sol. Je remonte la couverture sous mon menton. Caleb se glisse à côté de moi. Je sens ses jambes nues contre les miennes.

– Tu trembles, chuchote-t-il.

– J'ai un peu froid... et je me sens nerveuse.

– Ne sois pas nerveuse, Maggie. C'est juste moi.

C'est le vrai Caleb, sans cette façade glaciale. Je suis contente qu'il fasse complètement nuit maintenant, et qu'il ne voie pas mes mains trembler en approchant de son beau visage.

– Je sais.

Il m'attire contre lui. Je blottis ma tête au creux de son épaule et je me sens comblée.

– Maggie ?

– Oui ?

– Merci.

– De quoi ?

– De me donner de nouveau le sentiment d'être vivant.

Je pose mon bras sur sa poitrine, la chaleur de nos peaux fusionne. Je veux me souvenir éternellement de cette nuit. Nous n'aurons probablement plus jamais l'occasion de nous blottir l'un contre l'autre. Ça me donne envie d'aller plus loin, pas juste dormir dans ses bras. J'essaie de me détendre, de ralentir les battements frénétiques de mon cœur tout en enveloppant ma jambe droite, celle qui est intacte, autour de lui.

– Tu t'aventures sur un terrain glissant, Maggie, gémit-il. Je m'efforce d'être un type bien, honorable, je t'avise.

– Je sais, seulement, ce n'est pas ce que je te demande.

– Tu es sûre de savoir dans quoi tu es en train de te fourrer ?

– Pas la moindre idée.

Je lui caresse le torse en y déposant des petits baisers.

– Tu me tues, marmonne-t-il, me tirant vers lui afin qu'on se retrouve face à face. On ne peut pas faire ça. Ne te méprends pas, je suis prêt et on ne peut plus disposé. Mais nous sommes sur le point de prendre des directions totalement opposées, toi et moi. Tu le sais, si on couche ensemble, ça ne fera que compliquer les choses.

– J'ai une idée, dis-je d'un ton calme. Si on flirtait toute la nuit jusqu'à ce qu'on n'en puisse plus ? Ce serait OK, non ?

– Flirter, hein ? Il m'attire sur lui. Pas de problème, je suis d'accord, murmure-t-il contre mes lèvres.

Plus tard, alors que nous flottons tous les deux dans un état de béatitude comme je n'en ai jamais connu, je pose ma tête sur sa poitrine. Il m'enlace étroitement.

– Super séance de flirt, je chuchote.

– Hmmm, grogne-t-il, tout ensommeillé. La meilleure.

Quelques minutes plus tard, je sens son corps se détendre. Sa respiration lente et régulière me berce et je ne tarde pas à m'endormir.

23

CALEB

J'ai dormi comme une masse cette nuit. Le corps doux et chaud de Maggie blotti contre moi était le somnifère dont j'avais besoin après notre petite séance de flirt. Lorsqu'elle s'est glissée hors du lit ce matin, je me suis tout de suite réveillé en sentant l'air frais s'abattre sur ma peau.

J'ai fait semblant de dormir, même quand elle m'a déposé un petit baiser sur les lèvres.

Le petit déjeuner a été une véritable torture. On essayait tous les deux d'éviter de se regarder. Damon nous a tous convoqués dans la grande salle, où il nous a servi un speech d'une demi-heure pour nous expliquer à quel point il nous respectait d'avoir été jusqu'au bout du programme, sachant combien cela avait dû être difficile pour nous de raconter nos histoires jour après jour.

Pendant le trajet du retour au centre de loisirs de Redwood, nous gardons tous le silence. Même Lenny. Son air solennel me tape sur les nerfs. Ça ne lui ressemble pas du tout.

Une fois arrivés, Damon me prend à part.

– Tu rentres chez toi, n'est-ce pas ? demande-t-il. Tu m'en as fait la promesse.

– Oui, je mens. Je vais jouer franc jeu avec mes parents. Merci, Damon. Pour tout. Je sais que c'est votre boulot d'essayer de remettre des jeunes comme moi sur le droit chemin, mais…

– Ce n'est pas *seulement* un travail pour moi, m'interrompt-il. Souviens-t'en. Appelle-moi si tu as besoin de quoi que ce soit. Je suis sérieux.

– Je me tire, s'écrie Lenny après avoir récupéré son sac dans le coffre. Mon bus ne va pas tarder à arriver.

– Tu ne préfères pas que je te dépose quelque part… commence Damon.

– Ça va aller.

Lenny salue tout le monde d'un geste de la main en se dirigeant vers l'arrêt de bus.

– C'est tout ? s'exclame Trish. Tu passes quatre semaines avec nous et tout ce que tu es capable de faire en guise d'adieu, c'est agiter vaguement la main par-dessus ton épaule ?

Lenny lui fait un doigt d'honneur en continuant son chemin.

– Assieds-toi là-dessus, braille-t-il en retour.

Trish riposte en vociférant. Damon tente de désamorcer la situation, avant que ça dégénère en un colossal échange de jurons et de beuglements. Ensuite, il reçoit un appel d'urgence d'un des mineurs en probation dont il s'occupe. Il s'en va rapidement après nous avoir fait promettre qu'on l'appellerait si on a besoin de lui.

La mère de Maggie se gare dans le parking voisin et se dirige vers nous. Je fais la grimace quand je vois sa tête au moment où elle comprend que j'ai participé à l'expédition RESTART avec Maggie. Si j'avais le moindre doute sur l'éventualité que Maggie et moi puissions nous revoir, même en tout bien tout honneur, sa mine horrifiée est claire.

Je ne suis pas le bienvenu dans l'entourage de sa fille. Je ne le serai jamais.

– Donne-moi le temps de dire au revoir à tout le monde, maman, dit Maggie. J'arrive tout de suite.

Sa mère me jette un regard d'avertissement.

Maggie étreint chaque membre du groupe. Elle a les larmes aux yeux quand les filles lui promettent de l'appeler et de venir la voir avant son départ pour l'Espagne.

Ensuite elle serre Matt dans ses bras.

– Prends soin de toi, dit-elle. Et pour Becca, ne laisse pas tomber.

– C'est qui Becca ? je demande.

– Mon ex, répond Matt en haussant les épaules. On a rompu avant le voyage, mais enfin bref... Maggie m'a donné des conseils.

Il n'en pince pas pour Maggie alors ? Je regrette de ne pas l'avoir compris plus tôt.

Maggie me dépose un baiser sur la joue.

– Bon eh bien, on y est ce coup-ci. Au revoir, une fois de plus.

Je hoche la tête.

– N'oublie pas de montrer aux Espagnols qu'avec Maggie Armstrong, ils n'ont pas affaire à n'importe qui.

– C'est ça, me répond-elle, amusée.

À l'instant où elle s'écarte de moi, je fourre mes mains dans mes poches de peur qu'elles ne se tendent d'elles-mêmes. À nous voir là, on ne se douterait pas une seconde qu'on a dormi ensemble la nuit dernière et flirté comme si le monde allait cesser de tourner.

– Je n'ai pas de problèmes à te dire au revoir cette fois-ci, ajoute-t-elle. Sincèrement. J'ai vraiment l'impression qu'on en est arrivés au point où on peut tourner la page. Tu devrais retourner à Paradise, mais je ne peux pas t'obliger à rentrer chez toi, si tu n'en as pas envie.

Sa mère klaxonne, nous rappelant à la réalité.

J'esquisse un petit sourire en désignant la voiture.

– Tu ferais mieux d'y aller.

Elle s'éloigne encore d'un pas, à reculons, sans me quitter des yeux.

– Évite les ennuis, Caleb. Je suis sérieuse.

Je continue à la suivre du regard jusqu'à ce qu'elle monte dans la voiture et que sa mère démarre.

Le regret m'assaille, mais je l'ignore. Il y a des choses auxquelles on ne peut rien changer, même si on en meurt d'envie.

Les parents de Trish sont venus la chercher avec son frère et sa sœur. Après avoir entendu l'histoire d'Erin, la maman de Trish sort un mouchoir de son sac. La petite famille embarque Erin dans son 4 x 4. Je me dis qu'il y a des chances pour qu'ils adoptent la tatouée muette. Matt s'en va peu après. Son grand frère est là.

Le programme RESTART est officiellement terminé. Il est temps pour moi de décider quelle direction prendre.

Une chose est sûre : je dois filer aussi loin que possible. Chicago est trop près. Je ne plaisantais pas quand j'ai dit à Maggie que je comptais mettre le cap sur l'Arizona. Le problème, c'est que je n'ai, en tout et pour tout, que douze dollars et soixante-trois cents. Je peux toujours trouver des petits boulots, me faire embaucher à la journée dans le secteur du bâtiment, jusqu'à ce que j'aie suffisamment économisé pour quitter l'Illinois.

Je balance mon sac sur mon épaule. Je connais un camping bon marché à quelques kilomètres de là. Je n'aurai qu'à y passer une ou deux nuits avant de me dégoter des petits jobs.

– Hé ! Caleb, attends-moi !

En me retournant, je découvre Lenny qui trottine pour me rattraper.

– Tu as raté le bus ?

– Non. Il hausse les épaules. Je n'avais pas vraiment de bus à prendre. Je pensais... venir avec toi en fait, ajoute-t-il comme si la cause était entendue.

– Certainement pas. Débrouille-toi pour savoir où Trish habite et va la retrouver chez elle.

– Tu plaisantes ? Elle ne peut pas me sentir.

– À cause des poils que tu laisses traîner sur la cuvette des toilettes, peut-être bien.

Je me remets en marche.

Lenny ne comprend pas l'allusion, et je commence à me dire qu'il a sérieusement l'intention de m'accompagner.

– Allez, Caleb, montre que tu as du cœur. Imagine que toi et moi, on est comme Fred et Barney, Ben et Jerry, Thelma et Louise. Ça te plairait, tu sais.

Je m'arrête et je plante mon regard dans le sien.

– Thelma et Louise *meurent* à la fin de ce film pour gonzesses.

– En se tenant par la main. Ça t'a pas fait chialer ?

– Non.

– Tu me dois un câlin, tu te rappelles ?

– Pas du tout.

– Tu vas me laisser en plan, comme ça ? Tu as peur que je te fasse de l'ombre ?

– Tu ne peux pas me faire de l'ombre, Lenny. Rentre chez toi. Tu as bien un chez-toi, non ? Il ne répond pas. Tu as dit à Damon que tu rentrais à la maison.

– J'ai menti.

Merde.

– Au cas où tu ne l'aurais pas encore compris, je n'ai pas de toit non plus. Je compte trouver un camping pour pouvoir au moins y dormir, me doucher, me raser et faire mes petits besoins.

– Cool !

– Ça n'a rien de cool.

Je vois bien qu'il n'a pas l'intention de me lâcher la grappe. Un foutu chien égaré qui va me suivre à la trace. Je lui jette un coup d'œil à la dérobée. En temps normal, il arbore un air arrogant, mais pas maintenant. Il paraît inquiet. J'ai l'impression qu'il redoute de se retrouver tout seul si je le laisse tomber.

Je poursuis mon chemin, en proie à une sensation de déjà-vu. Maggie m'a suivi quand j'ai quitté le campus. Et à quoi ça m'a mené ?

Lenny trotte à côté de moi. Je me retiens de l'envoyer promener. Il balise à mort à l'idée que je l'abandonne, c'est clair.

— Merci, Caleb, dit-il au bout d'un moment.

— Ne me fais pas chier, c'est tout.

— Promis.

Ça nous prend presque une heure pour arriver au camping du Joyeux campeur. Je m'inscris et paie la dame à l'accueil les sept dollars pour la journée. Cela m'en aurait coûté vingt-deux si j'avais demandé un accès à l'eau, mais je peux très bien aller aux douches communes.

Même si c'est bon marché, il faut que je trouve le moyen de me renflouer rapidement. Quand l'été est fini dans l'Illinois, l'hiver vient rapidement. Je vais me geler les fesses, si je ne prends pas la route de l'Arizona avant.

La nuit tombe. On s'est acheté des saucisses à la supérette du camping. La famille installée à côté de nous nous donne un peu de bois et des allume-feu. Faut reconnaître que les campeurs sont des gens généreux.

Après m'être douché, je sors la couverture légère que j'ai achetée à l'époque où je logeais chez Rio.

— Tiens, dis-je en la tendant à Lenny. On n'a qu'à s'en servir un soir sur deux.

— Pas besoin, me répond-il.

Je le regarde rouler un de ses tee-shirts pour se faire un oreiller. Puis il sort un pantalon de survêt et se l'enroule autour de la tête et du visage, en laissant juste une ouverture pour la bouche.

— Qu'est-ce qui te prend de te mettre un fute sur la tronche ? Tu as l'air ridicule.

— Pas question de risquer de nouveaux coups de soleil ou des piqûres de moustique. J'ai un slip en rab si tu veux en faire autant. Il est un peu crade, mais...

– Non, merci.

Rien que l'idée me donne envie de gerber.

Heureusement qu'on nous a alloué un emplacement sur l'herbe. J'étale ma couverture par terre. Ce serait génial d'avoir un sac de couchage. Je me satisfais de mon petit bout de terrain, sans avoir à craindre de me faire embarquer par les flics ou embêter par d'autres sans-abri en pleine nuit.

– Lenny, sérieusement, c'est quoi, ton histoire ?

– Je n'ai pas d'histoire, répond-il en soulevant son drôle de turban. Tu m'as entendu, ces quatre dernières semaines. Tu connais tous les détails sordides. J'étais ivre, j'ai piqué une bagnole et j'ai plongé avec dans un lac. Fin de l'épisode.

Il me tourne le dos.

Je contemple le ciel, la lune, les étoiles émaillant l'univers infini. Où que Maggie se trouve, à Paradise ou en Espagne, elle contemplera le même spectacle.

Pensera-t-elle à moi ? Se rappellera-t-elle la nuit que nous avons passée au château, et hier soir, quand nous avons dormi dans les bras l'un de l'autre ? Ou se souviendra-t-elle seulement de nos querelles incessantes ? Il est tellement plus facile de se disputer que d'accepter ce qui se passe réellement entre nous.

Bon sang ! Je ferais bien de me ressaisir et d'oublier Maggie Armstrong. Ma vie se résume désormais à ce petit bout de terrain loué sept dollars... Je jette un coup d'œil à Lenny... et je me dis que mon destin n'est pas près de s'arranger.

Savoir que je ne vais pratiquement pas fermer l'œil, voilà ce qui me torture le plus pour l'instant. Quand tout est tranquille, que je m'allonge pour la nuit, mon esprit se met à vagabonder.

– C'était la voiture du petit ami de ma mère, lance Lenny, brisant tout à coup le silence.

Il était tellement paisible depuis une heure, je pensais qu'il dormait. J'aurais dû m'en douter en fait, vu qu'il ne ronflait pas.

– Cet enfoiré a plié bagage et l'a abandonnée il y a cinq ans. Je croyais qu'il était parti pour de bon. Je n'en reviens toujours pas qu'elle ait accepté de le reprendre. Tu veux que je te dise ce qu'il a fait ?

– Tu n'es pas obligé.

Je ne suis pas du genre à fouiner dans les affaires des autres, pour la bonne raison que je n'aime pas qu'on vienne fureter dans les miennes.

J'observe Lenny qui presse ses mains sur ses yeux. Je ne l'ai jamais vu aussi sérieux.

– Il me faisait des attouchements quand ma mère n'était pas là.

– Putain, Lenny. C'est grave.

– Sans blague !

Lenny n'ajoute rien pendant un bon bout de temps.

– Au début, je n'ai pas compris ce qui se passait, comme si mon cerveau n'arrivait pas à percuter. Je n'avais que douze ans quand ça a commencé. Quand ce connard s'est barré, j'avais juste envie de l'effacer de ma mémoire, de tout oublier. Je n'en ai parlé à personne. Quand il est revenu en mars et que ma mère l'a accueilli, j'ai pété un câble, tu comprends.

– As-tu expliqué à ta mère ce qu'il te faisait subir ?

– Ouais. Elle s'est foutue en rogne et m'a traité de menteur. Le soir où il a emménagé, je me suis bourré la gueule, j'ai volé sa voiture et je l'ai expédiée au fond du lac. Ma mère n'est même pas venue au tribunal. Il paraît qu'elle l'a épousé, ce fils de pute. Damon m'a proposé de participer au programme RESTART au lieu de purger ma peine. Je lui ai juré de rentrer chez moi et de régler le problème avec ma mère, mais il peut toujours courir... Elle a préféré faire confiance à son mec plutôt qu'à son fils.

— Je ne sais même pas quoi te dire.

En un sens, le calvaire de Lenny me donne l'impression que ce que j'ai vécu, c'était de la gnognotte.

— Tu n'as pas à me dire quoi que ce soit. Je ne te demande pas de me plaindre.

— Damon est-il au courant de ce que ce gars t'a fait ?

— Non.

— Tu aurais dû tout lui raconter.

— Ouais, et toi tu aurais dû dire la vérité à tes parents à propos de la nuit où tu n'as *pas* renversé Maggie. Mais tu n'as pas eu les couilles de le faire.

Je me crispe sous l'effet d'un regret passager.

— Tu as raison, dis-je, mais j'avais promis de me taire.

— Ouais eh bien moi, j'avais juré à cet enfoiré de ne jamais rapporter à ma mère ce qu'il m'a fait. Je n'ai pas tenu ma promesse. Je n'ai plus le choix, Caleb. Je ne peux plus rentrer chez moi. Ça ne sera pas la même chose pour toi.

— Pourquoi tu dis ça ?

Lenny se redresse.

— Tu as des possibilités que je n'ai pas. Mince à la fin, ce n'est pas parce que ta mère est accro aux médocs et t'oblige à te tenir à carreau et que ton père est une carpette, que tu dois les laisser tomber.

Lenny me tourne à nouveau le dos.

– Si j'étais toi...

– Tu n'es pas moi, je t'avise, je réponds brutalement.

Je me lève et vais me balader dans le camping, furieux contre moi-même, contre Lenny, contre Leah, contre le monde en général. Je me réjouis que la plupart des gens dorment. Le silence règne, seulement troublé par le crépitement des feux agonisants et les chuchotements de quelques campeurs encore éveillés.

Je fais cinq fois le tour du terrain sans cesser de penser à ce que Lenny m'a dit. La colère cède peu à peu le pas à l'indécision. À mesure que j'accélère, des pensées folles m'envahissent. Je ne tarde pas à piquer un sprint. Plus je cours vite, plus les images du passé et les options qui s'offrent à moi se bousculent dans ma tête. *Non, je ne peux pas faire ça. Et si je le faisais quand même ?*

Je finis par regagner mon petit bout de terre. Lenny y est allongé. Il dort à poings fermés. J'ai l'impression de me voir à distance, et cette vision est pathétique. Je *suis* pathétique. Je suis pétri de regrets nés de la peur d'être rejeté par les gens auxquels je tiens.

Je n'ai aucune envie d'être seul. Ni que ma famille pense que je l'ai abandonnée. Ni que Maggie s'imagine que je l'ai laissé tomber. J'ai la bouche sèche. Mon cœur bat à tout rompre quand je comprends où je vais aller.

À Paradise.

Je rentre à la maison.

24

MAGGIE

— Il n'y a pas de quoi en faire un plat, maman.
— Comment peux-tu dire ça, Maggie ? C'est très grave.

Assise à la table de la cuisine depuis vingt minutes, je n'ai pas encore réussi à avaler une seule bouchée, trop occupée à me faire sermonner par ma mère. Elle m'a à peine adressé la parole hier soir, et maintenant elle ne me laisse pas en placer une.

— Je suis consternée que le coordinateur du programme ait pu admettre ça.

— Maman…

— Il aurait pu te faire du mal…

— Maman…

— Si tu crois que le Caleb Becker que tu as côtoyé pendant ce voyage est celui qui habitait à côté de chez nous quand tu étais petite, permets-moi de te dire que tu te trompes lourdement.

— Maman…

— Comment veux-tu que je te fasse confiance quand tu seras à huit mille kilomètres d'ici, en

Espagne ? Si tu estimes que ça ne posait pas de problèmes de sillonner le Midwest avec ce garçon, Dieu sait quelles autres décisions irresponsables tu es capable de prendre.

Elle picote son blanc de poulet du bout de sa fourchette.

– Pour être honnête, quand il est parti, j'espérais que c'était pour de bon.

– Il est parti pour de bon cette fois-ci, maman, lui dis-je avec assurance. Il pensait qu'il ne serait pas le bienvenu à Paradise. Je lui ai affirmé qu'il se trompait, que les gens lui laisseraient une chance, sans le juger.

J'attrape ma serviette sur mes genoux et je la pose sur la table.

– Je faisais erreur apparemment.

– Pourquoi tu montes sur tes grands chevaux tout à coup ? riposte-t-elle en me voyant me lever et prendre mon sac.

Je soupire.

– Ce n'est pas ça, maman. Je suis frustrée, c'est tout. Je t'aime très fort, mais il y a des moments où tu dois me faire confiance.

– Impossible. Pas quand il est question de Caleb. Sa famille se débat toujours pour essayer de se remettre des souffrances qu'il nous a tous infligées. Toi, tu as été blessée physiquement par son imprudence stupide. Comment peux-tu encore le protéger ? Parce qu'il est beau garçon ? Il y en a des tas d'autres dans ce monde, crois-moi.

Je ne peux pas en entendre plus.

– Je reviens plus tard, dis-je en sortant de la cuisine.

Avant de partir, je me retourne vers elle.

– Je t'aime, maman. Tu le sais, hein ?

– Oui. Moi aussi je t'aime.

– Alors, fais-moi confiance. Ce n'est pas parce qu'il est beau que je prends la défense de Caleb. C'est parce qu'il ne *mérite* pas tous les tourments qu'il a endurés.

Voyant qu'elle est sur le point de m'interrompre, je lève la main.

– Il a fait une erreur, maman. On en fait tous. Ne méritons-nous pas tous une seconde chance ?

Je monte dans la Cadillac que Mme Reynolds m'a léguée dans son testament et me dirige vers sa maison. Elle me manque tellement. C'est elle qui m'a exhortée à pardonner à Caleb, et elle avait raison. Je ne voulais pas au début, mais en le voyant à son retour de prison, mon pouls s'est affolé et je me suis mise à trembler comme une feuille.

Après ça, on a parlé. Beaucoup. Et je lui ai pardonné, avant même de savoir que ce n'était pas lui qui m'avait renversée. Et je suis tombée amoureuse de lui.

Je me gare devant la maison, m'attendant à la trouver vide. Mais Lou, le fils de Mme Reynolds, et le copain de ma mère, est dans le jardin en train d'arroser la pelouse. Il y a une pancarte « À vendre ».

En me voyant, il sourit.

– Bonjour, Maggie. Qu'est-ce qui t'amène par ici ?

– Je voulais juste voir où en étaient les jonquilles.

– Certaines sont encore en fleur. Tu sais, cela fait des mois que j'essaie de vendre. Pas un acheteur en vue. Le marché est mort dans le coin.

Il soupire. Je sais qu'il a grandi dans cette maison et qu'elle a une valeur sentimentale pour lui. Sa mère nous a quittés, mais son esprit est toujours là.

– Où est ta maman ? ajoute-t-il.

– À la maison. Elle est fâchée contre moi parce que je ne lui ai pas dit que Caleb faisait partie du programme RESTART.

– Elle m'a appelé tout à l'heure pour m'en parler. Tu veux qu'on en discute ?

– Pourquoi pas ?

Nous gagnons le jardin de derrière. Cela me fera du bien de parler avec Lou. Mon père n'a jamais fait deux pas où que ce soit avec moi. Il ne s'intéressait pas à moi, ni à ma mère d'ailleurs. J'ai longtemps prié pour qu'il revienne. Ça fait des mois qu'on ne s'est pas parlé. Il avait promis d'être là à ma remise de diplôme, mais il n'est jamais venu.

Il ne m'a même pas appelée pour me féliciter.

En apercevant les parterres de fleurs, je cesse de penser à lui. Je suis étonnée de voir les jonquilles encore en pleine floraison. Un arc-en-ciel aux couleurs vives qui me remonte le moral.

Si Mme Reynolds était encore en vie, elle adorerait. Elle m'avait donné des instructions très précises sur la façon de planter les bulbes. Tout en sachant pertinemment qu'elle ne les verrait jamais s'épanouir.

J'aimerais tant que Caleb soit là pour les admirer, lui aussi. Il construisait le belvédère pendant que je plantais les jonquilles. On travaillait côte à côte pour faire plaisir à Mme Reynolds.

– Maman est furieuse que je n'aie pas renoncé à ce voyage quand j'ai su que Caleb en faisait partie, dis-je à Lou.

– Reconnais qu'elle a des raisons de se méfier de lui.

– Je comprends, mais…

Dans quelle mesure dois-je me confier à Lou ? S'il découvre que ce n'est pas Caleb qui m'a renversée, il le dira forcément à ma mère. Et si elle l'apprend, elle fera tout pour déterminer le responsable de l'accident. À nouveau le cercle vicieux.

Je ne veux pas que ça se passe comme ça. Puisque Caleb ne compte pas revenir à Paradise, inutile de causer tant de ravages.

– Ce n'est pas comme s'il allait revenir à Paradise. Il n'en a pas l'intention.

Lou s'assied sur la balancelle de sa mère.

– Qu'est-ce que tu en penses ?

– Je ne sais pas très bien.

Je me tourne vers Lou. Il me fait penser à sa mère.

– On s'est beaucoup rapprochés pendant le voyage, j'ajoute. C'était sympa.

– Rapprochés ? Puis-je te demander jusqu'à quel point ?

– Probablement pas.

Je m'installe à côté de lui. Nous gardons tous les deux le silence quelques instants.

– Tu sais, si elle était là, ma mère nous ferait la leçon. Elle nous traiterait de paresseux, nous donnerait des corvées et ne serait satisfaite que quand on aurait sué comme des bœufs.

– Je l'aimais, dis-je.

J'essaie de ne pas trop penser que je l'ai perdue, de peur d'éclater en sanglots. C'était une femme forte. Même quand elle me faisait trimer, je continuais à l'apprécier. C'est la première personne qui ne m'ait pas traitée comme une invalide à ma sortie de l'hôpital.

– Elle t'aimait très fort aussi. Et je crois qu'elle appréciait beaucoup Caleb, dit-il en esquissant un geste en direction du belvédère qu'il avait construit, seul – une tâche qu'on lui avait assignée dans le cadre des travaux d'intérêt général qu'il devait accomplir. Ma mère disait toujours que je ne devais pas garder rancune, reprend Lou. Que ça pourrit la vie.

– J'aimerais pouvoir en dire autant de la mienne.

– Tu veux que je lui en touche un mot ? J'arriverais peut-être à aplanir un peu les choses.

Je dévisage cet homme, qui est non seulement le patron de ma mère et le propriétaire du restaurant Tante Mae, mais aussi le seul à avoir réussi à faire sourire ma maman à nouveau.

– Ce serait super.

– Elle est adorable, tu sais. Elle cherche à te protéger, c'est tout.

– Je sais.

Je chasse une poussière invisible de mon jean. Au début, je supportais très mal que Lou sorte avec ma mère. Maintenant, je lui suis reconnaissante de faire partie de sa vie. Et de la mienne.

– Je ne te l'ai jamais dit, mais maman revit depuis qu'elle sort avec toi. Elle a besoin de toi.

Ça le fait sourire. Il se racle la gorge :

– Je voulais te poser une question, mais je n'ai pas trouvé le courage de le faire avant que tu partes en voyage…

Il s'éclaircit de nouveau la voix.

– J'aimerais demander à ta maman de m'épouser. Ça t'ennuierait, Maggie ?

25

CALEB

Je me dirige vers ma maison, la plus grande de tout le quartier. Celle de Maggie a l'air naine à côté.

Je suis l'allée que mon père et moi avons pavée il y a trois ans. L'endroit me semble familier et... totalement étranger en même temps. Je remarque que la peinture commence à s'écailler sur les garnitures en bois. L'une des gouttières s'est décrochée. Les parterres le long de la façade sont vides. Maman y plantait des fleurs chaque printemps. Elle disait qu'on se sent davantage chez soi quand tout est fleuri.

Elle avait raison.

Les yeux rivés sur la porte, j'inspire à fond.

Comment rentre-t-on chez soi quand on a fugué ?

Me traiteront-ils comme un intrus ?

J'hésite à battre en retraite, à laisser tomber. Je peux très bien rebrousser chemin et disparaître. Personne ne saura que je suis revenu. Ce serait plus facile que d'affronter le drame sur le point d'éclater. Mais je me sentirais lâche.

Je ne suis pas un lâche.

Plus maintenant, en tout cas.

Je pose mon sac et je sonne. Mon cœur bat à cent à l'heure, comme après un marathon. Différents scénarios quant à la réaction de mes parents et de ma sœur se succèdent dans ma tête.

J'entends des pas. Est-ce ma mère, mon père, Leah ? Je n'ai pas vraiment le temps de m'appesantir sur la question. La porte s'ouvre. Ma sœur se tient devant moi.

Ma sœur jumelle.

Celle pour qui je suis allé en prison. Elle a toujours les cheveux teints en noir, avec des racines châtains, mais sa tenue est un peu moins excentrique qu'avant mon départ. Elle porte un jean normal, sans les chaînes. Son tee-shirt est de la même couleur que sa tignasse.

La dernière fois que je l'ai vue, elle avait l'air d'une déterrée. Tout était noir, ses cheveux, ses ongles, son humeur aussi. Ça m'avait foutu la trouille et mis en rogne. J'avais fait de la prison à sa place, pour qu'elle puisse continuer à vivre tranquillement à la maison. Comment osait-elle se comporter en recluse, changer son apparence, son attitude, mener une existence de mort-vivant ? Elle n'en avait pas le droit !

Là devant moi, elle n'a plus ni ongles, ni lèvres, ni eye-liner noirs. Très nette amélioration.

J'ai la gorge toute sèche. Ses yeux s'emplissent de larmes.

– Caleb, croasse-t-elle. Tu es revenu.

– Pour un petit moment au moins, je réponds d'une voix étranglée.

À mon retour de prison, elle s'était jetée dans mes bras et m'avait serré fort contre elle. Pas cette fois-ci. Elle garde ses distances. Me prend-elle pour un fantôme ?

– Maggie m'avait dit qu'elle allait te convaincre de rentrer à la maison, mais je ne l'ai pas crue.

Ses mains se raidissent de part et d'autre de son corps.

– Je n'arrive pas à croire que tu es là.

– Tu ferais bien de le croire. Bon euh, tu me laisses entrer ?

Elle ouvre la porte en grand et s'efface.

– Oui, dit-elle. Papa n'est pas là.

– Où est-il ? je demande en m'introduisant dans le vestibule.

Leah se met à se ronger furieusement un ongle.

– Il est allé rendre visite à maman.

– Rendre visite ? Elle est dans un centre en ce moment ?

– Elle y est depuis un bout de temps. Ce n'est pas la première fois.

Je pousse un long soupir.

– D'accord. Je peux avaler ça, mais… Y a-t-il autre chose que je devrais savoir ?

– Comme quoi ?

– Je ne sais pas, Leah.

Je suis à cran, et j'ai besoin de réponses. Va-t-elle me les donner ?

– Papa assure-t-il ? Que fais-tu ces temps-ci ?

Qu'est-ce qui me prend de dire ça ? À peine de retour, je la mets déjà au pied du mur.

– Oublie que je t'ai posé la question.

Leah ouvre la bouche, mais aucun son n'en sort.

– J'ai invité un ami à venir crécher ici.

– Qui ça ?

– Il s'appelle Lenny. Si un type hirsute, portant un tee-shirt vert où est inscrit « Je suis ton papa », sonne à la porte, il y a de fortes chances que ce soit lui.

Je ne pouvais pas abandonner Lenny. Il n'est pas si repoussant quand il ne s'ingénie pas à se comporter comme un connard de première.

Je récupère mon sac et je monte au premier.

– Où vas-tu ? demande Leah, au bord de la panique.

– Dans ma chambre.

– Attends ! hurle-t-elle, mais c'est trop tard.

J'ouvre la porte de ma chambre. Ce qui était ma chambre. C'est un bureau maintenant. Pas de lit, ni de rideaux, ni de placards remplis de vêtements. Ils se sont même débarrassés de mes trophées. Putain ! Aucun signe de moi nulle part.

En l'espace de huit mois, toute trace de ma vie a été effacée.

Rentrer au bercail est la plus grosse erreur que j'ai commise de toute mon existence.

26

MAGGIE

Ma mère se marie. Enfin, elle va se marier, quand Lou lui aura demandé sa main. Après avoir fourré quelques feuilles de papier à lettres dans mon sac, je me dirige vers Paradise Park. J'ai l'intention d'écrire à Vanessa. Je ne veux pas qu'elle s'imagine que j'ai oublié ma promesse.

Je m'assieds au pied du grand arbre où Caleb et moi nous sommes embrassés pour la première fois. Je me sens en paix à cet endroit. Je me demande si ça se passe bien pour Caleb en Arizona, ou dans quelque endroit qu'il soit.

Je raconte à Vanessa la suite de notre voyage, et lui explique que Lou m'a demandé la permission de se marier avec ma mère. Je pensais lui écrire un petit mot, mais partie sur ma lancée, je lui parle de Caleb, de Trish, de Lenny... À la fin, j'ai rempli trois feuilles recto verso.

De retour à la maison, je reçois un coup de fil de Matt. Il angoisse à l'idée de revoir sa copine.

– J'ai besoin de toi, m'explique-t-il. Becca a accepté de sortir avec moi demain soir. Il faut à tout prix que tu viennes.

– Ne compte pas sur moi pour jouer les chaperons, Matt.

C'est bien la dernière chose dont j'ai envie.

– C'est tendu entre nous depuis l'accident. Et tu verras, vous allez super bien vous entendre, toutes les deux. Allez, Maggie. Tu dois m'aider à briser la glace. S'il te plaît. Tu ne pars pas tout de suite en Espagne. Alors que fabriques-tu, mis à part pleurnicher sur Caleb ?

– Je ne pleurniche pas.

Il rit.

– D'accord. Tu as fait quoi, depuis que tu es rentrée chez toi ?

– J'ai défait mes bagages.

– Et puis… ? Tu es de retour depuis presque une semaine.

– Je suis allée voir les jonquilles de Mme Reynolds.

– Tu t'es éclatée, je vois. À part ça ?

– Je viens d'écrire une lettre.

Matt s'esclaffe à nouveau.

– Tu as une vie super excitante. Je m'étonne que tu aies le temps de me parler au téléphone.

Bon d'accord. Il a peut-être raison. Je ferais bien de sortir avec Becca et lui demain, ne serait-ce que pour me prouver que je ne vis pas dans le passé.

– Bon, OK, je cède finalement. Mais qui va m'accompagner ?

– J'ai ma petite idée.

– Oh ! non. Je sens que je vais avoir la migraine.

– Un peu d'audace, ma vieille, s'exclame Matt, tout excité. Je vais te trouver quelqu'un. Donne-moi ton adresse et tiens-toi prête à six heures demain.

Après avoir raccroché, je vais dans ma chambre. Où je trouve un mot sur mon lit. Maman m'informe que mon père a appelé. Il voulait me parler.

Je froisse la feuille et j'expédie la boulette dans la corbeille. Après quoi, je m'assieds sur mon lit et fixe la poubelle. Qu'y a-t-il de si important pour qu'il ait brusquement envie de renouer le dialogue ?

Je l'appelais autrefois, je le suppliais de m'accorder cinq minutes de son temps. Je l'implorais de rentrer à la maison, il me répondait qu'il était passé à autre chose. Pourquoi lui accorderais-je maintenant la moindre considération ? Il ne le mérite pas.

S'il a l'intention de m'annoncer que sa nouvelle femme est enceinte, il n'espère tout de même pas que je vais bondir de joie ? Est-ce de la méchanceté, de lui en vouloir d'avoir une nouvelle femme, une nouvelle vie sans moi ? Il ne m'a pas invitée une seule fois à venir le voir au Texas. Il nous a bannies de sa vie, maman et moi.

Et s'il était malade ? Un cancer ou une autre maladie incurable ? Je le déteste, mais en un sens, je l'aime encore. Ce n'est pas logique, je sais, mais de toute façon, rien ne l'est dans ma vie depuis quelque temps.

J'ai l'impression d'avoir été hypocrite en demandant à maman d'offrir une seconde chance à Caleb, alors que je ne suis pas disposée à en faire autant pour mon père.

Je décroche mon téléphone, et compose le numéro de papa. Je retiens mon souffle à chaque sonnerie.

– C'est toi, ma chérie ?

Je me sens tout engourdie en entendant sa voix. Ni excitée, ni en colère, pas anxieuse non plus. Juste engourdie.

– Oui, c'est moi. Maman a dit que tu avais appelé.

J'attends la grande nouvelle qu'il veut m'annoncer.

– J'essaie de te joindre depuis des semaines. J'ai quelque chose d'important à te dire.

Il marque un temps d'arrêt.

Je serre les dents. Nous y voilà...

– Je divorce, lâche-t-il.

Wouah ! Je ne m'attendais pas à ça.

– Désolée.

– Ne le sois pas. Parfois ces choses-là fonctionnent, parfois non. Tu veux que je te dise le meilleur ?

Je suis déconcertée par sa désinvolture.

– Le meilleur ? je répète.

– Je reviens vivre à la maison avec ta mère et toi.

Quoi ?

Non.

Il y a une erreur.

J'ai dû mal comprendre.

– Ici ? Chez nous ?

– Je savais que ça te ferait plaisir.

– Maman est au courant ?

Il émet un petit rire nerveux.

– Évidemment, petite sotte. N'est-ce pas une merveilleuse nouvelle, Maggie ? Nous serons à nouveau réunis.

– Oui, fais-je sans la moindre émotion.

Je suis abasourdie, et j'ai l'impression que tout mon monde vient de basculer.

– C'est euh... super.

– Je prends l'avion jeudi. Les déménageurs viennent vendredi chercher mes affaires. Il faut que je fasse mes cartons et que je règle tout d'ici là. À la semaine prochaine, ma chérie. Au revoir.

Comme d'habitude, il raccroche avant que j'aie le temps de lui répondre.

J'attends impatiemment le retour de ma mère à six heures. Elle n'a pas le temps d'enlever son uniforme de serveuse que je la coince dans le couloir.

– Pourquoi laisses-tu papa revenir ici ?

– Tu l'as appelé…, dit-elle.

Elle enlève lentement son tablier et le plie sur son bras.

– Il divorce et souhaite faire une nouvelle tentative, voilà pourquoi.

– Tu as accepté alors ? Il nous a quittées, maman. Sans aucun scrupule.

– Il en a maintenant.

Moi aussi, j'ai envie de lui donner une nouvelle chance, mais à la vérité, il en a déjà beaucoup eu et n'en a pas profité. En plus, j'ai le sombre pressentiment qu'il ne restera ici que jusqu'à ce qu'une meilleure occasion se présente.

– Et Lou, dans tout ça ?

Maman commence à monter l'escalier.

– Lou est merveilleux, mais ce n'est pas ton père. Tu as toujours voulu qu'on soit à nouveau réunis. Ton père est l'homme que j'ai épousé, Maggie.

– Il a aussi demandé le divorce et t'a *remplacée*.

Elle se tourne vers moi en agitant un doigt.

– Ne me manque pas de respect. Ton père a commis une erreur. Il désire rectifier la situation.

Les larmes me brouillent la vue.

– Lou a été un meilleur père pour moi que mon propre père. Il te rend heureuse. Il *nous* rend heureuses. Je ne comprends pas, maman. Ça n'a aucun sens.

Elle s'arrête en arrivant en haut des marches et se retourne.

– J'ai rompu avec Lou hier soir. Je lui ai dit que ton père revenait. C'est fini entre nous.

Je n'en crois pas mes oreilles. Ce n'est pas possible. Au moment où les choses commençaient à s'arranger, tout va de nouveau de travers. Je serre mes poings sur mes paupières, avec l'envie d'oublier le monde.

Je grimpe l'escalier aussi vite que je le peux et la prends dans mes bras.

– Maman, j'ai juste envie que tu sois heureuse, je bredouille en sanglotant.

Elle me rend mon étreinte et me serre fort contre elle. Elle aussi pleure.

– Moi aussi, je veux que tu sois heureuse.

On reste là à sangloter pendant ce qui me paraît une éternité. Deux femmes contraintes de se débrouiller seules depuis trop longtemps. Quand on sonne à la porte, nous sursautons toutes les deux.

Maman s'essuie les yeux avec la jupe de son uniforme avant de descendre ouvrir.

– Lou ! s'exclame-t-elle, interloquée.

Il a un énorme bouquet de roses rouges à la main et un petit coffret dans l'autre. Il s'agenouille sur le seuil. Je remarque qu'il a les yeux gonflés et injectés de sang.

– Épouse-moi, Linda.

Il ouvre la petite boîte et prend doucement la main de ma mère dans la sienne.

– Dis-moi qu'il n'est pas trop tard.

27

CALEB

Leah, Lenny et moi sommes assis dans le salon de mes parents à attendre le retour de mon père. Ma sœur a les mains sagement posées sur ses genoux. Lenny la regarde, un sourcil levé. Je l'ai briefé à fond avant notre arrivée. Je ne veux surtout pas qu'il parle de l'accident, ni de ce que j'ai révélé à ce propos.

– Alors, Leah, demande-t-il sans cesser de la fixer, tu as un petit ami ?

Je lui administre une tape sur la poitrine.

– Qu'est-ce qui te prend ?

Il me dévisage comme si c'était moi, le cinglé.

– Je fais la causette, Caleb. Faut bien que quelqu'un comble le vide. Vous ne semblez pas très doués pour ça, ni l'un ni l'autre.

– Je ne vois pas l'intérêt de combler le vide avec des conneries.

Il lève les yeux au ciel.

– D'accord, monsieur Ronchon.

– On ne t'a jamais dit de parler uniquement quand tu avais quelque chose...

– Non, m'interrompt Leah.

C'est presque un chuchotement.

Lenny et moi nous tournons tous les deux vers elle.

Elle a les yeux rivés sur la moquette.

– Je veux dire…, non, je n'ai pas de petit ami.

Lenny se penche en avant.

– Comment ça se fait ?

Elle hausse les épaules.

– Si tu souriais un peu, ça pourrait aider, ajoute-t-il.

C'est quoi, ce numéro de développement personnel à la Lenny ?

– Sérieux, mec, boucle-la. Que sais-tu des filles, d'ailleurs ? Tu es amoureux de Trish et tout ce que tu as été capable de faire, c'est la foutre en rogne et la jeter dans le lac. Tu y connais que dalle.

– Et toi ? s'esclaffe Lenny.

Ses cheveux ridiculement longs lui tombent dans les yeux. Il les écarte d'un geste.

– Je n'ai qu'un seul mot à te dire, monsieur Ronchon : Maggie.

À la mention de son nom, le regard de Leah croise le mien. Je parie qu'elle aussi pense à la tromperie qui a fichu nos deux vies en l'air.

– Je vais chercher de l'eau, marmonne-t-elle avant de filer.

À peine a-t-elle disparu, la porte d'entrée s'ouvre. Je me lève, raide comme un piquet, en voyant mon père franchir le seuil. Il est en costume, porte la même serviette qu'il se trimballe depuis dix ans, la même moustache qu'il arbore depuis vingt ans.

Dès qu'il m'aperçoit, son expression passe de l'indifférence à la stupéfaction. Il s'arrête net.

– Salut, papa, je bredouille.

– Caleb.

Je me dirige vers lui en me demandant si je dois l'étreindre, lui serrer la main, lui donner une tape dans le dos… ou rien du tout. C'est triste d'avoir l'impression que son propre père est devenu un étranger.

Je me plante devant lui. Sa serviette toujours à la main, il me dévisage. Que vais-je lui dire ?

– Je me rends compte que j'aurais peut-être dû appeler et vous dire que j'arrivais, je bafouille, mais…

– Ça fait des mois qu'on est sans nouvelles de toi, Caleb.

– Je sais. Je ne pouvais plus rester ici, papa, vu les circonstances.

– Ta mère est malade. Elle fait des allers et retours à la clinique depuis des mois maintenant.

Il dit ça comme si elle était atteinte d'une maladie incurable. Il a opté pour la formule standard « malade », plutôt que de reconnaître qu'elle est en cure de désintox ou accro aux médicaments.

– Je suis au courant.

Je recule, comprenant maintenant que ce ne sera pas des retrouvailles chaleureuses, qu'il ne m'accueillera pas à bras ouverts. J'aurais dû m'en douter quand j'ai vu ma chambre convertie en bureau, toutes traces de mon existence évaporées.

Il tient sa serviette devant lui, comme une barrière entre nous.

– On ne savait même pas si tu étais vivant ou mort. Ta mère a été obligée d'inventer une histoire.

Pas de surprise, là non plus. Ma mère excelle dans l'art de fabriquer des légendes pour valoriser la famille.

– Qu'est-ce qu'elle a dit ?

– Qu'on t'avait envoyé dans une pension sélecte dans le Connecticut.

Un rire tonitruant monte du canapé. Ou plus exactement de Lenny.

– Qui est-ce ? demande mon père.

– C'est Lenny.

Lenny se lève comme un diable sortant de sa boîte et prend mon père dans ses bras. Pris au dépourvu, ce dernier recule, sans perdre l'équilibre pour autant. Je parie qu'il remercie intérieurement son entraîneur de foot au lycée de lui avoir appris à garder son aplomb.

– Ravi de faire votre connaissance, papa. Vous préférez que je vous appelle docteur Becker, Dr B. ou juste Doc ?

Je l'éloigne de mon père.

– Lenny est… une sorte d'ami, dis-je. Un acolyte plutôt.

Cela vaut mieux, à mon avis, que de lui expliquer que Lenny est un délinquant à l'humour douteux et qui jure comme un charretier.

– Vous pouvez m'appeler Dennis, dit mon père en rangeant sa serviette dans le placard de l'entrée.

– Cool. On se tape dans la main, Dennis.

Lenny tend sa paume, attendant que mon père en fasse autant.

Il n'en fait rien. Je doute qu'il ait jamais tapé dans la main de quelqu'un. Non pas qu'il soit bête ou ringard. Il est juste… bien élevé. Il ne dévie pas de la norme car il tient à avoir une vie rangée, sans histoires.

Mon retour fait désordre.

Ça perturbe son existence bien ordonnée.

Ça le tue, je suis sûr, que ma mère soit à la clinique. Il ne sait probablement pas gérer, et il n'existe pas de manuel ni de plan d'attaque pour affronter les sinistres réalités de nos vies.

– Vous comptez rester en ville euh... un bout de temps, les gars ? demande-t-il. Ou vous ne faites que passer ?

C'est une question qu'on pose à une connaissance. Pas à son fils.

Adossée à la rampe d'escalier, Leah est tout ouïe.

Je suis tenté de dire que je ne fais que passer. Ce serait plus facile que d'avouer la vérité, à savoir que l'histoire de Lenny m'a fait comprendre la nécessité pour moi de rentrer faire la paix avec ma famille.

– Je pensais rester quelques semaines, je marmonne.

– À l'hôtel ou...

Il laisse sa phrase en suspens.

– J'espérais pouvoir loger ici, papa.

Lenny plante son menton sur mon épaule.

– Moi aussi, Dennis.

Mon père se gratte la tête.

– Euh, je suppose que... hmmm. Nous avons transformé ta chambre en bureau.

– Je dormirai sur le canapé, dis-je, avec le sentiment d'être en train de mendier.

Ça me retourne les tripes.

– Et moi, par terre, entonne Lenny que ces supplications n'ont pas l'air de gêner. Mais vous préférez peut-être que je dorme avec Leah ?

Il lève les deux mains quand toutes les têtes se tournent vers lui.

– Je plaisantais.

– Je vais chercher des draps et des couvertures dans le placard à linge, dit ma sœur en s'avançant.

– D'accord, cède mon père, mais vous avez intérêt à ne rien laisser traîner. Ma femme a horreur du désordre.

– Compris, dis-je, me demandant s'il faut que je lui rappelle que « sa femme » est aussi ma mère. Et qu'elle n'est pas ici en ce moment, mais au centre de désintox.

Lenny applaudit avec enthousiasme, attirant une fois de plus tous les regards sur lui.

– Maintenant que c'est réglé, qu'est-ce qu'on mange ?

– On ferait peut-être mieux de commander des pizzas, dit papa en montant l'escalier.

Il va ôter son costume pour enfiler un jean et un tee-shirt. C'est son rituel après le travail.

Une fois que ma sœur et mon père sont hors de portée de voix, je pousse un long soupir.

Je suis chez moi.

Ce n'est pas vraiment l'impression que j'ai, cependant.

– Ton père est un drôle de rigolo, dit Lenny, mais je l'aime bien.

– Quand puis-je aller voir maman ? je demande pendant le dîner, au moment où Lenny s'excuse pour aller aux toilettes.

Mon père pose sa tranche de pizza.

– Je ne pense pas que ce soit une bonne idée, Caleb.

– Pourquoi pas ?

– Elle est fragile. Elle ne le supporterait pas.

– Je suis son fils, je réplique, les dents serrées.

– Après ton départ, elle a dit qu'elle te considérait comme mort.

Je me tourne vers ma sœur pour en avoir la confirmation, mais elle regarde fixement son assiette. La colère me fait bouillir le sang.

– Leah !

Elle lève les yeux.

– Quoi ?

Quoi ? C'est tout ce qu'elle trouve à dire ?

Je repousse ma chaise, qui racle le sol.

– Merci beaucoup, Leah, je grogne. Merci beaucoup pour *que dalle.*

28

MAGGIE

Pendant que je me prépare pour mon rancard, je jette un coup d'œil dans la chambre de maman. Assise sur son lit, elle regarde fixement le coffret ouvert, contenant la bague que Lou lui a donnée. Elle ne lui a pas dit oui quand il lui a demandé sa main hier soir, mais elle n'a pas dit non, non plus.

Elle a répondu qu'elle avait besoin de temps pour réfléchir.

C'est ce qu'elle fait, apparemment.

– As-tu parlé de Lou à papa ? je lui demande.

– Je l'ai appelé hier, me répond-elle d'une voix triste.

– Et alors ?

– Je ne sais pas... Elle hausse les épaules. Je ne sais plus où j'en suis. Je croyais avoir pris ma décision, mais la visite de Lou hier soir a tout remis en cause et maintenant... je ne sais plus que penser.

Je m'assieds sur le lit à côté d'elle et lui souris. Elle écarte mes cheveux de mon visage en soupirant.

– Pendant si longtemps, je me suis dit que si ton père revenait, cela comblerait le vide de nos vies.

– Je sais. Moi aussi. Jusqu'à ce que Lou surgisse.

– Mais ce n'est pas ton père. Je suis tombée amoureuse de ton père en premier, et je me demande si je peux donner autant de moi-même à Lou.

– Il t'aime, maman.

– Je sais. Mais est-ce assez ?

– C'est à toi d'en décider. Je te soutiendrai, quel que soit ton choix.

– Je pensais juste… Oublie tout ça. Va t'amuser. Je suis contente que tu sortes.

– Moi aussi.

Je n'étais pas particulièrement enthousiaste à l'idée de cette soirée, mais en me préparant, j'avais commencé à me sentir tout excitée. Pas tant par mon mystérieux rendez-vous, qu'à l'idée de faire ce que je m'étais promis de faire – aller de l'avant dans la vie.

Cela demande un effort.

C'est plus difficile que ça en a l'air.

Cette sortie est une première étape dans la nouvelle vie de Maggie Armstrong. OK, je boite, mais ça ne veut pas dire que ma vie sociale est au point mort.

En prenant une grande inspiration, je me dis que *c'est comme ça*. Je ne peux pas remonter le temps ni effacer l'accident. C'est arrivé. Voilà qui je suis maintenant. À prendre ou à laisser.

Je jette un coup d'œil à mon réveil et m'aperçois qu'il est six heures moins le quart. Le doute m'envahit. Je ne suis plus si sûre d'être prête à passer à autre chose. Je n'arrive pas à m'imaginer en train d'embrasser quelqu'un d'autre que Caleb. C'est ridicule, je m'en rends bien compte, mais pour le moment, c'est ainsi.

À six heures moins cinq, alors que je suis prête à me ronger tous les ongles les uns après les autres sous l'effet de l'anxiété, on sonne à la porte.

Je scotche un sourire sur mes lèvres et j'ouvre. Pour me retrouver devant Matt, une fille aux cheveux blonds en épis et...

– Je le crois pas ! fais-je sans me départir de mon sourire.

Mon kiné, Robert, m'ouvre grand les bras.

– Tu ne pensais tout de même pas que j'allais te laisser partir en Espagne sans un dernier au revoir ?

Je fixe Matt en plissant les yeux.

– Tu avais prévu ça depuis le début ? je lui demande pendant que Robert m'étreint fraternellement.

– Ouais. On voulait te faire la surprise. Becca, je te présente Maggie. Maggie, Becca.

Pendant que je salue la fille, Matt assène un petit coup de coude à Robert.

– Elle s'est même faite belle pour toi. C'est la première fois que je la vois maquillée.

Ma mère apparaît dans l'entrée, feignant de passer par là alors qu'elle a parfaitement calculé son coup pour faire la connaissance de mon « rancard ».

– Robert ? s'exclame-t-elle, interloquée.

Il porte une veste de sport branchée assortie à ses lunettes tout aussi branchées.

– Je ne pouvais pas laisser Maggie partir toute une année sans fêter son départ. C'est moi qui l'escorte ce soir.

Cela fait près de deux ans maintenant que maman le connaît, depuis qu'il est venu à l'hôpital après mon opération et qu'on l'a chargé d'être mon moniteur de torture perso... mon kiné, je veux dire. J'ai souvent rêvé de lui arracher ses cheveux en pointes, quand il refusait de me laisser souffler.

Combien de fois ai-je pleuré devant lui ? Je ne supportais pas qu'il attende de moi que je dépasse mes limites. Quand je pensais être incapable de plier davantage ma jambe, il me forçait encore et encore à aller un peu plus loin.

Je ne l'appréciais pas beaucoup à l'époque. Il nous a fallu un bout de temps avant de devenir amis. Toutes les histoires qu'il me racontait à propos de ses rendez-vous avec des filles me distrayaient tout de même. Robert est un célibataire autoproclamé. Il affirme qu'il ne se posera jamais parce qu'il s'ennuie vite avec le sexe opposé. Il dit ça comme s'il parlait de manger chinois tous les jours. Il se prétend incapable de sortir deux fois de suite avec la même fille sans éprouver le désir d'en trouver une autre.

Je lui ai déclaré un jour qu'il finirait tout seul, que ses charmes pâliront, mais ça n'a pas eu l'air de l'inquiéter. Il est beaucoup trop sûr de lui, mais je ne l'échangerais contre personne.

– Rentrez à l'heure que vous voulez, dit maman après avoir embrassé Robert et fait la connaissance de Matt et de Becca. Amusez-vous bien.

Nous décidons d'aller au Bar & Grill Dusty's. Ils acceptent les jeunes de moins de vingt et un ans dès lors qu'on ne commande pas d'alcool. Robert, qui a vingt-quatre ans, prend une bière et nous trois, des sodas.

Je suis contente que mon premier rendez-vous soit quelqu'un que je connais bien. Je n'ai pas à me préoccuper de savoir si mon handicap pose un problème ou pas.

– As-tu fait les exercices d'étirement que je t'ai recommandés avant ton départ ? me demande Robert.

J'attrape une frite dans le panier que nous avons commandé et je la trempe dans le ketchup.

– J'ai le droit de mentir ?

Matt, Becca et moi éclatons de rire. Robert secoue la tête. Ça fait du bien de voir du monde, de ne plus penser à Caleb. Dès que mon esprit est inoccupé, des images de lui me reviennent.

Comme maintenant. Même si je m'amuse, bien plus que je ne m'y attendais, je me demande s'il aurait mis son bras sur mes épaules, comme Matt a le sien autour de celles de Becca. La façon dont Matt la regarde, ça me rappelle…

– Tu dois être raide, insiste Robert.

Bon. Retour au présent. *Arrête de penser à Caleb.* Je lève les yeux au ciel.

– Tu n'es pas au boulot. Tu es censé être mon compagnon ce soir, pas mon kiné, je te rappelle.

J'esquisse un point d'interrogation dans l'air en prononçant le mot « compagnon ».

– C'est vrai qu'elle s'est plainte de raideur pendant le voyage, intervient Matt.

Me voyant articuler le mot « traître », il lève les deux mains.

– Je dis ça comme ça.

Robert recule un peu sa chaise.

– Donne-moi ta jambe, Maggie.

En poussant un soupir de frustration, je la pose sur son genou.

– Ça va très bien. Je vais parfaitement bien.

– Plie pour voir.

J'obtempère en me tournant vers Matt et Becca.

– Je préfère que ça soit toi que moi, glousse Matt.

– Tu fais passer un examen physique à toutes tes conquêtes ? je demande pendant que Robert prend mon mollet gainé de jean dans sa main pour voir jusqu'où je plie.

– Non, me répond-il avec un clin d'œil. C'est une première.

Si ça avait été n'importe qui d'autre, ce clin d'œil aurait pu sembler de mauvais goût, mais je parie que Robert s'est exercé devant la glace jusqu'à ce que ce soit parfait.

– Je ne suis pas sensible à tes charmes, dis-je en levant un sourcil.

– Vraiment ? Attends que je réessaie.

Il me gratifie d'un autre clin d'œil.

– Ça ne me fait aucun effet. En plus, c'est totalement déplacé.

Je plaisante, bien sûr, et il le sait. Il m'a donné tellement de fil à retordre dans le passé. Je lui rends maintenant la pareille.

– Je suis ta patiente.

– Plus maintenant. Tu as arrêté la rééducation. Tu es une cible légitime.

– Tu es trop vieux.

– J'ai vingt-quatre ans. Je ne vois pas comment ça pourrait être trop vieux ?

– Tu as quelques cheveux blancs.

Il en reste bouche bée et passe une main sur sa coupe de cheveux irréprochable.

– Absolument pas.

– Euh, Maggie, lance Matt avant de toussoter. Je crois que le mec qui t'intéresse vraiment vient de franchir le seuil.

29

CALEB

J'essaie de faire comme si ça me faisait ni chaud ni froid de voir Maggie avec un autre garçon. Je comptais l'appeler depuis mon retour. J'aurais dû. Je ne l'ai pas fait, et maintenant elle sort avec quelqu'un. Elle a posé sa jambe sur le genou du gars. Il tient son mollet entre ses sales mains.

Putain !

Sait-il qu'il y a une semaine elle a dormi dans mes bras ?

Dès que le regard de Maggie s'oriente dans ma direction, elle remet vite le pied par terre.

– Maggie ! Matt ! hurle Lenny à travers le bar.

À côté de moi, il agite les bras comme si, abandonné sur une île déserte, il tentait d'attirer l'attention d'un bateau au loin. Personne ne peut ignorer sa présence, c'est certain.

Matt nous fait signe d'approcher.

Quand j'arrive à la table, il me serre la main.

– Caleb, Lenny, je vous présente ma petite amie, Becca. Et voici Robert, notre kiné.

Robert me tend la main, puis il serre celle de Lenny. Je lui écrase méchamment les jointures pour qu'il comprenne à qui il a affaire. Il boit de la bière. On le croirait sorti tout droit d'un foutu *Vogue*. C'est ce genre de type-là qu'elle cherche ? Plus vieux, super fringué ?

– Qu'est-ce que tu fais là ? me demande Maggie, l'air perplexe.

– Je suis revenu.

– As-tu vu Leah et ton père ?

– J'habite avec eux.

Je marque une pause.

– Pour le moment. Lenny a quelques problèmes avec sa mère. Il loge à la maison lui aussi.

Je m'efforce de déchiffrer son expression, mais c'est peine perdue. Le mec qui l'accompagne a l'air de trouver amusant que je sois là. Lui a-t-elle parlé de moi ? Cela lui fait-il quelque chose que je sois de retour, ou bien m'a-t-elle baratiné pour que je revienne uniquement dans l'intérêt de mes parents et de ma sœur ?

– Joignez-vous à nous, suggère Robert.

Histoire d'enfoncer le clou ? Se rend-il compte que s'il fait la moindre tentative pour embrasser Maggie en ma présence, je vais lui sauter dessus comme un pit-bull ?

– Non, merci.

Lenny repère un box vide de l'autre côté de la salle et prend cette direction.

– On parlera plus tard, dis-je à Maggie avant de le suivre.

Comme si ça ne suffisait pas pour ce soir, au moment de me glisser dans le box, je vois mes anciens copains du lycée entrer dans le bar. Je repère illico mon vieux pote, Brian Newcomb qui est sorti avec Kendra avant qu'on rompe, elle et moi. Elle couchait avec nous deux, sans que j'en aie la moindre idée. Brian, lui, le savait, mais il était trop trouillard pour m'en parler.

Il est avec Tristan et Drew. On faisait partie de l'équipe de lutte, tous les quatre. On a traîné ensemble tout le lycée. Après ma sortie de prison, Drew s'est comporté comme un con avec moi, et la mère de Tristan lui a ordonné de garder ses distances. Il a obéi.

J'essaie d'éviter de croiser leurs regards et je tâche de me concentrer sur les sornettes que débite Lenny. Il parle du jour où il a flanqué Trish dans le lac, mais je n'écoute pas vraiment. Du coin de l'œil, je vois Brian se diriger vers nous.

– Punaise, c'est vraiment toi ! s'écrie-t-il en m'assénant une tape dans le dos. Où étais-tu passé, mec ?

Je tente de refouler le sentiment de tendresse qu'il m'inspire. Je n'y arrive pas. Nous avons été amis trop longtemps pour que je lui tourne le dos et fasse comme s'il n'existait pas.

– J'ai vécu à Chicago un moment, dis-je.

Il hoche la tête d'un air entendu. Puis je désigne Lenny.

– Je te présente Lenny. Lenny, ces gars-là sont mes vieux copains.

– Cool, s'exclame-t-il en hochant la tête à leur adresse.

– Hé ! Caleb, lance Tristan en me serrant la main. Tu es revenu, hein ?

– Pour quelque temps.

Drew s'assied sur le banc à côté de moi, un sourire narquois aux lèvres.

– Annonce la bonne nouvelle à Caleb, Brian.

Je ne serais pas surpris qu'il m'explique avoir décroché une bourse pour la lutte à l'université de Notre-Dame. Il a toujours rêvé d'intégrer les Fighting Irish – bien qu'il soit d'origine allemande. On blaguait toujours avec ça. Brian est loin d'être bête, et il a bossé dur pour avoir les notes nécessaires à son admission.

– Ouais, euh… je vais me marier.

– Avec *Kendra*, renchérit Drew, impatient de lâcher cette info.

Il ne peut pas la sentir, mais se délecte de tout ce qui peut envenimer les relations entre Brian et moi.

Il ne va pas y avoir droit, venant de moi en tout cas.

Je tends le bras pour serrer la main de Brian.

– Félicitations, mec, dis-je, en toute sincérité.

Je pensais qu'il prendrait le chemin de la fac, mais si c'est ce qu'il veut, tant mieux pour lui.

– Merci, Caleb. C'est sympa de ta part.

Je hoche la tête, content que ce soit réglé. La glace est rompue. Tristan se glisse à côté de Lenny. Brian tire une chaise pour s'installer en bout de table.

Nous formons un petit groupe bien *cosy*.

À propos de cosy… je jette un coup d'œil en direction de Maggie. Elle a l'air de s'amuser comme une petite folle avec Matt, Robert et Becca. Enfin, pas vraiment. Ils discutent, c'est tout. Je devrais m'en foutre. Je m'en fous.

Quel âge il a ce type, d'ailleurs ? Il porte une veste de sport, comme s'il s'apprêtait à présenter les infos de vingt heures. Il boit sa bière dans un verre, et non à la bouteille. C'est une diva, ce gus !

– Alors, c'est pour quand, la noce ? demande Lenny.

– Dans quinze jours, marmonne Brian au moment où la serveuse approche.

Une fois la commande passée, Brian sort son portable et commence à envoyer des textos. Pour un mec sur le point de se marier, il ne me semble pas très épanoui. En fait, il a carrément l'air déprimé.

Je ne serais pas surpris que Kendra l'ait manipulé pour l'obliger à l'épouser. Depuis la classe de seconde, elle ne pensait qu'à une seule chose : quitter Paradise pour vivre en Californie. Elle a toujours rêvé d'être actrice ou mannequin, et se moquait des gens qui, une fois leur diplôme d'études secondaires en poche, restaient en ville jusqu'à la fin de leurs jours. Elle les traitait de losers.

Tristan essaie d'attraper le téléphone de Brian, qui le met hors de sa portée.

– Arrête, proteste-t-il.

Nos plats arrivent. Je me félicite de la présence de Lenny. Je n'ai pas trop envie de parler et lui est capable de tenir une conversation à propos de n'importe quoi. Quand il découvre que Drew est amateur de voitures de sport, il sort de je ne sais où toutes ses connaissances dans ce domaine. Le plus drôle, c'est qu'il a vraiment l'air de savoir de quoi il parle.

Puis Tristan mentionne le nouveau terrain de frisbee à Paradise Park. Lenny déclare qu'il « adore le frisbee » et que, techniquement, ça devrait s'appeler disque volant ou discoplane dans la mesure où Frisbee est un nom de marque. Bla-bla-bla.

J'ignorais qu'il était une encyclopédie d'infos inutiles. Je suis juste content de ne pas être obligé de faire la causette, d'autant plus que je n'arrête pas de jeter des coups d'œil vers Maggie.

Et merde ! Je la surprends en train de me regarder aussi. On n'arrive plus à se quitter des yeux.

– Faut que j'y aille, annonce Brian.

– Reste assis, Bri, riposte Drew. Tu es venu avec moi, tu te rappelles ? Pas question que je sorte d'ici avant d'avoir fini mon assiette.

Brian plonge la main dans sa poche et en sort un billet de dix dollars qu'il jette sur la table.

– Inutile d'interrompre ton repas, Drew. Kendra passe me chercher.

Son portable à la main, Brian n'arrête pas de se tourner vers la porte, comme s'il s'attendait à être convoqué d'une minute à l'autre. Quelque chose ne tourne pas rond.

Apparemment, Kendra a décidé d'entrer. Je la vois franchir le seuil et se diriger vers nous. Ses longs cheveux blonds sont impeccablement coiffés, ses grands yeux bleus sont rivés sur moi. Son maquillage lui donne un air dur. Plus rien à voir avec la jolie fille avec qui j'ai commencé à sortir en seconde. Elle a été ma première vraie histoire d'amour. Avec elle, j'ai perdu ma virginité. Avant, je trouvais qu'elle était ce qu'il y a de plus sexy au monde.

– J'attendais que tu m'envoies un texto à ton arrivée, dit Brian.

Kendra continue à me fixer.

– Il fallait que je voie si c'était vrai.

Elle s'humecte la lèvre supérieure et me décoche un de ses regards aguicheurs par trop familiers.

– Ainsi... Caleb Becker est de retour. Une fois de plus.

– Salut, Kendra. J'ai appris... Félicitations.

Elle baisse les yeux sur son annulaire gauche où brille un petit diamant.

– Merci.

– Tu es prête ? demande Brian en la prenant par la main.

Elle se dégage prestement.

– Puis-je parler à CB en privé une minute ?

Ça fait longtemps que je n'ai pas entendu ce sobriquet. CB. Mes initiales. Elle m'a toujours appelé comme ça.

Brian me regarde, reporte son attention sur elle.

– Si tu veux. Mais je croyais qu'on était en retard pour la dégustation de gâteaux de mariage.

– Pas grave, répond-elle. J'ai besoin de parler avec Caleb d'abord.

Drew lève les yeux au ciel, avant de se glisser hors du banc pour me laisser passer.

– On revient tout de suite, ajoute Kendra à l'adresse de Brian. Attends-moi là.

Elle se dirige vers la sortie.

– Je n'arrive pas à croire que tu sois revenu, dit-elle.

– J'avais un certain nombre de choses à régler, je lui réponds sans détour.

– Est-ce que j'en fais partie, CB ? Je te jure, depuis que tu es parti, je n'ai pas arrêté de penser à nous. Et toi, tu as pensé à moi ?

Ça me laisse perplexe. Pourquoi met-elle ça sur le tapis alors que c'est elle qui m'a trompé ?

– Comment se fait-il que tu te maries avec Brian ? Ça n'a l'air de vous rendre heureux ni l'un ni l'autre. Après la remise de diplôme, tu comptais te barrer en Californie alors que Brian, lui, était décidé à faire ses études à Notre-Dame.

Kendra croise les bras sur son ventre.

– Je suis enceinte, Caleb.

Enceinte ? Merde. Je ne m'attendais vraiment pas à ça. Pourtant, j'en ai la preuve sous les yeux. Elle a troqué ses sempiternels tee-shirts de marque super moulants contre un chemisier ample et une veste légère.

Ses yeux s'emplissent de larmes, faisant scintiller ses cils. Elle bat des paupières, et du mascara noir coule le long de sa joue. Je ne sais pas quoi dire.

– Désolé, je bafouille bêtement.

– Brian n'a même plus envie d'aller à la fac, Caleb. Il veut reprendre la boucherie de son père. Tu m'imagines coincée à Paradise, femme de boucher ?

Elle m'enlace la taille. Je me garde de la toucher. Bon sang, je n'ai aucune envie que Brian sorte et s'imagine qu'on flirte. Je ne tiens pas non plus à ce que Maggie me voie avec Kendra.

Ce n'était pas une bonne idée de sortir du bar avec elle. Je lui attrape les poignets et lui écarte les bras.

– Kendra… merde, pourquoi vous n'avez pas utilisé une capote ? On a toujours fait attention, nous deux.

– Ouais, peut-être, en attendant la prochaine fois qu'un mec me dit qu'il va se retirer, je me rappellerai que ce n'est pas un mode de contraception efficace.

Elle m'étreint à nouveau. On est sortis ensemble deux ans, mais elle n'a plus d'emprise sur moi.

Je sais aussi qu'elle est capable de passer de l'état de damoiselle en détresse à celui de diva farouche en quelques secondes.

Elle enfouit son visage contre ma poitrine.

– Emmène-moi avec toi.

Ai-je bien entendu ?

– Quoi ?

Elle lève ses grands yeux bleus vers moi et bat des cils.

– Reprends-moi, CB, dit-elle. Je n'ai jamais cessé de t'aimer.

30

MAGGIE

J'avais bien remarqué que Kendra et Caleb avaient quitté le restaurant ensemble, mais je ne m'attendais certainement pas à les voir s'étreindre sur le parking. Quand on sort de chez Dusty, je ne peux pas m'empêcher de les fixer.

Kendra lève les yeux vers lui. Il plonge son regard dans le sien.

Je me sens vraiment patraque tout à coup.

S'il penche encore un peu la tête, ils vont s'embrasser. Je baisse les yeux vers le gravier. S'il l'embrasse, je risque de leur balancer un caillou.

Arrête, Maggie.

Je dois me ressaisir. Caleb et moi, on s'est séparés en bons termes. Avant toute chose, nous sommes amis, et je suis contente qu'il soit de retour à Paradise. Sa famille a besoin de lui.

On retourne tous les quatre chez moi et on traîne un moment jusqu'à ce que Robert se mette à bâiller. Matt le raccompagne, ainsi que Becca. Au moment où on se dit au revoir, Kendra débarque dans une petite voiture de sport et se gare devant chez Caleb. Elle repousse son épaisse chevelure blonde d'un élégant geste du poignet. Les mèches retombent en vagues parfaites de part et d'autre de son visage.

Elle ne me jette même pas un coup d'œil en se dirigeant vers la porte d'entrée et sonne avec panache. J'essaie de les ignorer quand Caleb ouvre et s'efface pour la laisser entrer, mais ça fait un mal de chien. Les vieilles habitudes ont la vie dure.

Une fois Matt parti avec Robert et Becca, j'ai une furieuse envie d'aller carillonner chez Caleb et de me battre pour lui comme Lou se bat pour ma mère.

Finalement, je m'assieds sur les marches du perron pour réfléchir. Et attendre.

Un long moment.

Qu'est-ce que tu attends, Maggie ?

Je finis par rentrer chez moi, d'humeur massacrante. En me préparant à aller me coucher, je jette un coup d'œil dehors. La voiture de Kendra est toujours là. Bon sang ! Après avoir raconté ma soirée à maman, je vérifie encore une fois.

La voiture n'a évidemment pas bougé.

Toute la nuit je gigote dans mon lit, résistant à l'envie d'aller regarder par la fenêtre pour voir si elle est restée jusqu'au matin.

Je regrette amèrement que Caleb et moi soyons voisins.

Le lendemain matin, la voiture a disparu. En sortant faire des courses, j'aperçois Caleb assis sur le porche.

— Salut, dis-je d'un ton brusque quand il me voit.

— Salut, répond-il.

Je me dirige d'un pas décidé vers ma voiture.

– Tu t'es bien amusé hier soir ?

– Oui. Et toi ?

– Super. Robert est étonnant.

– Tu cherches à me rendre jaloux ?

– Pourquoi ? Tu es jaloux ?

– Ça ne m'a pas plu de voir ses mains sur toi.

– C'est mon kiné, dis-je. Il m'a juste touché la jambe.

Caleb saute au bas du porche et s'approche de moi.

– N'empêche que ça ne m'a pas plu.

– Qu'est-ce qui t'a fait revenir à Paradise en fait ? Kendra ?

– Non. C'était à cause de Lenny, de mes parents et de ma sœur. Il hausse les épaules. De toi aussi.

– Tu veux qu'on aille faire une balade ? dis-je en rangeant mes clés de voiture dans mon sac.

Sans ajouter un mot, nous nous mettons en marche côte à côte. Instinctivement, nous nous dirigeons vers Paradise Park.

– J'étais prête à renoncer à toi. J'ai tourné la page.

– Je sais.

– Et puis je t'ai vu prendre Kendra dans tes bras hier soir. Quand elle est rentrée chez toi... je ne me suis jamais sentie aussi jalouse de ma vie.

– Tu as tort, me répond-il. Elle va épouser Brian dans deux semaines. Ils sont fiancés.

– Elle a toujours envie de sortir avec toi, à mon avis.

– Ça n'arrivera pas. Il ne s'est rien passé hier soir. On a parlé, c'est tout.

En arrivant près du gros chêne, nous nous arrêtons. C'est là qu'il m'a embrassée la toute première fois. Je n'oublierai jamais à quel point je me sentais seule et perdue, jusqu'à ce baiser qui a tout changé.

C'est Caleb qui m'a métamorphosée.

Il lève les yeux vers les grosses branches au feuillage verdoyant.

– C'est notre arbre à nous, tu sais.

– Tu y grimpais tout le temps, jusqu'au jour où tu es tombé et tu t'es cassé le bras. Je t'observais de loin à l'époque.

J'émets un petit rire.

– Je passais mon temps à t'observer. Ça faisait tellement longtemps que tu me plaisais.

– Pourquoi ?

– Tu étais populaire, futé, mignon, tu n'avais peur de rien ni de personne. Quand, avec Leah, on t'obligeait à assister à nos spectacles de danse, tu faisais semblant d'être intéressé. Tu étais très généreux. Le jour où j'ai cassé la chouette en céramique de ta mère et que tu t'es accusé à ma place, tu es devenu mon héros. J'adorais te regarder, même si tu ne me remarquais jamais.

– Et maintenant ?

Je m'assieds par terre, adossée contre l'arbre.

– J'ai toujours autant de mal à détourner les yeux de toi. Seigneur, si maman savait que je suis là, elle disjoncterait.

– Tu veux que je te dise ce que j'ai compris hier soir ?

– Que la présence de Kendra dans ta vie te manque ?

– Non.

Il s'accroupit devant moi.

– C'est ta présence à toi qui me manque. Tu es ma meilleure amie, Maggie. Traite-moi de fou, ça m'est égal, mais je veux que tu sois ma petite amie…

Ô mon Dieu ! J'ai rêvé si longtemps de ce jour. Mais il est trop tard, non ? Je prends son beau visage entre mes mains.

– Je m'en vais dans deux semaines, Caleb. Je serai partie presque un an.

– Je sais. Mais nous sommes ici, maintenant, non ?

Il a l'air décidé, comme s'il avait la conviction que c'était possible.

– Si on tentait d'être un couple pendant les deux semaines à venir ? Sans penser à ce qui se passera après. Qu'est-ce que tu en dis, Maggie ?

31

CALEB

Je viens de demander à Maggie de sortir avec moi, et elle a l'air nerveuse.

– Que vont penser tes parents, ma mère... et Leah ?

Inquiète, elle fronce les sourcils.

Maggie et moi, on n'a rien à voir avec Kendra et Brian. Mon vieux copain et mon ex se font du mal l'un l'autre. En revanche, Maggie et moi formons une équipe solide.

– On va leur dire la vérité à notre sujet.

Elle écarquille les yeux.

– Rappelle-toi dans quel état ils étaient la dernière fois ? Je ne peux pas faire ça.

– Toi toute seule, peut-être pas. Mais ensemble, on y arrivera.

Je me penche pour lui déposer un baiser sur la bouche.

– N'aie pas peur.

Quand je m'écarte d'elle, nos regards se croisent.

C'est la fille en qui je puise ma force. Elle est beaucoup plus costaude qu'elle se l'imagine. Elle m'a appris le sens du mot « résilience ».

Un petit sourire étire lentement ses lèvres.

– Tu crois vraiment qu'on peut y arriver ?

– Sans aucun doute.

Pour le moment, en tout cas.

Nous avons décidé de nous retrouver au parc à la nuit tombée. Maggie appréhende toujours de parler de nous aux autres.

Le clair de lune illumine son joli visage quand elle s'approche de moi. Je passe mon bras autour de sa taille et nous marchons à pas lents.

– Que se passera-t-il quand je serai en Espagne ? demande-t-elle finalement.

Ce voyage est un obstacle, il n'y a pas de doute. Mais ne peut-on pas vivre au jour le jour sans se préoccuper du lendemain ?

– Je n'en sais rien. On improvisera au fur et à mesure.

Maggie fait claquer ses lèvres et relève le menton. Elle semble prête à relever le défi.

Pour la première fois depuis des siècles, je peux supporter d'être de retour à Paradise. Je lui caresse l'épaule et fais glisser mes doigts le long de son bras jusqu'à ce que nos mains se touchent. J'adore la caresser, entendre sa respiration s'accélérer. Ça m'excite à fond et ça me donne envie de voir jusqu'où je peux la satisfaire.

– Je donnerais cher pour qu'on soit de retour à la cabane à cet instant.

– Moi aussi, chuchote-t-elle. Je flirterais avec toi toute la nuit.

Je glousse.

– Faut que je sois honnête avec toi, Mag. J'essaierais d'aller beaucoup plus loin que ça.

J'aime être avec Maggie, lui parler, faire des choses avec elle, mais ça me plaît aussi de flirter avec elle. Ça me rend dingue qu'elle ne mesure pas l'impact de son sex-appeal.

Ma remarque fait naître un petit sourire timide aux coins de ses lèvres.

– J'ai aimé ce qu'on a fait à la cabane. J'ai eu beaucoup de mal à te quitter le matin.

– Dis-moi ce qui t'a fait le plus de bien. Comme ça, la prochaine fois…

– Ça me gêne.

Je la regarde se mordiller la lèvre puis incliner la tête sur le côté d'un air songeur. Elle relève la tête vers moi.

– Euh… et si je te montrais ?

Elle me surprendra toujours. Plus elle est à l'aise avec moi, plus sa nature fougueuse transparaît.

– Vas-y.

Sans la moindre hésitation, elle se penche en avant et rapproche son visage du mien. En espérant que personne ne nous voie, je lui attrape les fesses et je la plaque contre l'arbre.

– Ça va ? je murmure.

– Hmmmm.

Ses jambes s'enroulent instinctivement autour des miennes. Je me presse contre elle. Elle laisse échapper un gémissement contre ma bouche.

Ses baisers sont si intenses, si sensuels. Je sens son énergie, son ardeur comme si c'étaient les miennes.

Je n'ai pas à attendre longtemps cette fois-ci pour que sa langue vienne taquiner la mienne.

Quand ses mains toutes douces se glissent sous mon tee-shirt et qu'elle me tripote la taille, je ne ressens pas du tout la même chose que si j'avais affaire à une autre fille. J'ai envie d'elle, bien sûr. Mais elle me rend nerveux, parce que je l'aime. J'aime tout ce qu'elle est, et ce qu'elle a envie de devenir. Elle me pousse à pardonner aux autres.

C'est ma meilleure amie. Cette pensée me rend humble.

– Trouvez-vous une piaule, lance une voix derrière moi.

Flûte ! Un jour, Maggie et moi allons passer du temps seuls ensemble, même si je dois économiser de l'argent pour l'emmener au lac Geneva ou à Rockford pour un week-end, comme le faisaient mes parents.

J'émets un grognement de frustration en me tournant vers l'enfant de Satan qui ne peut être que Lenny. En revanche, je ne m'attendais pas à le voir en compagnie de Julio. Mon ancien compagnon de cellule.

Je lâche doucement Maggie et je me plante devant elle. C'est une piètre tentative pour la protéger des sarcasmes de Lenny.

– Hé, qu'est-ce que tu fous là ? je lance à Julio.

– J'ai eu l'idée de te rendre une petite visite.

Je pensais qu'il retournerait à Chicago à sa libération, retrouver sa famille, traîner avec ses amis. Je n'avais pas vraiment cru qu'il viendrait me voir.

Seigneur ! Qu'est-ce que Maggie va penser de lui ? Je suis plutôt content qu'il fasse nuit. Ça évite qu'elle voie ses tatouages. Sa tête rasée lui donne déjà l'air d'un voyou, mais ses tatouages loufoques le rendent encore plus intimidant.

– Maggie, je te présente Julio. On était dans la même cellule à l'E.P.

– Ravie de faire ta connaissance, dit-elle, tout sourire, en lui tendant la main.

Julio lui tape dans la paume avant de la serrer comme si c'était une de ses copines. Ça m'amuse de voir qu'elle ne se laisse pas démonter. Julio hoche la tête d'un air entendu en prenant la mesure de notre apparence débraillée. Maggie a les cheveux en bataille, et je crois bien qu'elle s'est débrouillée pour descendre ma braguette à mon insu.

– Désolé d'interrompre ce que vous étiez en train de faire... ou sur le point de faire.

Puisqu'on a de la compagnie, autant être franc.

– La prochaine fois que l'un ou l'autre d'entre vous me surprend en train de flirter avec ma petite amie, faites comme si on n'existait pas et fichez le camp, d'accord ?

– Petite amie ? s'exclame Lenny. Depuis quand c'est officiel ?

– Depuis maintenant, répond Maggie.

– J'ai du mal à croire que tu sois juste passé me rendre visite, dis-je à Julio.

Il est super cool, comme toujours. Dans son quartier, les mecs ont peur de déconner avec les types qui ont de l'assurance. Mais si on joue le jeu, on vous laisse tranquille.

– Tu sais que je ne suis pas du genre à taper l'incruste, mais j'ai besoin d'un endroit où crécher.

Si ça ne tenait qu'à moi, il n'y aurait pas de problème. Julio est nettement moins barré qu'il en a l'air, et sa présence ici prouve qu'il est déterminé à rompre avec son gang.

— Faut que je demande à mon père. On trouvera une solution.

On retourne chez moi. Pendant tout le trajet, je me demande comment je vais annoncer à mon père qu'un autre copain a besoin d'un toit.

Moi qui me préparais déjà à annoncer à tout le monde que Maggie et moi étions en couple. Voilà qu'il faut que je m'occupe de Julio. J'ai déjà l'impression d'être un intrus, un invité dans ma propre maison. Mon père risque de péter un câble en apprenant qu'un deuxième gus va loger chez nous.

Maggie presse ma main dans la sienne. C'est sa manière de me signifier que tout va bien se passer. Je ne sais pour quelle raison, je la crois. Tout finira par s'arranger. Mais il me faut d'abord franchir un certain nombre d'obstacles.

À la maison, je trouve ma sœur en train de regarder la télé dans le salon. Elle a l'air étonnée de nous voir débarquer tous les quatre.

— Salut, lance-t-elle en éteignant la télé.

Son regard se fixe aussitôt sur Julio.

— Ça roule ? fait-il en hochant la tête à son adresse.

— Leah, je te présente Julio. Julio, Leah.

— Salut, dit-elle.

— Où est papa ?

— Il regarde la télé dans sa chambre, ou il dort.

J'aurais dû m'en douter.

— Je reviens tout de suite, dis-je à la cantonade avant de monter les marches quatre à quatre pour aller frapper à la porte de mes parents.

– Entre.

Mon père est allongé sur son grand lit, les yeux rivés sur le petit écran. Il éteint quand j'entre dans la pièce.

– Salut, papa.

– Tu as passé une bonne soirée ?

Je pense à Maggie et moi. J'ignore ce que l'avenir nous réserve, mais je le sens bien. Jamais je n'ai vu les choses sous un angle aussi positif, en fait.

– Oui. Super. Merci. Écoute, j'ai un service à te demander. Le type avec qui je partageais ma cellule au centre de détention est passé me voir.

Je me racle la gorge, ne sachant comment m'y prendre pour lui soutirer cette nouvelle faveur.

– Il a besoin d'un endroit où loger.

– Pour combien de temps ?

Je n'arrive pas à interpréter sa réaction. Du coup, j'y vais mollo. Je suis à sa merci. Il est chez lui. Juste avant que je quitte Paradise, il m'avait enjoint de me plier au règlement ou de ficher le camp. Je suis parti parce que j'étais incapable de jouer les fils modèles.

– Je ne sais pas. Quelques jours.

– Nous possédons des objets de valeur. Ça ne plairait pas à ta mère, Caleb.

– Elle n'est pas là en ce moment.

– Et ta sœur, Leah ? ajoute-t-il. Elle est presque aussi fragile qu'elle.

Le parquet craque, nous alertant de la présence de quelqu'un d'autre dans la pièce. C'est Leah.

– Permets-lui de rester, papa.

– Pourquoi ?

265

– Parce que c'est ce qu'il faut faire. Il a besoin d'un toit, et nous en avons un.

Elle me regarde et me glisse un petit sourire, comme si on était de connivence.

– Bon, d'accord. Il peut rester, dit mon père. Caleb, je te tiendrai pour responsable en cas de vol. Et pas plus que quelques nuits. Ta mère n'est peut-être pas là ces jours-ci, mais c'est notre foyer. Je dois respecter l'ordre qu'elle souhaite y voir régner.

– Merci, papa.

Je suis sur le point de redescendre, mais je dois d'abord leur dire ce que j'ai sur le cœur. Je regarde tour à tour Leah, puis mon père.

– Je tiens à ce que vous sachiez que Maggie et moi allons passer beaucoup de temps ensemble au cours des prochains quinze jours.

– Je ne pense pas que ce soit une bonne idée, proteste mon père. C'est à cause d'elle que tu es allé en prison, Caleb.

– Ce n'est pas elle la responsable, dis-je en regardant ma sœur droit dans les yeux. Pas vrai, Leah ?

– Je ne vois pas de quoi tu veux parler, marmonne-t-elle avant de battre rapidement en retraite et de disparaître au bout du couloir.

– Qu'est-ce qui t'est passé par la tête ? me dit mon père. Tu vas t'attirer des ennuis en fricotant avec Maggie. Tu es en train de bousiller ta vie, mon vieux.

– Détrompe-toi, papa. Je m'efforce d'arranger les choses.

32

MAGGIE

Le lendemain matin, je suis en train de faire la lessive quand on sonne à la porte. J'ouvre et je me retrouve face à Caleb, une tasse fumante entre les mains.

– Je t'ai fait un café, dit-il en me la tendant. Je ne me rappelle plus comment tu le prends, alors j'ai mis un peu de lait et de sucre. Si j'avais de l'argent, je serais allé t'acheter du café gourmet...

– Je n'ai pas besoin de produits de luxe, tu le sais très bien.

J'ai la sensation que tout s'arrange à la perfection, et ça me fait peur. Je prends la tasse et l'invite à entrer.

– Tu n'avais même pas besoin de me faire un café.

– J'en avais envie. Et puis j'ai pensé qu'on pourrait parler à ta mère, lui annoncer qu'on est ensemble.

– Elle est déjà partie travailler. Il y a toujours beaucoup de monde au restaurant le dimanche matin.

J'entraîne Caleb dans le salon où j'ai abandonné mon panier à linge. Je ne sais toujours pas comment maman va réagir en apprenant que Caleb est de retour. Et que nous formons un couple désormais.

Un couple.

J'essaie de m'habituer au côté officiel de la chose. Ça fait tellement bizarre de le voir ici, chez moi, m'apportant du café juste parce qu'il pense que j'en ai envie.

– Ça s'est bien passé hier soir après mon départ ? je demande tout en commençant à plier des tee-shirts.

Adossé contre le dossier du canapé, il me regarde faire.

– J'ai parlé de nous à Leah et à mon père.

J'arrête de plier et je me prépare à encaisser.

– Qu'est-ce qu'ils ont dit ?

– Ça n'a pas d'importance.

Oh que si ! Mais je sais que sa famille est un sujet pénible. Je n'insiste pas. Pas question d'ajouter à son stress. Il a déjà suffisamment de soucis depuis son retour à Paradise.

– Quels sont tes projets aujourd'hui ? je demande en buvant quelques gorgées de café chaud. Je perçois une pointe de vanille.

J'observe Caleb par-dessus le bord de la tasse, regrettant que le temps passe si vite. Plus on se voit, plus j'ai envie d'être avec lui.

– Je me demandais si tu voulais qu'on traîne ensemble aujourd'hui.

– D'accord. Qu'est-ce qu'on fait ? Lenny et Julio habitent chez toi. Tu ne peux pas les laisser tomber toute la journée.

– On va tous aller faire du frisbee.

– Du frisbee ? Je n'y ai jamais joué de ma vie. Je ne suis pas sûre d'en être capable avec ma jambe. Si vous y alliez, vous ? On peut se retrouver plus tard.

Caleb secoue la tête.

– Tu viens avec nous, Mag. C'est une sorte de rancart. On joue deux par deux.

– Un rancart ?

– Oui. Prépare-toi. On se retrouve à onze heures.

– Je n'ai jamais joué. On va perdre, à tous les coups.

– Je ne me faisais pas d'illusion.

Instinctivement, je lui jette à la figure ce que j'étais en train de plier. Oups ! Une culotte, qu'il rattrape et brandit. De couleur neutre, sans la moindre fioriture.

– S'il te plaît, dis-moi qu'elle appartient à ta mère.

– Elle est à moi.

Il hausse un sourcil.

– Maggie, les sous-vêtements sont censés être sexy. J'espère que tu en as des comme ça de toutes les couleurs à emporter en Espagne.

Je récupère la culotte et je la fourre au fond du panier.

– Qu'est-ce que tu trouves à redire à ma culotte ?

– Elle n'est pas sexy.

– Elle est confortable.

Ça le fait rire.

– Sois prête à onze heures. Bois le reste de ton café avant qu'il refroidisse.

Il est de retour une heure plus tard. Son sac à dos est rempli de frisbees. Je refoule mon appréhension, parce qu'il est déterminé à ce que je participe au jeu.

À ma grande surprise, Trish et Leah sont là elles aussi. Je suis ravie de voir Trish, mais... Lenny et elle sortent-ils ensemble ? Ils sont en train de se chamailler. Leah et Julio marchent devant nous, en pleine conversation.

Je songe que nous sommes tous une bande de couples mal assortis – qui ne vont finalement pas si mal ensemble.

– Où est Erin ? je demande à Trish.

– Ma mère devait l'emmener faire une échographie aujourd'hui, me répond-elle. J'espère que c'est une fille. Les garçons sont immondes. En voilà la preuve, ajoute-t-elle en désignant Lenny.

– Tu ne m'as pas encore vu vraiment immonde, riposte Lenny.

– Je n'en ai pas la moindre envie.

– Explique-moi les règles du jeu, dis-je, histoire de changer de sujet. Il semble qu'il soit l'expert en frisbee du groupe.

– C'est simple. C'est comme le golf, sauf qu'on joue avec des disques à la place de balles. Au lieu de dix-huit trous, il y a dix-huit paniers en métal. L'objectif est de les atteindre en un minimum d'essais. Pigé ?

– Je crois.

Caleb garde ma main dans la sienne pendant tout le trajet jusqu'au parc. Il n'a pas l'air frustré le moins du monde que je ne marche pas plus vite. D'ailleurs, tout le monde a ralenti l'allure pour se mettre à mon rythme.

Seule Leah paraît mal à l'aise. À chaque coup d'œil qu'elle me jette, elle détourne aussitôt les yeux. Elle sait que je connais sa responsabilité dans l'accident, mais on n'aborde jamais la question ni l'une ni l'autre. Cela ferait resurgir de trop vives émotions pour nous deux. Je préfère éviter le sujet.

Est-ce que je lui en veux de m'avoir renversée ? Oui, mais je ne peux rien y changer, et je sais bien qu'elle n'a pas fait exprès. J'ai mis longtemps à accepter ce qui m'est arrivé. Cela me rongeait jour après jour au début. J'étais en colère, déprimée, je m'apitoyais sur mon sort au point que j'avais fini par oublier de vivre.

Et puis Caleb est sorti de prison, et j'ai compris que la vie vaut la peine d'être vécue. Il m'a appris à cesser d'être obnubilée par le passé et à profiter du présent, quoi qu'il arrive. Par exemple, je peux encore jouer au tennis, un sport que j'ai toujours passionnément aimé. Je dois juste m'y prendre différemment. Je ne peux pas courir, mais je suis encore capable de frapper une balle avec une raquette.

J'ai accepté l'accident et ses conséquences. Le plus gros problème, c'est Leah, qui se débat toujours avec sa culpabilité.

J'aimerais bien qu'elle avoue à tout le monde que c'est elle qui m'a renversée, mais cela aurait de graves conséquences. Je ne suis pas sûre qu'elle soit prête à encaisser. Elle ne le sera peut-être jamais.

Sur le terrain de frisbee, Caleb me tend trois disques.

– Ça, c'est un driver pour la longue portée, celui-ci, un disque d'approche pour la moyenne, et celui-là, c'est un putter dont on se sert uniquement quand on est près du panier.

– J'ai compris.

– Sache que ce n'est pas un rancart, Lenny, déclare Trish.

– C'est quoi, alors ?

– C'est juste que je m'apitoie sur ton sort. Tu es un tel loser.

Lenny expédie le disque en l'air et le rattrape.

– OK, Trish, si je suis un loser à tes yeux, tu seras d'accord pour faire un pari avec moi. Si je te bats, tu acceptes que c'est un rancart et tu dois t'engager à hurler à pleins poumons que je suis un super étalon et que tu es dingue de moi depuis le jour où on s'est rencontrés.

– Et si je gagne ? demande-t-elle en se frottant les mains, le regard étincelant.

– À toi de décider.

Je fais la grimace, redoutant qu'ils ne s'écharpent. À chaque fois qu'ils sont ensemble, ça finit par partir en vrille.

– Si je gagne, dit Trish, tu devras venir chez moi ranger ma chambre... et nettoyer les toilettes. Pendant une semaine.

Elle croise les bras sur sa poitrine, satisfaite d'elle-même visiblement.

– Entendu, dit Lenny.

– Très bien, réplique Trish. Serrons-nous la main.

– Non, non. On va s'embrasser à la place, pour sceller notre pacte.

Il la prend par la taille et l'attire vers lui. Je suis sûre que Trish va le gifler, ou lui envoyer un coup de genou bien senti, mais elle se laisse faire. Je me détourne, car c'est un baiser baveux et ils font des bruits qui devraient être réservés à l'intimité.

– Berk ! Ça m'a coupé l'appétit, lance Julio en les regardant se pourlécher. Arrêtez le massacre avant que Leah et moi, on fasse demi-tour.

À cet instant, Kendra fait son apparition sur le terrain.

– Salut, s'écrie-t-elle. Désolée d'être en retard.

Je m'écarte de Caleb.

– Tu l'as invitée ?

– Absolument, me répond-il.

33

CALEB

Les épaules de Maggie se sont affaissées. Dès l'instant où Kendra s'est pointée, son sourire a disparu. Je sais que l'atmosphère est tendue entre elles deux, mais tant que je suis à Paradise, je ne peux pas ignorer Brian. Et Brian ne va pas sans Kendra.

Cela dit, je ne m'attendais pas à ce qu'elle vienne seule.

– Où est passé Brian ?

– On a rompu hier soir. Fini le mariage.

– Certainement pas, rugit Brian qui vient de surgir. Il ne marche pas droit. Il a bu ou quoi ?

– Va-t'en, riposte Kendra.

– Non, bafouille Brian. Il tend le bras vers elle. Tu es ma partenaire.

Elle le repousse sans ménagement.

– Plus maintenant.

– On pourrait pas commencer la partie au lieu de se chamailler, tous ? intervient Julio.

Quand il parle, tout le monde écoute. Même Kendra et Brian.

Nous commençons à expédier nos disques vers les paniers. Au début, Maggie est nulle. Ses frisbees couvrent à peine trois mètres. Elle n'a même pas besoin de se servir de son putter.

– Tourne le poignet, lui dis-je.

Elle essaie, mais le disque part en arrière et manque de heurter Kendra en pleine tête.

– Oups ! Désolée.

– Ben voyons ! marmonne Kendra.

Brian la somme d'être gentille. Elle le regarde en ricanant et je me dis : *Hou là, tu vas payer pour cette remarque plus tard.*

Passer d'un fairway à un autre n'est pas facile pour Maggie, qui doit marcher avec précaution sur le terrain accidenté. À un moment donné, elle trébuche et s'affale. Je songe à lui proposer de la ramener chez elle.

– Grimpe sur mon dos, lui dis-je, alors que nous sommes sur le point de changer à nouveau d'emplacement.

Elle me regarde comme si j'avais perdu la tête.

– Allez, Mag. Ça va être rigolo.

– Vraiment pas, me répond-elle.

Je lui prends ses disques et m'accroupis pour qu'elle puisse plus facilement se hisser sur mon dos.

– Tu es sûr ? demande-t-elle.

Sûr et certain.

– Grimpe.

Elle se cramponne à mes épaules, et je la porte jusqu'au prochain panier.

– Tu joues super mal. La dernière partie était une partie de trois. Comment tu t'es débrouillée pour décrocher un huit, je l'ignore, mais ça la fout mal.

Il faudrait que je te donne quelques cours particuliers avant la prochaine fois.

– J'adorerais des cours particuliers, me répond-elle avant de me déposer un baiser sur la nuque.

– Vous êtes de vrais blaireaux, nous lance Kendra quand on rejoint les autres.

Je m'agenouille pour que Maggie puisse glisser de mon dos.

– Je t'interdis de traiter mon meilleur ami de blaireau, Kendra, aboie Brian.

Kendra pose une main sur sa hanche en repoussant ses cheveux en arrière. Oh non ! Ce n'est pas bon signe !

– Ne prends pas sa défense. Ce n'est pas juste ton ami, Brian. C'est aussi *mon ex*.

– On était déjà copains avant qu'on sorte avec toi, l'un et l'autre.

– Tu as couché avec moi derrière son dos, réplique Kendra, crachant son fiel. Tu parles d'un meilleur ami !

À ces mots, Brian sort quelque chose de la ceinture de son jean. Une flasque.

– Qu'est-ce que tu fais, mec ? je proteste.

– Ça ne te regarde pas.

Oh merde ! Dites-moi que ce n'est pas vrai ! Pas devant Lenny, Julio et ma sœur. Et devant Maggie qui déteste les drames à la Kendra plus que tout au monde. Je veux qu'elle oublie mon passé, pas qu'on le lui rappelle.

Kendra lance un disque, visant les parties intimes de Brian. Brian l'évite habilement, avale une autre gorgée avant de planter son regard dans celui de sa fiancée.

– Si on faisait un concours ?

Le regard de Lenny s'illumine. Il adore les défis.

Julio se rapproche de moi et chuchote :

— C'est ça, tes copains ? Ils sont complètement à l'ouest !

Et ça, venant d'un mec qui a fait de la prison pour vol et blanchiment d'argent.

— Écoute, rugit Brian, maintenant fou de rage contre Kendra — je le sais parce qu'il a la figure toute rouge. Si je remporte la prochaine manche, on se marie. Si tu gagnes, tu es libre de tout annuler et de retourner avec Caleb.

Euh. C'est pas vrai ! Je rêve !

— Ne sois pas ridicule, Brian, je m'exclame, mais il ne m'écoute pas.

Je me demande s'il a fumé en plus d'avoir picolé. Il n'est plus lui-même.

— D'accord, dit Kendra, m'ignorant, mais ce n'est pas équitable.

— OK, tu choisis mon lanceur, je choisis le tien.

Maggie tente de se cacher derrière moi.

— Maggie ! s'exclame Kendra, les dents serrées. Elle lancera pour toi.

— Et moi je choisis Leah.

— Je peux me désister ? demande Maggie.

Un Brian rubicond et une Kendra écumante de rage lui répondent « non » à l'unisson.

— Allez, les gars, embrassez-vous et faites la paix, dis-je. Tu es enceinte, Kendra. Et il ne se passera rien entre nous. Alors oublie.

— Ferme-la, Caleb, réplique Kendra, la voix venimeuse.

— Bon, je vais le faire, intervient Maggie d'un ton farouchement déterminé.

J'ai compris. Elle veut se battre pour moi. Me gagner, en toute équité. Elle ne se rend donc pas compte que je lui appartiens déjà, qu'elle n'a pas besoin de se donner cette peine ?

Sidéré, je la regarde attraper un disque et s'approcher du tee.

– Maggie... Euh... Tu as pris un putter. Tu ne vas pas aller loin avec ça.

Je lui tends un autre disque dont elle s'empare en marmonnant « merci ».

Elle prend une grande inspiration, puis expire avec un grognement impressionnant. Elle grimace en voyant le disque virer vers la droite pour atterrir dans des taillis.

Horrifiée, elle porte la main à sa bouche.

– Pas mal, bébé, dis-je sur le ton de la plaisanterie.

– Ce n'est pas drôle, réplique-t-elle.

Elle prend cette compétition beaucoup trop au sérieux, à mon avis.

Puis vient le tour de Leah. Julio tente de lui donner quelques conseils, mais je ne suis pas sûr que ma sœur jumelle ait envie que Kendra l'emporte. Elle lance son disque, qui dévie de la trajectoire et atterrit aussi au milieu des taillis.

Seigneur ! C'est de la torture.

À la fin, elles sont au coude-à-coude. Leah brandit son putter. Maggie en fait de même.

– Attends ! s'exclame Maggie avant que Leah vise le panier.

Ma sœur se fige.

Maggie rabaisse son disque.

– Je ne peux pas faire ça, annonce-t-elle.

– Moi non plus, renchérit Leah.

Maggie se dirige vers Kendra en boitillant.

– Je ne joue pas avec la vie des gens comme tu le fais.

– Bravo, ma petite !

Maggie lâche son disque aux pieds de Kendra.

– Si tu l'as laissé partir et s'il n'est pas revenu, c'est qu'il ne t'a jamais appartenu. C'est un truc que j'ai appris en sixième.

Elle est coriace, ma petite amie quand elle veut ! Je me demande si ça a quelque chose à voir avec les sous-vêtements de grand-mère qu'elle porte.

Puis elle s'éloigne clopin-clopant, ma sœur à ses côtés. Comme à l'époque où elles étaient inséparables. Je me réjouis qu'elles soient à nouveau en bons termes.

Je les suis des yeux jusqu'à ce qu'elles disparaissent de ma vue.

– Je me barre, annonce Kendra en se dirigeant vers sa voiture.

– Moi aussi, embraye Brian en se ruant sur la sienne.

Je m'interpose.

– Je ne peux pas te laisser faire ça.

– Pourquoi pas ?

– Parce que tu as bu. Pas question que tu conduises en état d'ivresse.

– Écarte-toi de mon chemin, Caleb. T'es vraiment un blaireau.

– Moi aussi, je suis un blaireau, intervient Lenny. Je ne te laisserai pas conduire non plus.

– Donne tes clés à Caleb, ordonne Trish à Brian. Et tout de suite !

Damon le garde-chiourme serait fier de nous, les inadaptés sociaux du programme RESTART. Dommage qu'il ne soit pas là pour nous voir à l'action.

34

MAGGIE

Je rentre chez moi avec Leah.
— Merci, me dit-elle. J'allais rater la cible exprès. Je n'ai jamais pu sentir Kendra.

Je m'arrête et me tourne vers elle.

— Qu'est-ce que tu dirais si Caleb et moi, on sortait ensemble ?

Elle ne répond pas. Son silence est explicite.

— Je pars en Espagne dans moins de deux semaines. Tu n'auras pas à nous voir bien longtemps.

Je débite ça à toute vitesse, et je sais qu'elle voit à quel point je suis émue.

— C'est l'un ou l'autre, Leah.

Je m'écarte d'elle, et à cet instant, j'entends Caleb nous appeler.

— Où sont-ils tous passés ? je lui demande.

— Lenny conduit Brian chez lui. Il était dans un sale état. Julio et Trish les ont accompagnés. Écoute, Maggie. À propos de la partie... je suis désolé.

Il vient se planter devant moi.

– Je n'aurais pas dû t'imposer ça. Je pensais qu'on pouvait juste être un couple normal, et...

– On ne sera jamais un couple normal, Caleb. On a un passé tellement lourd, toi et moi. C'en est ridicule.

Voyant qu'il est sur le point de protester, je lève la main.

– Je vis dans la réalité. Et la réalité, c'est que Kendra te veut dans sa vie et que ta sœur tient toujours à ce que je n'en fasse pas partie. C'est plus facile pour elle comme ça.

Penser à Kendra et à Leah m'est presque insupportable.

– Je dois partir, j'ajoute.

– Où vas-tu ?

Je sors les clés de ma voiture.

– Où je vais toujours pour réfléchir.

– Si ça peut te consoler, sache que je me fous de ce que les autres pensent de nous.

– Je sais. J'aimerais pouvoir en dire autant.

Une fois au volant, je prends la direction de la maison de Mme Reynolds. Lou n'est pas là. La pancarte « À vendre » a disparu. Mon estomac se noue à la pensée de quelqu'un d'autre habitant cette maison.

En effleurant du bout des doigts le bois du belvédère peint en blanc, je repense à ce que j'ai dit à Caleb. Il a encore du mal à être chez lui, où il ne se sent pas le bienvenu. J'ai vu où il dormait – sur le canapé, dans le salon.

Je dois me préparer à l'inévitable, même si je n'en ai pas la moindre envie. Caleb n'est dans ma vie que temporairement. Quand je partirai en

Espagne, nous nous engagerons sur des voies dis-
tinctes. Devrais-je profiter au maximum de ce que
nous avons maintenant ? En tout état de cause,
je sais que Caleb ne fera bientôt plus partie de
ma vie.

35

CALEB

Deux jours après la partie de frisbee, je suis devant la chambre de ma sœur. Lenny et Julio sont sortis. Papa est au boulot. Le moment me semble parfaitement choisi pour avoir une petite discussion avec Leah.

Je frappe à la porte et j'attends. Elle l'entrouvre, sans me laisser entrer pour autant.

– Tu as besoin de quelque chose ?

– Oui, dis-je. De te parler.

Elle ouvre un peu plus et va se percher au bord de son lit. Jadis sa chambre était décorée de posters de groupes de musique. Depuis, elle a affiché des images macabres de crânes et d'os en croix.

– Tu dois avouer la vérité à papa et maman. Voilà, c'est dit. J'en ai assez d'encaisser. Ce mensonge est un foutu cancer qui contamine tous les aspects de nos vies. Je pointe mon doigt vers les affiches. Te rends-tu compte que c'est un appel à l'aide ? C'est un truc de malade, Leah !

Plus je mate ces crânes me fixant de leurs orbites vides, plus j'ai envie de me rebeller. Je ne suis pas mort. Je n'ai pas envie de mourir. Ni que ma sœur meure. Et pas davantage d'être hanté par le passé.

– Tu as promis, me dit-elle d'une voix calme à vous glacer le sang. Quand je t'ai parlé de l'accident, tu as dit que tu prenais ça sur toi.

– J'étais ivre, Leah. J'étais à peine conscient de ce que je faisais. Quand je me suis rendu compte que je n'aurais pas dû mentir à la police, il était trop tard.

– J'étais morte de trouille.

– Et tu crois que je ne l'étais pas ?

Mais elle n'était peut-être pas consciente de ce que j'avais enduré. Dès l'instant où on m'avait arrêté, j'avais masqué toutes mes émotions. Après avoir inspiré à fond, je fais une nouvelle tentative.

– Le moment est venu de tout dire à papa et maman.

En levant les yeux, je vois un squelette dont les dents s'enfoncent dans un cœur, et je n'y tiens plus. Je gratte mes ongles contre le mur et j'arrache toutes les affiches, l'une après l'autre.

– J'en ai assez de te voir avec cette gueule de déterrée. Je ne supporte pas ce que tu as fait à Maggie. Je ne le supporte pas, et je m'en veux à mort de t'avoir fait la promesse de garder notre secret jusqu'à la tombe, surtout si pour me remercier, tu te mets à vivre comme une putain de recluse.

– Laisse-la tranquille, Caleb.

En me retournant, je découvre Julio sur le pas de la porte.

– Reste en dehors de ça, Julio, je grogne.

Au lieu de m'écouter, il entre et vient se poster à côté de Leah.

– Laisse-la tranquille, j'ai dit.

Il plaisante ou quoi ?

– Tu n'as rien à voir là-dedans.

– Si ! murmure Leah. Elle lève vers moi des yeux remplis de larmes. Parce que hier soir, Julio et moi, on est restés debout toute la nuit pour discuter. Il m'a convaincu de me rendre.

Quoi ?

Je ne m'attendais pas à ça. J'imaginais toutes sortes de choses sortant de la bouche de ma sœur, mais certainement pas ça.

Le soulagement m'envahit, suivi d'une vague d'inquiétude et de peur. Que va-t-il se passer si elle se rend ? Devra-t-elle faire de la prison ? Ces questions se sont bousculées dans ma tête chaque fois que j'ai pensé à ce qu'il arriverait si elle admettait sa culpabilité.

Comment Julio a-t-il fait pour la persuader de passer aux aveux ?

– Leah est plus coriace que tu le penses, me dit-il en passant un bras autour de ses épaules. Elle est capable de le faire.

Il lui presse les épaules en plongeant son regard dans le sien.

– Tu en es capable.

– Ça ne fait même pas trois jours que tu l'as rencontrée.

– Peut-être, mais je parie que je la connais aussi bien que toi.

Je m'apprête à rire de ce commentaire grotesque, quand Leah intervient :

– Julio a raison. Ça fait très longtemps que je voulais te dire ce que je ressens, mais je n'y arrivais pas. Tu étais triste, en colère, fou de rage... et j'avais peur de te faire mal à nouveau.

Sur ce, elle se jette dans mes bras en étouffant ses sanglots.

– Je suis tellement désolée pour ce que je t'ai fait subir. Julio m'a raconté ce que vous aviez vécu en prison, tous les deux, et je suis juste... j'ai honte.

Elle s'essuie les yeux avant d'ajouter :

– Je dois appeler papa pour lui demander de nous retrouver au centre de désintoxication. Je ne sais pas si maman s'en rend compte, mais elle a besoin de revoir son fils.

Une heure plus tard, je me retrouve dans la salle d'attente du centre de convalescence de New Horizons. Papa s'est opposé à cette réunion, estimant l'état émotionnel de ma mère trop instable, mais quand Leah et moi lui avons dit que nous irions la voir avec ou sans lui, il a accepté de venir.

Une infirmière du nom de Rachel, d'après son badge, nous accueille et nous conduit jusqu'à une salle de thérapie de groupe pour attendre maman. Je me sens raide, mal à l'aise ; cet endroit me rappelle les séances de thérapie obligatoires quand j'étais en prison. Je dois me souvenir que cet établissement n'est pas une prison. Ma mère est libre de s'en aller, mais a choisi de rester parce qu'elle n'est pas sûre de résister à l'envie de se jeter sur les médicaments chaque fois que les choses se compliquent.

– Asseyez-vous, Caleb, me dit Rachel d'une voix douce sans doute destinée à m'apaiser.

J'essaie de me retenir d'arpenter la pièce comme un animal en cage, mais je n'arrive pas à me poser. Je bous d'énergie nerveuse.

– Non, merci.

Les chaises sont disposées en cercle. Mon père, en costume trois-pièces et cravate, en occupe une. Ma sœur n'est pas avachie sur la sienne, ce qui me surprend. Elle est assise bien droite, l'air déterminé. Si Julio l'a vraiment convaincue de faire face, c'est un foutu génie.

Leah ne le sait pas encore, mais je n'ai pas l'intention de la laisser tomber. Elle n'est pas la seule à avoir commis des erreurs le soir de l'accident.

Dès que ma mère entre dans la pièce, en survêtement gris avec le logo de New Horizons sur la poitrine, je vois qu'elle a changé. Elle a les traits tirés et semble… perdue d'une certaine manière.

Mon instinct me pousse à aller la serrer dans mes bras, mais à la manière dont elle tient les mains plaquées sur son torse, je comprends qu'elle n'a pas envie de recevoir d'affection de ma part, ou de qui que ce soit d'autre.

Elle s'arrête net en me voyant faire un pas vers elle.

– Qu'est-ce que tu fais là ?

Mon cœur bat à tout rompre, et je suis tellement tendu que mes bras sont raides contre mon corps. C'est mille fois plus difficile que je l'avais imaginé.

– Je suis revenu. Maggie m'a dit que vous aviez besoin de moi. Je ne voulais pas la croire au début…

– Tu m'as abandonnée. Un bon fils n'abandonne pas sa mère.

Ses mots me font mal. Seigneur, je n'aurais jamais dû partir. Je pensais que ce serait pour le mieux, que tout s'arrangerait une fois que le « facteur Caleb » ne ferait plus partie de l'équation. Je me suis fourvoyé. J'ai réussi à faire foirer un max de choses en un laps de temps si court.

– Je te demande pardon, maman.

Abattue, elle s'assied sur la chaise à côté de celle de Leah.

– Moi aussi, je te demande pardon, renchérit ma sœur. Je dois m'excuser auprès de toute la famille.

Elle se tourne vers moi et pose une main sur mon genou. Je la couvre de la mienne.

Je sens son hésitation, sa peur comme si c'étaient les miennes. Mais je perçois aussi sa détermination à rectifier les erreurs du passé.

– Maman, papa, reprend-elle après que je lui ai adressé un hochement de tête, lui apportant tacitement mon soutien. C'est moi qui ai renversé Maggie le soir de l'accident.

Voir le visage de mes parents se décomposer est une pure torture. Au début, ils inclinent la tête sur le côté comme s'ils pensaient avoir mal entendu. Comme Leah n'ajoute rien, la réalité de ses aveux commence à s'imposer.

– Non, murmure maman en secouant la tête. Non, non.

– Qu'es-tu en train de nous dire, Leah ? demande papa d'une voix brisée. Qu'est-ce que tu racontes ?

Un flot de larmes inonde peu à peu le visage de ma sœur.

– J'étais à la fête et j'avais bu quelques bières. En rentrant à la maison en voiture, j'ai fait une embardée pour éviter un écureuil. Je n'ai pas fait exprès de percuter Maggie.

Elle s'étouffe dans ses sanglots maintenant, et je lève les yeux au plafond pour tenter de garder le contrôle.

Ça ne marche pas.

Merde.

Ma vue se brouille. J'essaie de refouler mes larmes en battant des paupières. Peine perdue. Voir ma sœur sens dessus dessous, mes parents en état de choc, savoir qu'une seule nuit fatidique a détruit ma famille et handicapé Maggie à vie, c'est trop pour moi.

Je m'efforce d'expliquer la situation tout en me tamponnant les yeux.

– Quand Leah est revenue à la fête dans tous ses états, je lui ai dit que je prenais la situation en main. J'étais tellement bourré, je n'avais plus les idées claires. Quand les policiers nous ont demandé qui conduisait, j'ai dit que c'était moi.

– Ô mon Dieu ! Caleb, c'est affreux. Je suis tellement désolée, s'écrie Leah. Comment pourras-tu jamais me pardonner ? Tu ne mérites certainement pas l'enfer que je t'ai fait vivre.

Elle enfouit son visage entre ses mains.

– Je n'arrive pas à y croire, balbutie mon père. Ce n'est pas possible.

– Non, murmure maman.

Je me tourne vers Rachel. Elle devait s'attendre à une séance de thérapie familiale standard. À voir nos visages affolés, elle doit être sous le choc elle aussi.

– C'est la vérité, dis-je en hochant la tête.

Soudain, j'éprouve un sentiment de liberté comme je n'en ai jamais connu. Je donnerais cher pour partager ça avec Maggie. Le moment ne me paraît pas mal choisi pour leur annoncer l'autre scoop que j'ai gardé pour moi jusqu'à présent.

– Je suis conscient que ça va vous faire l'effet d'une autre bombe, mais Maggie Armstrong et moi sortons ensemble. Ça m'est tombé dessus comme ça. J'ai refusé de l'admettre pendant longtemps, je me suis caché, mais je ne vais plus le faire.

– Sait-elle…, demande mon père, laissant sa phrase en suspens.

Je sens qu'il est sur le point de craquer. Je le vois à sa lèvre tremblante, à ses mains agitées de soubresauts.

– Oui, elle le sait. Je me tourne vers ma sœur. Maggie sait tout.

Ma mère lève les yeux vers moi. C'est la première fois depuis mon arrestation qu'elle ne me regarde pas avec mépris ou dédain. Elle n'arrête pas de secouer la tête, comme si elle s'efforçait de digérer cette nouvelle donnée.

– Leah, dit-elle, comment as-tu pu faire ça ? balbutie-t-elle avec peine. Comment as-tu pu laisser ton frère aller en prison pour une faute qu'il n'avait pas commise ?

– Je ne sais pas, maman. Je ne sais pas. Mais je vais rétablir la situation.

Elle pose sur moi ses yeux rougis, tout gonflés.

– Je vais me rendre à la police demain.

36

MAGGIE

— Je peux passer te voir, Maggie ?

C'est la voix de Caleb au bout du fil. Il n'a pas l'air content.

— Bien sûr. Qu'est-ce qui ne va pas ?

— Je te raconterai ça tout à l'heure.

Maman est en bas avec Lou. Je ne lui ai pas encore parlé de Caleb. Je voulais le faire. Pour être honnête, j'ai retardé le moment. Je n'avais vraiment pas envie de la bouleverser alors qu'elle s'efforce de déterminer où elle en est.

Le moment est venu de lui avouer la vérité au sujet de Caleb et moi.

Je la trouve dans la cuisine avec Lou. Ils sont en train d'éplucher des légumes. Elle ne porte toujours pas la bague qu'il lui a donnée, mais il vient tous les jours et se démène comme un beau diable pour gagner le droit d'être auprès d'elle jusqu'à la fin de leurs jours. Elle a prié mon père de retarder son déménagement... indéfiniment.

— Puis-je te parler, maman ?

De la farine dans les cheveux, une carotte à la main, elle lève les yeux de sa planche à découper.

– Quelque chose ne va pas ?

– Non. C'est juste que… sans Caleb, j'aurais peut-être renoncé à la vie.

Elle s'arrête de couper ses légumes.

– Qu'est-ce que tu dis ?

– Après l'accident, c'est lui qui m'a fait comprendre que la vie vaut la peine d'être vécue.

– Tu racontes des sornettes, Maggie.

– Non, maman, pas du tout. Tu veux que je te dise pourquoi ?

– Je suis sûre que tu vas me le dire, quoi que j'en pense.

J'ignore comment elle va réagir. Elle n'a pas l'air très contente, mais au moins elle m'écoute.

– Parce qu'il m'a sortie de ma dépression. Tu ne t'en es même pas rendu compte. Tu étais trop contente que je sois de retour à la maison, loin de l'hôpital. Mais j'étais malheureuse. Très malheureuse, jusqu'à ce que Caleb rentre de prison et m'aide à prendre conscience que je valais quelque chose même si j'avais un handicap.

– Pourquoi me parles-tu de ça maintenant ?

– Parce qu'il ne va pas tarder à arriver, et je veux que tu sois préparée…

À cet instant, on sonne à la porte.

– C'est lui. Sois aimable, maman, s'il te plaît, et ne le juge pas avant que je t'aie tout raconté.

Je me précipite pour aller ouvrir. Je tombe sur un Caleb les yeux rougis. Il ne dit rien. Je l'attire contre moi et le serre très fort.

– J'ai vu ma mère aujourd'hui, marmonne-t-il dans mes cheveux. Ô mon Dieu ! Maggie, c'était horrible ! Leah a avoué à mes parents que c'était elle qui t'avait renversée.

Je me rends compte que c'est probablement la chose la plus difficile que Leah ait jamais eu à faire de sa vie.

– Comment va-t-elle ?

– Elle a beaucoup pleuré.

Il m'écarte de lui mais garde mes mains dans les siennes.

– Elle est déterminée à se rendre à la police. Je ne sais pas ce qui va se passer. Je viens d'appeler Damon. Il vient demain nous conseiller sur la marche à suivre.

Je pose mon front contre le sien. Je vois bien à son expression que tout cela le déchire de l'intérieur.

– Je suis désolée. Je vais venir avec toi. Je ferai tout ce que je peux pour t'aider.

– Que se passe-t-il ? intervient ma mère, perplexe. J'ignore ce que tu fais là, ajoute-t-elle à l'adresse de Caleb, et j'aimerais bien savoir pourquoi vous vous tenez la main tous les deux.

J'inspire à fond et je presse les mains de Caleb dans les miennes. On restera unis, quoi qu'il arrive. Je l'entraîne dans le couloir et me plante devant maman et Lou.

– Caleb et moi avons quelque chose à vous dire.

Je lève des yeux pleins de larmes vers Caleb.

– Je sais que ça va être un choc pour vous deux, mais essayez de comprendre.

Voilà un des jours les plus pénibles de toute l'existence de Caleb. En se libérant du fardeau d'une responsabilité indue, il ne peut éviter d'incriminer sa sœur par la même occasion.

– Ce n'est pas moi qui ai renversé Maggie, dit-il.

Il se racle la gorge, et me serre la main encore plus fort.

– C'est Leah.

– Tu mens.

– Il ne ment pas, maman.

– Pourquoi ? s'exclame-t-elle, le visage inondé de larmes à son tour.

Moi aussi, j'éclate en sanglots.

Caleb lève une épaule.

– J'ai pensé que je pourrais encaisser mieux qu'elle. Je voulais lui épargner une épreuve susceptible de gâcher sa vie. J'étais capable de supporter la prison. Pas elle. Après ça, tout est parti en vrille jusqu'à ce que je me rende compte que j'avais tort. Mais il était trop tard.

Il se tourne vers moi.

– Et Maggie s'est retrouvée au milieu de tout ce bordel.

Lou quitte la pièce un bref instant. Il revient avec une boîte de mouchoirs en papier. Il en tend une poignée à ma mère qui s'essuie les yeux.

– Ça fait beaucoup à avaler d'un seul coup. Étais-tu au courant, Maggie ?

Je hoche la tête.

– Comment as-tu pu me cacher ça ? Je suis ta mère.

– Je n'ai compris qu'après le départ de Caleb. Je me suis gardée d'en parler parce que je voulais que ce soit lui qui fasse éclater la vérité. C'était son secret. C'était à lui de le révéler. De plus, je voulais à tout prix cesser de revivre l'accident. Je tenais à mettre cette sinistre histoire derrière moi. J'avais besoin d'aller de l'avant, pour ne pas perdre la tête.

Je me tourne vers le garçon qui a comblé le vide dans ma vie.

– Caleb m'a aidée à prendre conscience que la vie ne s'arrêtait pas à cause de mon handicap.

Maman secoue la tête.

– J'ai besoin de temps pour assimiler tout ça. C'est… trop pour moi. Il me faut quelques instants de solitude.

Elle monte les marches quatre à quatre. Une minute plus tard, j'entends la porte de sa chambre claquer. Je fais la grimace. Je n'ai jamais voulu la blesser, ni lui donner l'impression qu'on l'avait trahie.

Grâce au programme RESTART, j'ai compris que les accidents affectent des tas de gens. Ce sont des avalanches qui emportent tout sur leur passage.

Je me tourne vers Lou.

– Je suis désolée. Je ne voulais pas la bouleverser.

– Je sais. Laisse-lui quelques jours. Elle s'en remettra.

Lou se tourne vers Caleb.

– C'était courageux de ta part de revenir.

– Je ne me sens pas courageux du tout. Ma vie familiale est un chaos complet, et j'ai deux copains qui logent à la maison parce qu'ils sont dans le même genre de pétrin que moi.

Lou marque un temps d'arrêt, puis il sourit.

– J'ai une proposition à te faire, dit-il. La maison de ma mère est vide. Si tes amis et toi voulez y loger quelque temps en payant un petit loyer pour couvrir les charges et les impôts fonciers, elle est à vous.

– Vous êtes sérieux, monsieur ? demande Caleb, interloqué.

Lou hoche la tête.

– Ma mère pensait que tu étais un gars bien, je le sais, et je souhaite t'aider. Maman aurait voulu qu'il en soit ainsi. Qu'en dis-tu ?

Caleb lui serre vigoureusement la main.

– Je dis qu'on va faire affaire tous les deux.

Alors que nous nous rendons chez Caleb pour passer un peu de temps avec sa sœur et annoncer la bonne nouvelle à Lenny et Julio, Caleb me dit :

– Lou est vraiment sympa.

– Je sais. J'espère que ma mère surmontera sa crainte d'aimer quelqu'un d'autre que mon père.

– Et toi, de quoi as-tu peur ? me demande-t-il. À propos de nous, je veux dire ?

– Après ce soir, je ne redoute plus rien parce que… – je me décide finalement à lui donner une réponse honnête que j'ai gardée pour moi trop long-temps – parce que je t'aime.

37

CALEB

C'était incroyable, hier, d'entendre Maggie me dire qu'elle m'aimait. Pourtant, je me sens aussi impuissant que le jour où le juge Farkus m'a informé de son verdict. Je suis dans une salle quelque part dans le commissariat avec ma sœur, mes parents, Maggie, Julio et Lenny qui a insisté pour venir parce qu'il a déjà l'impression de faire partie de la famille. (Évidemment, c'était avant qu'il rencontre maman, qui lui a ordonné de se tenir droit sur sa chaise et d'aller se faire couper les cheveux s'il voulait être invité au repas de Thanksgiving qui aura lieu dans trois mois.)

Mon cousin Heath, qui est avocat, est là aussi. Il sera aux côtés de Leah quand elle avouera avoir renversé Maggie.

– Tu es prête, Leah ? demande Damon en s'agenouillant devant elle.

Il est venu à la maison ce matin et nous a expliqué très calmement que le plus facile serait de faire une déclaration sous serment au poste de police. Après

297

quoi la justice suivrait son cours. Damon a précisé que c'était au procureur de l'État de décider si Leah devait être inculpée formellement, dans la mesure où l'accident a eu lieu il y a moins de trois ans. Il n'y a donc pas prescription. Mon casier redeviendra vierge, quoi qu'il advienne.

Mon genou tremble.

Je jette un coup d'œil à Maggie. Elle a l'air aussi nerveuse que moi. Rien ne l'obligeait à venir, mais elle y tenait. Sans elle, j'en voudrais probablement encore beaucoup à Leah. Mais avec Maggie, je suis différent. Elle sait pardonner, et rien que sa présence me donne envie de devenir meilleur.

Damon nous a suggéré d'écrire des lettres pour soutenir Leah, attestant sa moralité. Il les joindrait à ses aveux, afin que le procureur ou le juge chargé de l'affaire les prenne en considération au moment de trancher.

– Je suis prête, répond Leah avec un pâle sourire.

Ça ne doit pas être facile pour elle, mais elle est plus forte que je l'aurais jamais imaginé. Ce matin, elle a troqué sa sempiternelle tenue noire contre un pantalon blanc et un tee-shirt jaune. Elle a l'air différente, presque... rayonnante.

– Bonjour, mon petit rayon de soleil, avait dit mon père en la voyant apparaître.

Je pensais qu'on serait tous abattus, en larmes, mais on a tenu le coup jusque-là. Quand maman a appelé hier soir pour dire qu'elle voulait quitter le centre et nous accompagner au poste, j'ai eu le sentiment que les Becker commençaient à guérir.

Il faut juste qu'on franchisse cet ultime obstacle.

Heath et Damon font signe à ma sœur de les suivre.

— Attendez, dit Damon, s'arrêtant net. Avez-vous ces lettres, que je puisse les agrafer à sa déclaration ?

Une fois qu'on les lui a remises, Maggie sort une feuille de papier de son sac et la lui tend à son tour.

— Leah, je sais que tu ne fais pas ça pour moi, mais… merci.

C'est le moment des adieux. On espère tous transmettre notre force à Leah avant la pénible séance des aveux. Même Lenny se lève pour serrer ma sœur dans ses bras avant de me donner l'accolade.

— Je t'en dois une, me dit-il. Plus qu'une, en fait. Tu m'as donné une famille, ce qui ne m'était pas arrivé depuis un bail.

Je hoche la tête. Croyez-le ou non, je commence à l'apprécier.

Leah et Maggie sont toujours dans les bras l'une de l'autre.

— Je n'ai pas fait exprès, tu le sais, n'est-ce pas ?

— Tu t'es déjà excusée un millier de fois, répond Maggie, des larmes dans la voix. Tu n'auras plus jamais besoin de me le dire, d'accord ? Je t'ai pardonné. C'est arrivé, c'était une erreur.

Elles s'étreignent de nouveau, puis ma sœur se dirige vers la lourde porte métallique. De l'autre côté de cette porte, elle avouera tout. Ensuite on l'enregistrera, on prendra sa photo, ses empreintes.

— Hé ! Leah, s'exclame Julio.

Elle se retourne.

— Souviens-toi de ce que je t'ai dit.

Il lui fait un clin d'œil.

Elle relève le menton et sourit. Puis elle adresse un hochement de tête à Heath et à Damon.

– Allons-y.

Dès qu'elle est partie, un silence pénible s'installe. Jusqu'à ce que Lenny se tourne vers mon père et lui dise :

– Vous ne voudriez pas me tirer sur le doigt ?

38

MAGGIE

Cinq heures éreintantes plus tard, nous sommes de retour à la maison. Ils ont libéré Leah contre une caution de cinq mille dollars, si bien que nous sommes tous réunis. Je me suis fait un sang d'encre pour elle toute la journée, mais ça a l'air d'aller. Elle a dit qu'avouer la vérité l'avait finalement libérée. Damon nous a informés qu'il allait s'entretenir avec le procureur et essayer de le convaincre de ne pas l'inculper.

La maman de Caleb a décidé de rentrer chez elle. Nous sommes tous contents, mais à cran.

Caleb, Lenny et Julio comptent s'installer chez Mme Reynolds à la fin de la semaine. Ils vont travailler pour l'oncle de Caleb, qui dirige une entreprise de construction. Caleb a annoncé qu'il allait passer des tests d'évaluation pour déterminer s'il peut entrer à l'université et reprendre sa vie en main.

La veille de mon départ pour l'Espagne, on va se promener dans le parc. On se retrouve sous le grand chêne. Il ne nous reste plus beaucoup de temps. Je me sens nerveuse.

– J'aimerais tellement que tu viennes avec moi.

Il émet un petit rire.

– Moi aussi. Avant que tu partes, il faut que je te dise quelque chose, enchaîne-t-il.

Il recule un peu, se passe les mains dans les cheveux, puis il commence à faire les cent pas.

– Écoute, j'ai vraiment les boules que tu t'en ailles, putain ! Désolé de jurer, mais c'est vrai. Je sais que je peux m'en tirer sans toi, mais bon sang, c'est la galère. Je me suis habitué à ta présence dans ma vie. Ça ne sera pas pareil sans toi.

Mon cœur bat à tout rompre. Je lui prends la main.

– Qu'essaies-tu de me dire ?

– Que je t'aime, Maggie.

Il plante ses yeux d'un bleu cristallin dans les miens.

– Je me retenais de te le dire de peur que tu ne t'imagines que c'était une ruse pour t'empêcher de sortir avec d'autres garçons pendant ton séjour en Espagne.

– Je n'ai aucune envie de sortir avec d'autres garçons.

– Tout le monde dit ça, jusqu'au jour où un bel hidalgo te chuchote des mots doux à l'oreille.

J'éclate de rire.

– Ça m'étonnerait que ça m'arrive.

– Et si ça se produisait ? Si tu rencontrais un Espagnol et décidais de rester là-bas pour toujours ?

– Je peux en dire autant te concernant, Caleb. Si tu rencontrais une fille ici pendant mon absence ?

– Ça n'arrivera jamais, déclare-t-il, faisant écho à ma propre réponse.

Je sais qu'il ne veut pas m'obliger à m'engager vis-à-vis de lui. Moi aussi, je tiens à ce qu'il se sente libre cette année. Si nous tenons le coup pendant cette période, nous serons assez forts pour rester ensemble à jamais si on le souhaite.

– Voilà ce que je te propose, lui dis-je. Nous nous promettons de ne pas chercher quelqu'un d'autre, mais si ça arrive, ça arrive et nous devrons être honnêtes l'un envers l'autre.

– Entendu. Maintenant arrêtons de parler avant que je décide de te convaincre de rester à Paradise.

– Et qu'est-ce qu'on fait ? On s'embrasse ?

– Oh oui ! J'en meurs d'envie.

Il m'attire contre lui. Je sens son corps vibrant contre le mien. Caleb me rend heureuse. Je me sens protégée, aimée. Ses lèvres pleines, douces me font trembler d'excitation des pieds à la tête. Il ne peut rien y avoir de plus agréable au monde.

– C'est parfait, je murmure.

Sa bouche effleure délicatement la mienne.

– Pas loin de la perfection, tu l'as dit.

39

MAGGIE, NEUF MOIS PLUS TARD

« **B**ienvenue à l'aéroport international O'Hare de Chicago. Veuillez rester assis jusqu'à l'arrêt complet de l'appareil. »

Mon cœur bat tellement fort dans ma poitrine que je m'étonne que les autres passagers ne l'entendent pas. Dès que l'avion s'immobilise, j'attrape mon sac à dos puis je m'empresse de gagner la zone de réception des bagages, ignorant ma jambe raide et douloureuse.

Pas de Caleb en vue. Maman est venue me chercher. Elle se précipite vers moi et me serre dans ses bras. Lou l'a accompagnée. J'espère que c'est bon signe. Elle ne porte pas la bague qu'il lui a donnée, mais la dernière fois qu'on s'est parlé au téléphone, elle m'a demandé ce que je pensais des mariages en hiver. Mon père est venu me voir en Espagne pour le Nouvel An ; nous avons mis au clair des tas de choses. Nous sommes en voie de guérison, et même s'il n'a jamais été très attentionné, je me réjouis qu'on commence à mieux s'entendre.

– Le voyage s'est bien passé ? me demande Lou. Je parie que tu as envie d'un bon hamburger américain.

– J'ai surtout envie d'un des délicieux gâteaux d'Irina au restaurant, je réponds.

Il me sourit. Tout le monde adore les pâtisseries d'Irina, et je suis sa goûteuse depuis que maman travaille là-bas.

Une fois mes bagages récupérés, nous prenons le chemin de Paradise. Pendant le trajet, maman m'interroge sur ma jambe. Je lui réponds machinalement, sans cesser de me demander : Où est Caleb ?

Dans son dernier mail, il disait qu'il serait là pour m'accueillir. Il est vrai que ça remonte à trois semaines. Des tas de choses ont pu changer entre-temps.

Je réfléchis trop. Mais le suspens est insupportable.

– Des nouvelles de Caleb ? fais-je d'un ton qui se voudrait désinvolte.

– Il est passé cet après-midi et il a laissé un mot dans ta chambre, répond maman.

Un mot. Ce n'est pas bon signe. C'est forcément de mauvais augure.

– T'a-t-il dit quelque chose avant de s'en aller ?

Maman secoue la tête.

– Non. Il m'a juste demandé s'il pouvait te laisser ce message. Je lui ai dit que ça ne posait pas de problème. Il est resté moins de deux minutes.

Si seulement le trajet de retour ne durait pas une heure. Pendant tout le voyage, j'ai imaginé des centaines de scénarios différents pour nos retrouvailles. Aucun incluant un petit mot.

En arrivant à la maison, je me précipite à l'intérieur, Lou ayant insisté pour porter mes bagages.

Ma chambre n'a pas changé. Mon lit est fait. J'aperçois une enveloppe sur la grosse couette. Il y est écrit « Maggie », de la main de Caleb.

J'attrape l'enveloppe avec des doigts tremblants et déchire le rabat. Je déplie lentement la feuille. Je ferme les yeux, je prends une grande inspiration, je les rouvre, et lis :

Te souviens-tu du vieux chêne ? Va là-bas et attends-moi.

Quoi ? Le vieux chêne, dans Paradise Park ?

Je dis à maman que je m'absente un moment. Elle ne proteste pas, sans doute parce que j'ai franchi le seuil avant d'avoir eu le temps de finir ma phrase.

La nuit est tombée. Le parc n'est pas loin. Je me dirige vers le chêne. Pas âme qui vive, à part un petit écureuil qui folâtre sur l'herbe.

J'attends cinq minutes, en contemplant l'arbre tout en me demandant pourquoi Caleb tenait à ce que je l'attende ici, et combien de temps il compte me faire patienter. Au moment où l'anxiété me gagne, je vois une silhouette courir vers moi.

Je reconnaîtrais Caleb entre mille. Mon cœur fait un bond dans ma poitrine.

– Maggie !

Il se plante juste devant moi, tout essoufflé. Il porte un jean déchiré, un tee-shirt blanc taché. On dirait qu'il ne s'est pas rasé depuis une semaine, il a les cheveux en bataille.

– Désolé d'être en retard.

Il me touche les cheveux, qui sont longs maintenant. Ça fait près d'un an que je ne les ai pas coupés.

– Tu es superbe, Maggie. Différente.

– Merci. Toi aussi, tu as changé.

Je noue mes bras autour de son cou, sans avoir honte de ma hardiesse. Je n'ai pas envie de me contenir.

– Tu m'as manqué.

Il me saisit par la taille et m'attire contre lui.

– J'ai tellement de questions à te poser. Mais d'abord…

Je me dis qu'il va m'embrasser, mais en définitive, il sort quelque chose de sa poche et me le tend. C'est un bandana.

– Pour quoi faire ?

– Tourne-toi.

Je lève un sourcil.

Fais-moi confiance, Maggie.

Je fais ce qu'il me demande.

– J'allais t'embrasser.

Il me pose doucement le foulard sur les yeux et l'attache derrière la nuque.

– On va s'embrasser, je te le promets. Sois patiente.

Ce n'est pas dans ma nature.

Pendant mon séjour en Espagne, mes sentiments pour Caleb n'ont fait que s'intensifier. Ma coloc et moi sortions avec des garçons le soir, mais aucun me m'a fait vibrer. Je suis tout émoustillée rien qu'à l'idée de me blottir enfin dans les bras de Caleb.

– Je ne vois rien, je lui annonce tandis qu'il m'entraîne dans le parc puis me fait monter dans une voiture.

– C'est le but, mon cœur.

Nous roulons dans des rues, puis nous nous arrêtons. Caleb ouvre la portière et m'aide à sortir de la voiture. Il glousse en posant ses mains sur ma taille et me dirige vers Dieu sait où.

– Où sommes-nous ?

Je me demande combien de temps encore le suspense va durer.

– Tu ne vas pas tarder à le savoir. Bon, arrête-toi.

– Je peux retirer mon bandeau ?

– Non, pas encore.

D'un mouvement rapide, Caleb me prend dans ses bras. Je m'accroche à son cou.

– La dernière fois que tu m'as tenue comme ça, tu m'as flanquée à l'eau.

Il avance.

– Fais-moi confiance, Maggie.

– Je te fais confiance, mais pour être honnête, je dois te dire que tu sens comme un type qui sort de la gym.

– J'ai travaillé. Je promets de prendre une douche quand je t'aurai tout montré.

Il marche encore un peu et s'arrête brusquement.

– Bon, tu peux retirer le bandeau.

Je réalise aussitôt où nous sommes. Dans le belvédère de Mme Reynolds. Le sol est tapissé de coussins ; des petites lumières clignotent sur tout le périmètre. Des milliers de pétales de rose rouges et blancs émaillent les coussins.

– C'est magnifique ! dis-je en retenant mon souffle, avant d'ôter mes sandales pour marcher sur les coussins. Où sont Lenny et Julio ?

Je sais que Lou a retiré la maison du marché et la considère désormais comme un refuge pour Caleb et ses amis. Tant qu'ils ont un emploi et qu'ils restent en dehors des embrouilles, ils auront un toit sur la tête.

– Je leur ai demandé d'aller dormir ailleurs. Je veux être seul avec toi ce soir.

J'avale ma salive avec peine.

– Seul ?

Des pensées osées se bousculent dans ma tête. Je souris.

– Vraiment ?

– Oui. Ça fait tellement longtemps. J'avais peur qu'en rentrant à Paradise, tu m'annonces que tu ne voulais plus jamais me revoir.

– Je peux en dire autant, je le confesse.

Nous rions tous les deux. Je ne sais pour quelle raison, je me sens mieux à l'idée que nous sommes tous les deux prudents et un peu nerveux.

– As-tu vu la petite fille de Kendra et Brian récemment ?

Il m'a raconté qu'il sortait avec Brian et ses anciens copains de lycée de temps en temps.

– Oui. Elle est mignonne, mais j'ai bien peur que Kendra ne l'élève comme une diva.

– Comment ça va entre eux ?

– C'est un peu houleux, mais ils se donnent du mal. C'est à peine si Kendra m'a adressé la parole la dernière fois que je l'ai vue. Elle a dû finir par se rendre compte que j'étais loin de la considérer comme la déesse qu'elle aimerait être aux yeux de tout le monde.

– Tant mieux.

– J'ai quelque chose d'important à te dire, Maggie, reprend Caleb d'un ton grave, alors que nous nous installons confortablement au milieu des coussins.

Je secoue la tête.

– Non. Laisse-moi te parler d'abord.

Ça ne va pas être facile. Je prends mon courage à deux mains, déterminée à mettre cartes sur table. Il y a des choses que je me suis retenue d'avouer parce que j'avais peur, mais j'ai appris quelque chose en Espagne, cette année. Un de mes professeurs m'a dit que si on se bornait à marcher sur la pointe des pieds dans l'eau froide, on ne connaîtrait jamais l'exaltation d'un plongeon tête la première.

Je vais plonger sans me préoccuper des conséquences. Je lève les yeux vers Caleb, les lumières clignotantes, les ravissants pétales parsemés tout autour de nous.

– Je n'ai rien voulu te dire parce que j'étais terrifiée. Tu pourrais me briser le cœur comme mon père l'a fait pour ma mère. Tu as beaucoup d'ascendant sur moi.

Une larme s'échappe.

– Je t'aime toujours, Caleb. Je suis tombée amoureuse de toi, et je n'ai jamais cessé de t'aimer. Le fait qu'on ait été séparés toute une année n'y a rien changé.

Caleb jette des coups d'œil autour de lui, comme s'il cherchait une réponse sans savoir comment la formuler.

– Depuis le jour où on s'est retrouvés enfermés dans le grenier de Mme Reynolds, j'ai su que j'étais passé à côté d'une fille merveilleuse qui tenait à moi et qui pensait vraiment aux autres. J'ai été aveugle tellement longtemps.

– Qu'arrivera-t-il quand je partirai à l'université à l'automne ?

– Je viendrai te voir aussi souvent que possible. Ce n'est pas si loin.

Il m'effleure le nez.

– Je meurs d'envie de t'embrasser, mais il faut d'abord que je prenne une douche rapide.

Il se redresse d'un bond et se dirige vers la maison.

– Attends-moi ici. Ne bouge pas jusqu'à mon retour. J'ai une surprise pour toi, ajoute-t-il, une pointe de nervosité dans la voix.

Malgré ma perplexité, je promets de rester là. Je m'adosse aux coussins. Ça fait du bien d'être de retour à Paradise, auprès de Caleb. Je sais qu'il travaille dans le bâtiment et qu'il essaie d'économiser pour aller à la fac. Il en est capable, sans aucun doute.

Il réapparaît dix minutes plus tard, propre comme un sou neuf. Son tee-shirt fait ressortir ses bras musclés qui ont pris du volume depuis la dernière fois que je l'ai vu. Sûrement à cause du travail qu'il abat chaque jour.

Il me fixe intensément. Dans le passé, chaque fois que je l'ai surpris en train de me regarder comme ça, j'ai eu envie de me pincer. Je me disais que si Caleb Becker me regardait de cette manière, j'étais forcément en train de rêver...

Caleb a un petit sourire au coin des lèvres.

– À quoi penses-tu ?

– À toi.

– C'est agréable, j'espère.

Je souris.

– Absolument.

Je tapote les coussins à côté de moi. On ne s'est toujours pas embrassés et je n'y tiens plus. À ce stade, je serais même prête à embrasser un Caleb ruisselant de sueur et malodorant.

– Viens t'asseoir.

Au lieu de m'obéir, il me tend la main.

– J'ai une autre surprise pour toi.

Il m'aide à me lever et me tend ce qui ressemble à une télécommande.

– Tu ne vas pas m'obliger à remettre un bandeau, si ?

– Non.

Il me conduit derrière le garage. Je vois à peine le contour d'une sorte de structure imposante. Je n'arrive pas à déterminer ce que c'est. Debout derrière moi, me pressant contre lui, Caleb murmure :

– Appuie sur le bouton.

À la seconde où je m'exécute, toute la structure s'illumine de lampes scintillantes formant... un château ?

Un château. Une version plus vaste de celui où on avait trouvé refuge sur l'aire de jeux.

– J'étais en train d'y mettre les dernières touches quand ton avion a atterri, et j'ai perdu la notion du temps.

Je n'en reviens pas de ne pas l'avoir remarqué avant. Je ne sais pas quoi dire...

– Un château. Je n'arrive pas à croire que tu m'aies fait un château.

Il me prend la main et m'entraîne à l'intérieur. Des pétales jonchent le sol en bois autour d'un amoncèlement de couvertures et de coussins.

– C'est le paradis, je murmure en levant les yeux vers le ciel.

On se croirait de retour au parc, sauf que c'est encore mieux. Et cette fois-ci, nous ne fuyons rien ni personne.

Caleb s'assied sur les coussins.

– Le paradis, hein ?

– Absolument.

Sous le choc, je me laisse tomber à côté de lui.

– C'est extraordinaire, Caleb. Tu as construit ça tout seul ?

– Lenny et Julio m'ont donné un coup de main, mais c'est moi qui l'ai conçu.

Je regarde le garçon, devenu homme, qui est l'amour de ma vie. Je sors une petite boîte de mon sac et la lui tends.

– Tiens. Je t'ai rapporté un petit cadeau.

Alors qu'il soulève le couvercle et jette un coup d'œil à l'intérieur, j'ajoute :

– J'ai pris un cours de joaillerie en Espagne.

Il tire sur le cordon en cuir attaché au pendentif.

– C'est une épée.

Il éclate de rire.

– Je vois bien ce que c'est. C'est super cool. J'adore.

Il le passe à son cou. Je suis contente qu'il porte un objet fabriqué de mes mains.

– C'est le symbole de la force, dis-je. Ça me fait penser à toi.

En un geste qui me surprend, Caleb s'agenouille devant moi. J'ai l'impression que mon cœur s'est arrêté de battre.

Il s'éclaircit la voix.

Il prend une grande inspiration, redresse les épaules.

– Bon, voilà. C'était l'enfer d'être séparé de toi pendant toute cette année. Chaque jour, j'ai fait quelque chose qui me faisait penser à toi.

Je prends son visage entre mes mains. Quand mes lèvres sont à quelques millimètres des siennes, je demande :

– Tu crois qu'on y arrivera, Caleb ? Que ça durera entre nous ?

– On a vécu l'enfer et on s'en est sortis. On y arrivera. Je t'aime, Maggie Armstrong, et je t'aimerai toujours.

– Tu promets ?

On s'allonge sur les coussins et il dépose des petits baisers tendres le long de mon cou.

– Fais-moi confiance, murmure-t-il contre ma bouche. Tu es mon paradis, Maggie.

Du même auteur

>> *Irrésistible Alchimie*
Leur amour vous emporte
jusqu'à la dernière page.

Irrésistible Attraction <<
Oubliez les préjugés,
vivez l'attraction !

>> *Irrésistible Fusion*
Le plus jeune des frères Fuentes
échappera-t-il au destin
de sa famille ?

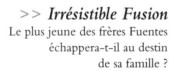

Retrouvez Simone Elkeles sur **facebook**.

*Réalisation : Nord Compo Multimédia
7, rue de Fives, 59 650 Villeneuve-d'Ascq*

*Achevé d'imprimer par Normandie Roto Impression s.a.s. à Lonrai (Orne)
Dépôt légal : janvier 2013. N° 109293-4 (1400516)*

Imprimé en France